THE HOBBIT OR THERE AND BACK AGAIN. BEING THE RECORD OF A YEAR'S JOURNEY MADE BY BILBO BAGGINS OF HOBBITON. COMPILED FROM HIS MEMOIRS BY J. R. R. TOLKIEN.

图书在版编目（CIP）数据

霍比特人：精装插图本 /（英）托尔金（Tolkien, J.R.R.）著；（英）李（Lee, A.）图；吴刚译. —上海：上海人民出版社，2013

书名原文：The Hobbit

ISBN 978-7-208-11110-3

I. ①霍… II. ①托… ②李… ③吴… III. ①长篇小说 - 英国 - 现代 IV. ①I561.45

中国版本图书馆 CIP 数据核字（2012）第 262951 号

责任编辑 张 铎 朱艺星

装帧设计 陆智昌

世纪文景

霍比特人：精装插图本

[英] J.R.R.托尔金 著 [英] 艾伦·李 图 吴刚 译

出 版 世纪出版集团 上海人民出版社
（200001 上海福建中路 193 号 www.ewen.cc）
出 品 世纪出版股份有限公司 北京世纪文景文化传播有限责任公司
（100013 北京市朝阳区东土城路 8 号林达大厦 A 座 4A）
发 行 世纪出版股份有限公司发行中心
印 刷 北京国彩印刷有限公司
开 本 850 × 1092 毫米 1/32
印 张 13.25
插 页 19
字 数 229,000
版 次 2013 年 5 月第 1 版
印 次 2014 年 5 月第 3 次印刷
ISBN 978-7-208-11110-3/I · 1073
定 价 69.80元

世纪文景

北京世纪文景文化传播有限责任公司 出品

霍比特人

（精装插图本）

［英］J.R.R.托尔金 著

［英］艾伦·李 图

吴 刚 译

世纪出版集团 上海人民出版社

In a hole in the ground there lived a hobbit.

J.R.R. Tolkien.

ᚦᛖ·ᚻᚩᛒᛒᛁᛏ

ᚩᚱ

ᚦᛖᚱᛖ·ᚪᚾᛞ·ᛒᚪᚳᚳ·ᚪᚷᚪᛁᚾ

这是一个年代久远的故事，那时候的语言和文字与我们今日所使用的有着很大的不同。书中是用英语来代替那些古老语言的，但又有两点值得注意：（1）英语中dwarf（矮人）一词惟一正确的复数形式是dwarfs，其形容词形式是dwarfish。本书中用到了dwarves和dwarvish这两种形式，但其仅指涉梭林·橡木盾和他的伙伴们所属的那个古老的种族。（2）Orc（奥克）一词并不是一个英语词，它在书中出现在一两个地方，通常被译为英文goblin（半兽人，或是用来指个头更大一些的hobgoblin［大半兽人］）。Orc是霍比特人当时对这些东西的称呼，该词与我们现在用来指称与海豚一类的逆戟鲸等海洋动物所用的ore和ork等词无关。

如尼文（Runes）指的是一种古老的神秘符号，最初是用于雕刻在木头、石头或金属上的，因此往往是单薄而又拙朴的。在本书的故事发生时，只有矮人们才会经常性地用到这些符号，尤其是用于私密的记录。在这本书中，他们的如尼文用英语的如尼文来表现，而英语的如尼文现在也很少有人知道了。如果将瑟罗尔地图上的如尼文与转换成现代字母后抄录下的内容相比较（见第 30 页与第 76 页），则可以推断出其字母表与现代英语字母表的对应关系，而这段文字最上面用如尼文书写的标题也就能解读了。在这张地图上，几乎可以找到所有普通的如尼文字母，除了以 ᛉ 来代表 X；I 和 U 是用来代表 J 和 V 的。没有与 Q 对应的如尼文（用 CW 表示），也没有与 Z 对应的（如有必要可用矮人如尼文中的 ⅄ 来表示）。不过我们会发现，有些单个的如尼文字母可以代表两个现代英文字母：th，ng，ee；另有一些同类的如尼文（ᛠ 代表 ea 和 ᛥ 代表 st）有时也会用到。秘门的标记是 D ᛞ，地图的最左边有一只手指向这一标记，手的下面写着：

ᚠᛁᚢᛖ·ᚠᛟᛏ·ᚻᛁᚷᚻ·ᚦᛖ·ᛞᚩᚱ·ᚪᚾᛞ·ᚦᚱᛟ·ᛗᚪᚣ·ᚹᚪᛚᚳ·ᚪᛒᚱᛖᚪᛋᛏ: ᚦ.ᚦ.

最后两个如尼文字母是瑟罗尔与瑟莱因的姓名缩写。

埃尔隆德读到的月亮如尼文是：

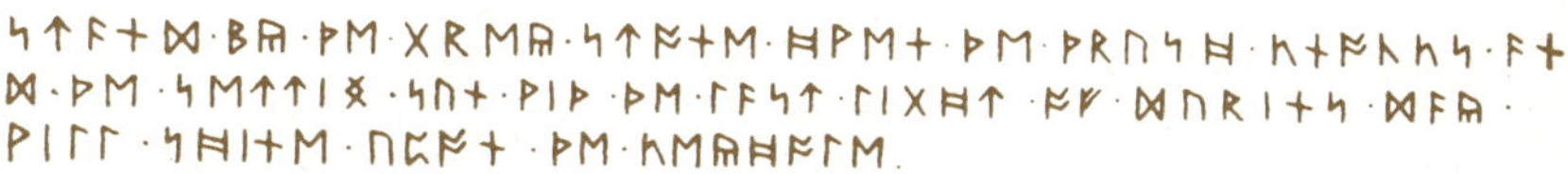

地图上罗盘的四个指向也是以如尼文标出的，如矮人地图中所常见的那样，东向被标在了顶端，因此按顺时针方向四个秘符代表的依次是 E（东）、S（南）、W（西）、N（北）。

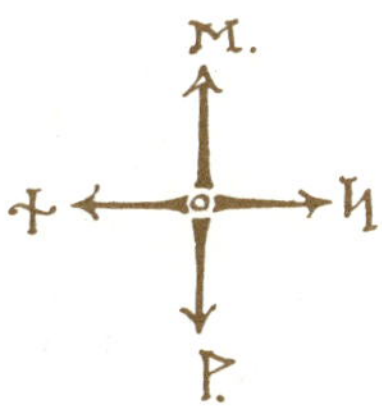

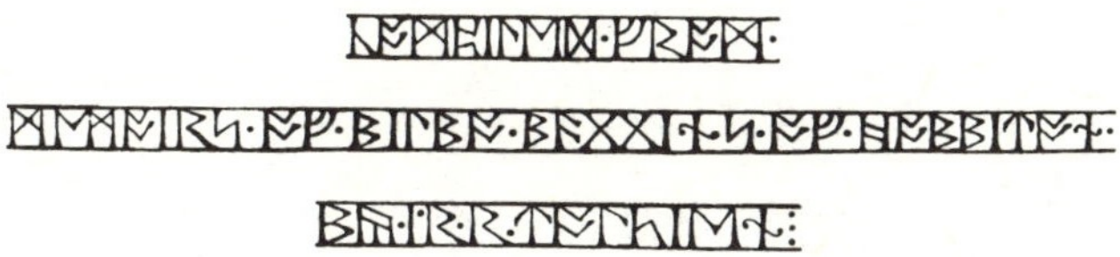

目 录

图版目录

第一章

不速之客

An Unexpected Party

在地底的洞府中住着一个霍比特人。这不是那种让人恶心的洞，脏兮兮湿乎乎的，长满虫子，透着一股子泥腥味儿；也不是那种满是沙子的洞，干巴巴光秃秃的，没地方好坐，也没东西好吃。这是一个霍比特人的洞，而霍比特人的洞就意味着舒适。

它的门滴溜滚圆，像船上的舷窗，漆成绿色，在正当中的地方有一个亮闪闪的黄铜把手。门一打开，里面是圆管一样的客厅，看着像个隧道，不过和隧道比起来可舒服太多了，而且没有烟，周围的墙上都镶了木板，地上铺了瓷砖和地毯，屋里摆着锃亮的椅子，四周钉了好多好多的衣帽钩，那是因为霍比特人非常喜欢有人来上门做客。隧道不断蜿蜒伸展，沿着一条不算太直的直线来到小山丘的边上。方圆好多哩的人都管它叫小丘，小丘边上开出了好多圆形的小门，刚开始只开在一边，后来也开到了另一面。霍比特人的家里是不用爬楼梯的：卧室、浴室、酒窖、食品储藏室（每家都有好多个）、衣橱（他们的衣服摆满了整间整间的房间）、厨房、餐厅，全都在同一层上，更确切地说是在同一条走廊的两侧。最好的房间都在左手边（朝里的），因为只有这些房间有窗子，从这些坚固的圆形窗户可以俯瞰到他们的花园，和花园外边那斜斜伸向河边的草地。

我们的故事要讲述的这位霍比特人生活相当富裕，他姓巴金斯。巴金斯一家人从人们不记得的时候起就居住在小丘这一带了，周围的邻居都很尊敬他们，这不仅是因为他们大都很有钱，还因为他们从来不冒险，不会做任何出人意料的事情：你可以预料到巴金斯家的人对任何问题的回答，所以也就根本没必要浪费力气去问。我们这个故事讲的就是一名巴金斯家的人怎样意外地卷入了一次冒险，他发现自己做出了意料之外的事情，说出了根本没料到自己会说的话。他或许因此而失去了邻居们的尊敬，但他的收获却也不少——看下去你就会明白他是否最终有所收获了。

我们要讲的这个霍比特人的母亲……对了，还没说过什么是霍比特人呢。我想在今天，是有必要对霍比特人稍稍描述一下的，因为他们已经越来越少见了，而且也越来越畏惧我们这些大种人了（他们就是这么称呼我们的）。他们是（或曾经是）相当矮小的种族，身高大概只有我们的一半，个头比那些长了大胡子的矮人要小。霍比特人没有胡子。他们简直不会什么法术，只有当我们这些笨重的大家伙晃晃悠悠地走来，发出大象一般的声响，让他们在两哩地之外就能听见，这时，他们才会使出那种再平常不过的小法术，悄没声儿地凭空消失。通常他们的肚子上都会有不少肥肉，喜欢穿色彩鲜艳的衣服（主要是绿色和黄色），不穿鞋子，因为他们的脚掌上会长出天然的硬皮，脚面还有浓密温暖的棕色长毛，就像他们头上长的那样（不过头上的毛是带卷儿的）。霍比特人拥有修长灵巧的褐色手指，和善的面容，笑起来声音低沉而又洪亮（尤其是在晚餐后，只要有条件他们一天会吃两顿晚餐）。现在你们已经对霍比特人有了一定的了解，我们的故事可以继续讲下去了。我之前说到，这个霍比特人——他叫比尔博·巴金斯——他的母亲就是鼎鼎大名的贝拉多娜·图克，是老图克三名出类拔萃的女儿之一。老图克是住在小河对面的霍比特人的头领。所谓小河，指的就是绕过小丘脚边的那条小河。大家常常说（当然是别人家），很久很久以前，图克家族的某位老祖一定娶了个精灵老婆。这当然是无稽之谈，不过可以肯定的是，他们家的确具有一些并不完全属于霍比特人的特质，比如，时不时地，图克家会有人离家去冒险。他们无声无息地就会消失，家里的人则对此不露任何口风。正因为这样，虽然图克家无疑更有钱，但大家还是比较尊敬巴金斯一家。不过贝拉多娜·图克在成为邦果·巴金斯太太之后，就没有进行过任何冒险。邦果是比尔博的老爸，他为自己的妻子建造了无论是在小丘下边、小丘那边和小河对面都堪称是最豪华的霍比特地洞（部分用的她的财产），他们就住在这个地洞里直到终老。贝拉多娜惟一的儿子比尔博，虽然看起来和他老爸一样老实可靠，让人看着放心，但他仍有可能继承了图克家族的某些古怪天性。这些天性之所以还没有表露出来，只是因为还没等到合适的机会而已。一直到比尔博长大成人，到他年近五十，到他舒舒服服地住在我刚刚跟你们描述过的、由他老爸建造的那个漂亮的霍比特地洞里，看起来就要这么平平静静过上一辈子的时候，这样的机会才姗姗迟来。

许多年前的一个早晨，那时世界一片宁静安详，噪音比现在少，绿色比现在多，霍比特人还为数众多，而且日子过得红红火火，就在这样一个早晨，比尔博·巴金斯吃过早饭后站在自家门口，抽着一个长长的、超大的木头烟斗，长得都快要碰到他毛茸茸的脚趾头了（那些毛被他梳得干干净净的）——这时，在某种奇妙的机缘下，甘道夫从他家门前走过。甘道夫！如果你对于甘道夫的听闻有我的四分之一（而我所听闻的和关于他的所有传闻相比只是九牛一毛），那你就等着听各种匪夷所思的奇妙故事吧。无论他去到哪里，各种传说和奇遇便会以最不可思议的方式在那里爆出芽来。他已经有很多很多年，确切地讲是自从他的好友老图克过世之后，就没有到小丘这一带来过了，霍比特人几乎都已经忘记他长什么样儿了。在他们还是霍比特小男孩和霍比特小女孩的时候，甘道夫就已经越过小丘，涉过小河，去忙他自己的事情去了。

所以，当比尔博在那天早上见到一个拿拐杖的老头儿时，心里根本就没有多想。他眼前的这位老人戴着蓝色的尖顶帽，披着长长的灰斗篷，围着银色的围巾，白色的长胡须一直垂过腰际，脚上穿着巨大的黑靴子。

“早上好啊！”比尔博招呼道，而他这话倒也不是客套。阳光金闪闪，草地绿莹莹。不过，甘道夫却只是望着他，他的长眉毛密密匝匝地向前蓬着，凸起得比他那顶遮阳帽的帽檐还厉害。

“你这话什么意思？”他问道，“你是在祝我有一个美好的早晨呢；还是说不管我要不要这都是一个美好的早晨呢；还是在这样一个早晨你感觉很美好呢；还是说这是一个让人感觉很美好的早晨呢？”

“这些意思全都有。”比尔博说，“除了这些之外，这还是一个非常适合在门外抽烟斗的早晨。如果你身上带着烟斗，那么不妨坐下来，用我的烟叶把你的烟斗装个满！没什么好急的，今天还有一整天可以过呢！”比尔博说罢便在门边的一张凳子上坐了下来，跷起二郎腿，吐了一个美丽的灰色烟圈。烟圈晃晃悠悠地飘向空中，一直保持着完好的形状，直飞过小丘而去。

“真漂亮！”甘道夫说，“可我今天早上没时间来吐烟圈，我正在找人和我一起参加我正在筹划的一场冒险，但要找这样一个人可真不容易啊。”

“我想肯定是的——尤其是在我们这片儿！我们都是些老老实实过太平日子的普通人，冒险对我有什么好处？恶心，讨厌，想想就让人不舒服！谁要是去冒险会连晚饭也赶不上吃的！我真是弄不明白，冒险到底有什么好处？”我们这位巴金斯先生一边骂骂咧咧地说着，一边将一个大拇指插到吊裤带后边，吐出一个更大的烟圈来。然后他拿出早上收到的信件，装出一副不再注意面前这位老人的样子，开始看了起来。他心中早就已经吃准了老头儿跟他不是一路人，巴不得他快快走掉。但那老头儿连动都没动，他倚着拐杖，一言不发地打量着眼前的霍比特人，直到比尔博觉得浑身不对劲，甚至稍微有点不高兴了！

“早上好！”他最后终于忍不住说道，“我们这儿的人什么冒险也不需要，谢谢你啦！你不妨到小丘那边或是小河对岸去试试。”他这话的意思，就是说他再不想搭理老头儿了。

“你这一句‘早上好’派的用场还真是多啊！”甘道夫调侃道，“这次你的意思是想叫我赶快滚蛋，如果我不挪窝，这早上就不会好，对吧？”

“没这个意思，没这个意思，我亲爱的先生！让我想想，我好像不认识你，对吧？”

“不，你有这个意思，你有这个意思——而且我知道你的名字，比尔博·巴金斯先生。你其实知道我的名字，只是你没办法把我和它对上！我是甘道夫，甘道夫就是我！真没想到有朝一日，贝拉多娜的儿子竟然会用这种口气对我说话，好像我是个上门卖纽扣的！”

“甘道夫，甘道夫！我的老天爷啊！你该不会就是那个给了老图克一对魔法钻石耳环的游方巫师吧？那对钻石耳环会自己贴到耳朵上夹紧，主人不下命令决不会松开。你该不会就是那个在聚会上说出精彩万分的故事，有恶龙、半兽人、巨人，有公主遇救，寡妇的儿子获得意外的好运。你该不会就是那个会制造棒得不得了的烟火的人吧？那么美丽的烟火我至今还记得！老图克过去总是在夏至夜放烟火！太美妙了！那些烟火蹿上天空，绽放成美丽的百合、金鱼草和金链花，一晚上都悬挂在夜空中！”你们大概已经注意到了吧，其实巴金斯先生并不像他自己认为的那样无趣，而且他还很喜欢花朵。“我的乖乖！”他继续起劲地说道，“你难道就是那个让许多普普通通的少男少女突然失去了踪迹，投身疯狂冒险的甘道夫吗？他们什么事情都会干得出来，从爬上大树，到探访精灵，或是驾船航行，一直航行到别的海岸！天哪！以前的生活可真是有——我是说你以前曾把这里搅得一团糟。请原谅，可我真没想到您还在干这种事情。”

“我不干这个还干什么？”巫师说，“不过，我还是很高兴你能记得一点我的事迹。至少，你似乎对我的烟火印象不错，这就说明你还不是无可救药。说真的，看在你外祖父的份上，还有可怜的贝拉多娜份上，我会让你得偿所愿的。”

“请原谅，我可没有向你表达过任何愿望！”

“不，你有！而且还说了两次。你要我原谅，我会原谅你的。我甚至还会送你去参加这次冒险。对我来说会很有趣，对你来说会很有利——甚至，只要你能够完成这次冒险，还很可能会有不错的收入。”

“抱歉！我可不想要任何冒险，多谢啦，至少今天不想。再见啦！不过欢迎来喝茶——想什么时候来都行！干吗不定在明天呢！就是明天啦！再见！”话一说完，霍比特人就转过身去，快步闪进圆圆的绿色大门，在不失礼的前提下以最快的速度关上了大门！巫师毕竟是巫师，最好别得罪他们。

“我可真是鬼迷心窍了，请他喝哪门子茶呀！”他一边走进食品储藏室，一边喃喃自语道。比尔博才刚吃过早餐，但在受了这一场惊吓后，他觉得吃上一两块蛋糕，再喝点饮料会有助于自己平复情绪。

在此同时，甘道夫依旧站在门外，长久却又无声地笑着。笑了一会儿之后，他走到门前，用手杖的尖端在霍比特人那漂亮的绿色大门上刻了个奇怪的记号。然后他就迈着大步离开了，此时比尔博正在吃着他的第二块蛋糕，并且开始觉得自己已经躲过了冒险。

到了第二天，他就几乎把甘道夫给忘得一干二净了。他不大记事儿，除非把事情写在约会的记事本上，比如记上这样一笔：**甘道夫周三来喝茶**。可昨天他心烦意乱的，所以根本没想到要记。

就在下午茶之前一点点的时候，前门外传来了震耳的门铃声，他这才想起自己曾经请过别人喝茶这档事！他手忙脚乱地把水烧上，又多拿出了一套杯碟和几块蛋糕，这才飞快地跑去应门。

“非常抱歉让您久等了！”他正要开口这样说，却发现眼前站着的根本不是甘道夫。那是一个矮人，一部蓝色的胡子塞在金色的腰带中，深绿色的兜帽下一双眼睛炯炯有神。门一打开，他就闯了进来，仿佛主人已经等候了他多时一样。

他将连着兜帽的斗篷挂到最近的衣帽钩上，然后开口道：“杜瓦林愿意为您效劳！”一边说一边还微微欠身行了个礼。

“比尔博·巴金斯愿意为您效劳！”霍比特人答应了一句，心里吃惊得一时间什么问题都提不出来。当随后的沉默渐渐变得让人尴尬的时候，他补充道：“我正准备要喝茶呢，请赏光和我一起用茶吧。”话虽然说得有点僵硬，但他的确是真心诚意的。换作是你，如果有个矮人不请自来，把衣服往你客厅里一挂，连一句解释的话也没有，你又该如何应对呢？

他们在桌边还没坐多久，其实才刚吃到第三块蛋糕，比上次更大声的门铃又响了起来。

“对不起，我去去就来！”霍比特人说罢便起身去应门。

“你可算来啦！”这话他本来是准备要这次对甘道夫说的，但出现在眼前的依然不是甘道夫。出现在门阶上的是一位看起来很老的矮人，长着一部白色的胡子，头上戴着红色的兜帽。他同样是门一开就跳了进来，就好像他早就受到了邀请似的。

“大家好像都陆续到了嘛！”他看见衣帽钩上挂着杜瓦

林的绿斗篷便如此说道。他把自己的红斗篷挂在了旁边。“巴林愿意为您效劳！”他手抚胸口说道。

“谢谢！”比尔博这话一出口，不禁倒抽一口凉气。照礼数来说他不该这么回答的，但“大家好像都陆续到了嘛”这句话让他心神大乱。他喜欢访客，但他喜欢事先知道来拜访的是谁，而且他更喜欢自己亲自邀请来的客人。他突然间有种不祥的预感，那就是蛋糕可能会不够，而这就意味着他——身为主人，他知道自己的待客之责，无论如何痛苦都会尽到这一责任——而这就意味着他自己可能吃不到蛋糕了。

“快进来吧，来喝点茶吧！”在深吸了一口气之后，他还是将这话说出了口。

“再有点啤酒的话就更好了，如果您不嫌麻烦的话，我的好先生。”白胡子的巴林说道，“我倒不介意来点蛋糕——小茴香蛋糕，如果您有的话。”

“当然，我有好多呢！”比尔博惊奇地发现自己竟然这样回答，而且自己竟然就朝着酒窖走去，装了满满一品脱的啤酒，然后又去储藏室拿了两个香喷喷的圆形小茴香蛋糕——这可是他下午刚烤好的，准备拿来当做晚餐之后的宵夜。

当他回来的时候，巴林和杜瓦林已经在桌边像老朋友般地聊了起来（事实上，他们也的确是兄弟）。比尔博刚把啤酒和蛋糕放到他们面前，门铃又大声响了起来，接着又响了一次。

“这次肯定是甘道夫了。”他气喘吁吁地跑过走廊时在心中想道，然而门打开后却依旧不是。门外又是两个矮人，都戴着蓝色的兜帽，系着银色腰带，蓄着黄色的胡子，而且都背着一袋工具，拎着一把铲子。门一开，他们就大步冲了进来，这次比尔博已经几乎毫不吃惊了。

“我能为你们做点什么吗，亲爱的矮人们？”他招呼道。

“奇力愿意为您效劳！”其中一个说。“还有菲力也是！”另一个人也跟着说道。两人都脱下了蓝色兜帽，对着比尔博鞠了一躬。

“在下愿意为您和您家人效劳！”比尔博这次才终于按照礼仪回答了他们。

“原来杜瓦林和巴林都已经到了，”奇力说，“让我们和大家伙儿一起乐吧！”

“大家伙儿！”巴金斯先生不禁在心中想道，“这听起来可不太对劲。我必须得坐下来喘口气，把这事儿仔细想上一想，顺便喝点茶。”他才刚喝了一小口——而且还是坐在角落里，因为那四个矮人围坐在桌边，正在谈论着矿藏、黄金、他们与半兽人之间的麻烦、肆虐的恶龙，以及其他许多他听不懂的东西。不过他也不想听懂，因为这些东西听起来都太冒险了。这时，**叮咚零当**，他的门铃又响了，就好像是某个淘气的霍比特小孩，使尽全身力气想把门铃扯掉一样。

“又有哪个来了！”他眨了眨眼睛说道。

“是四个，据我从声音判断。”菲力说，“而且，我们来之前就看到他们远远跟在我们后面。”

可怜的小个子霍比特人就这么坐在客厅里，双手捧着脑袋，不知道发生的这一切到底算怎么回事，不知道还有什么会发生，不知道这些客人会不会全都留下来吃晚饭。然后，门铃又比之前更响地闹了起来，他只能急忙跑去开门。门一开他发现，外面站着的不是四个人，而是五个！就当他在客厅里面发呆那么点工夫，便又有一名矮人与他们汇到了一处。他刚转开门把，所有的人就一涌而入，都向他鞠着躬，一个接一个地说着“愿意为您效劳”。他们的名字分别是多瑞、诺瑞、欧瑞、欧因和格罗因。马上，两顶紫色兜帽、一顶灰色兜帽、一顶褐色兜帽还有一顶白色兜帽都被挂上了衣帽钩，这些矮人都把大手插在黄金或是白银的腰带中，大摇大摆地和他们的同伴汇到了一处。这些人已经几乎称得上是一大伙了。他们有些人要喝麦芽酒，有些人想喝黑啤酒，有一个要的是咖啡，所有人都要了蛋糕。因此，有好一阵，我们这位霍比特主人简直忙得不可开交。

一大壶咖啡刚煮到炉子上，小茴香蛋糕已经被风卷残云了，矮人们又开始吃起了奶油烤饼，这时，门上又传来了响亮的——敲门声。这次不是门铃，而是在霍比特人漂亮的绿门上敲打的声音。有人用木棍在用力敲门！

比尔博非常生气地冲过走廊，脑袋中一团混乱，什么也搞不清楚，这是他这辈子最混乱的一个星期三！他猛地一把拉开门，门外的人全都跌了进来，一个叠在一个的身上。还是矮人，又来了四个！甘道夫就站在他们身后，倚着手杖哈哈大笑。他在那扇漂亮的门上敲出了不少痕迹，不过他倒也顺便把昨天早晨留的那个秘密记号给磨掉了。

“小心点！小心点！”他说，“我说比尔博啊，把朋友留在门口苦等，然后又猛地一下打开门，这可不像是你的做派啊！我来给你介绍一下吧，他们是比弗、波弗、邦伯，还有这位梭林！”

“愿意为您效劳！”比弗、波弗和邦伯排成一列说道。然后，他们又挂起了两顶黄色的兜帽和一顶淡绿色的兜帽。另外还有一顶天蓝色的兜帽，上面还有长长的银穗！这最后一顶帽子是梭林的，他是一位很有身份的矮人，事实上，他就是赫赫有名的梭林·橡木盾，此刻他对于自己摔倒在比尔博家的地板上，身上还压着比弗、波弗和邦伯很不高兴，因为单邦伯一个就浑身肥肉、体重惊人。梭林其实相当高傲，他刚才并没说什么“为您效劳”的话。不过，可怜的比尔博已经说了很多句道歉，所以他最后哼了一句“没关系”，皱着的眉头也舒展了开来。

“大伙儿都到齐了！”甘道夫边说边望了一眼那排成一溜儿的十三顶兜帽——这些都是适合宴会的最棒的兜帽，可以从斗篷上脱卸下来——和他自己挂在衣帽钩上的帽子，“真是一场快乐的团聚啊！希望晚到的人还有东西可以吃喝！那是什么？茶！不，谢了！我想来点儿红酒。”

“我也是。”梭林说。

“还有蓝莓果酱和苹果馅饼。”比弗说。

“还有碎肉派和奶酪。”波弗说。

“还有猪肉派和色拉。”邦伯说。

“如果您不介意的话，请再来点蛋糕、麦芽酒和咖啡。”其他矮人隔着门大喊道。

“再来一些鸡蛋吧，您真是个好人！”比尔博连滚带爬地冲向储藏室的时候，甘道夫对着他的身后叫道，“索性把白切鸡和腌菜一块儿拿出来吧！”

“这些家伙对我家的食物柜怎么比我还清楚！”巴金斯先生觉得脑中一团混乱，开始怀疑一场最要命的冒险是不是已经闯进了他的家门。等到他把所有的杯碗瓢盆刀叉瓶碟都高高地堆好在大托盘里，他已经满头大汗，满脸通红，心里相当不痛快了！

“这帮矮人就这么没头没脑地冲进来，给人带来这么多麻烦！”他大声说道，“他们为什么就不能来搭把手呢？”看哪！巴林和杜瓦林不就站在厨房门口吗？菲力和奇力站在他俩的身后。还没等他说出“餐刀”二字，他们就一阵风似的把托盘和两三张小桌子都搬进了客厅，把所有餐具都铺排停当了！

甘道夫坐在主位，十三个矮人围坐在他身边，比尔博坐在壁炉边的小凳子上，小口小口地咬着饼干（经过这番折腾他的食欲已经几乎没有了）。他努力摆出的样子仿佛是在说，这一切都再平常不过了，绝对算不上是什么奇遇！矮人们吃了又吃，聊了又聊，时间就这样不停地流逝着。最后，他们把椅子朝后一推，比尔博也准备起身过去收拾杯盘餐具。

“我想大家都会留下来用晚餐吧？”他用最有礼貌、最镇定的口气问道。

“这是当然！”梭林说，“吃了晚饭也不会马上就走，我们的事不到半夜谈不完，这会儿我们得先来点音乐。现在就来收拾吧！”

说完，那十二名矮人——不包括梭林，他是重要人物，得继续和甘道夫说话——立刻霍地站起身来，把所有东西都码成高高的一堆堆，并且不等用托盘来装，便摇摇晃晃地各自用一只手托起成堆的盘碟，每堆的最上面还都放着一个瓶子，快步走了起来！比尔博追在他们的身后，害怕得几乎是在尖叫：“拜托你们千万当心着点儿！”“求你们了，不要麻烦了！我自己来就行！”但矮人们非但不听，反倒开口唱了起来：

打碎杯子又摔盘子！
　　弄钝刀子又弄弯叉！
打烂瓶子又烧塞子！
　　比尔博·巴金斯最恨这样啦！

弄破桌布踩了油污！
　　牛奶洒到地板上头！
美酒泼到了门上去！
　　卧室地毯上留骨头！

坛坛罐罐大锅里扔；

拿根大棍用劲捣腾；
捣完如果还有完整，
送到客厅里当球滚！

比尔博·巴金斯最恨这样啦！
小心！千万别把盘子砸！

当然，他们并没有真的做出这样可怕的事情来，所有的东西都快如闪电地给洗干净收好了，而霍比特人则在厨房当中转过来转过去，徒劳地想要看清楚他们在做些什么。干完后，大伙儿又重新回到桌边，看到梭林正把双脚翘在壁炉的挡板上，悠闲地抽着烟斗。他吐的烟圈是人们见到过最大的，而且他想把烟圈往哪儿送，烟圈就会乖乖地去哪儿——飘进烟囱，躲到壁炉上面的大钟背后，钻到桌子下面，或是绕着天花板打转转。不过，无论这些烟圈飘向哪里，都躲不过甘道夫的追击。噗！他会从自己那把短柄的陶制烟斗中喷出一个稍小的烟圈，然后准准地从梭林的每一个烟圈中穿过。然后，甘道夫的烟圈会变绿，回到巫师的头上盘旋。此时他脑袋上方的烟圈已经汇聚成了一团小小的云，在偏暗的光线中使他显得怪异而又神秘。比尔博静静地站在一边看着——他喜欢烟圈——然后，他想起自己昨天曾因为朝着小丘吐的那几个烟圈而自鸣得意，不禁羞得涨红了脸。

“来点音乐吧！”梭林提议道，“把乐器拿出来！”

奇力和菲力立刻跑到他们的背包旁边，拿回来两把很小的提琴，多瑞、诺瑞和欧瑞则从衣服里掏出了长笛，邦伯从客厅里找来了一只鼓，比弗和波弗也走了出去，从放手杖的地方拿回了他们放在那儿的单簧管。杜瓦林和巴林说："抱歉，我们把乐器放在门口了！""顺便把我的也带进来！"梭林说。他们拿回来的六弦琴和他们的个头一样高，梭林的竖琴则是用一块绿布包着，那是把美丽的黄金竖琴，梭林一拨琴弦，甜美的音乐瞬间流泄而出，比尔博一时进入了浑然忘我的境地，被音乐牵引着，飘向陌生月光照耀下遥远的黑暗大地，那里离他身边的小河与小丘下的霍比特洞府是那么的遥远，那么的遥远……

夜色从开在小丘这边的窗户蔓延进来，壁炉的火光跃动着——因为现在还是四月——他们继续演奏着，甘道夫的胡子投在墙壁上的影子也一摇一摆。

黑暗笼罩了整座屋子，炉火慢慢熄灭，影子也跟着消失了，但他们依然在演奏。突然有个人随着乐器的演奏唱了起来，接着又有人跟了上去，低沉的声音唱的是生活在地底古老家园的矮人们的事迹。下面就是他们歌谣的一部分，只是没有了音乐的伴奏，不知道这首歌是否还能有一样的味道。

越过冰冷而又雾蒙蒙的大山，
在那深深地下洞穴已有千年，
我们一定要赶在天亮前出发，

寻找那迷人的黄金颜色浅浅。

往昔的矮人们念下强大咒语，
伴着那铁锤砸出的叮当乐曲，
幽深之处有黑暗的生物沉睡，
在山石下的空穴深不知几许。

精灵的贵族们和远古的国王，
拥有着闪闪发光的黄金宝藏，
他们锤锻黄金又将光芒捕捉，
在剑柄的宝石之间将其敛藏！

在银项链上他们串起了一行
星辰，如鲜花那般美丽绽放，
在皇冠上他们缀以龙的火焰，
扭曲的线条间透出日月华光。

越过冰冷而又雾蒙蒙的大山，
在那深深地下洞穴已有千年，
我们一定要赶在天亮前出发，
把久已忘却的黄金寻回眼前。

他们为自己打造了美丽酒杯，

黄金的竖琴，在从无人得窥
之地宝藏长久静躺，许多歌
人类和精灵都无缘聆赏其味。

松树在那高峻之地放声咆哮，
强风在那夜半之时凄厉哀号。
火焰红红，火苗在迅猛蔓延，
树木如同火把将天都快点着。

山谷之中，钟声在阵阵鸣响，
人类抬头张望脸色写满惊惶；
恶龙的怒火比那火焰更猛烈，
摧毁了巍巍高塔和柔弱屋房。

山脉在月光下升起腾腾烟雾；
矮人们听见末日的沉沉脚步。
他们逃离厅堂却倒在它脚下，
在月光下奄奄一息难逃劫数。

越过冰冷而又阴森森的大山，
在那深深地下洞穴分外昏暗，
我们一定要赶在天亮前出发，
为夺回竖琴和黄金与它开战！

随着他们的歌声，霍比特人在心中升腾起一股对美好事物的挚爱来，那些美好的东西是由灵巧的双手、智慧与魔法共同创造出来的，所以这种爱变得强烈而充满嫉妒，矮人心中的欲望被点燃了。这时，他身体内某种图克家族所特有的东西被唤醒了，他想去看看那巍峨的山脉，想聆听松树的歌吟和瀑布的轰鸣，想探索一下那些洞穴，想要随身佩上一把宝剑而不只是一根手杖。他把目光投向窗外，黑暗的天空中星星已经升起在了树梢。他不禁联想到了矮人的宝藏在黑暗的洞穴中闪光。突然间，小河对岸的林子里亮起了一团火光——也许是谁点燃了营火——这让他想起了四处劫掠的恶龙盘踞在他的宁静小丘上，将它变成了一片火海。想到这里，他不由得打了个寒战，然后立刻恢复了清醒，又变回到与世无争的袋底洞的巴金斯先生。

他颤抖着站起身来，有点装模作样地要去拿油灯，其实他真正想做的是跑去躲在酒窖中的啤酒桶后面，等到矮人们全走光以后才出来。突然间，他发现音乐和唱歌声全都停了下来，所有矮人都在看着他，他们的眼睛在黑暗中闪着光。

“你要去哪儿？”从梭林讲话的口气来判断，他似乎对霍比特人明里暗里的心思都猜到了。

“来点亮光怎么样？”比尔博满怀歉意地问道。

“我们喜欢黑暗。”全体矮人说，“不想告诉人的事情就得在黑暗里谈！离天亮还有很长的时间呢。”

“当然，当然！”比尔博一边说着一边急忙坐了下来，孰料匆忙间没坐上板凳，却坐上了壁炉挡板，把壁炉旁边的火钳和铲子给撞倒了。

“嘘！小声点！”甘道夫说，“大家听梭林讲！”梭林于是就开始了：

“甘道夫、诸位矮人和巴金斯先生！今天我们聚会在我们的朋友和同谋者的家中，他是最最出色、最最具有冒险精神的霍比特人——愿他脚上的毛永不脱落！让我们赞美他的葡萄酒和麦芽酒！——”他停下来喘了口气，顺便希望从霍比特人那里获得礼貌的回应，可这些赞美之词在可怜的比尔博·巴金斯身上没有激起什么反应。只见他嘴巴动了动，想要抗议被称作“具有冒险精神的”，尤其要命的是被称作“同谋者”。虽然他心里已经乱得没了主张，可嘴巴动了几下也没有发出声音。梭林见状继续说道：

“我们在此聚会是为了讨论我们的计划、方法、措施、方针和手段。我们在天亮之前马上就必须踏上漫长的旅途。这次的旅程，我们之中的一些人，甚至是我们所有人（除了我们的朋友和顾问，充满智慧的巫师甘道夫以外）都可能再也回不来了。这是严肃的一刻。至于我们的目标，我想大家已经都很清楚。对于可敬的巴金斯先生，或许还有一两位比较年轻的矮人（我想我点点奇力和菲力的名应该不会有问题吧），他们可能会需要我们就目前的确切状况进行一下简短的解释——”

这就是梭林的讲话风格。他是个地位很重要的矮人，如果没人拦着他，他可以这样一直滔滔不绝地说下去，直到他喘不过气来为止，而且这些话里还没有哪点内容是有人不知道的。不过，这次他被粗鲁地打断了，因为可怜的比尔博再也听不下去了。一听见“可能再也回不来了”这几个字，他就感到有一声尖叫在他体内蹿起，没多久这声尖叫就冲了出来，像是冲出隧道的火车头拉响的汽笛。所有的矮人都腾地跳了起来，把桌子都给碰翻了。甘道夫立刻用魔杖点出一道蓝光，在耀眼的光芒中，大家看见可怜的霍比特人跪在地上，像正在融化的果冻那样打着颤。然后他颓然跌倒在地上，口中不停喊着“我被雷劈了，我被雷劈了”，一遍又一遍，好长时间都从他嘴里掏不出别的话来。大家伙儿于是抓住他，把他抱到客厅的沙发上，在他手边放了杯喝的，又继续回去讨论他们不想告诉人的事情去了。

“这小家伙太容易激动了。”甘道夫待众人重新坐下后说道，“他有时候会像这样发发癫，可人倒是最好的，最好的——凶起来像被戳痛的恶龙一样。”

如果你真的看到过被戳痛的恶龙，那么你就会知道，用这种说法来形容任何一个霍比特人，都太诗意、太夸张了，即便是用来形容老图克的曾叔祖“吼牛”也仍是太过分了些。吼牛身形庞大（相对霍比特人而言），可以骑上一匹马。在绿野之战中，他一马当先地冲向格拉姆山半兽人的阵中，用一根木棒就干净利落地敲掉了他们的国王高尔夫酋的脑袋。他的脑袋在空中飞了有一百码，然后掉进一个兔子洞中。吼牛不仅以这种方式赢得了这场战斗，还捎带着发明了高尔夫球游戏。

不过此时此刻，吼牛的那个温和柔弱得多的后代正躺在起居室中尚未完全苏醒。又过了一阵子，喝了一点酒之后，他才鬼头鬼脑、蹑手蹑脚地回到客厅门边。他正好听到格罗因说："哼！"（或者某种与此多少类似的哼哼声）。"你们认为他能行吗？甘道夫说这个霍比特人很凶猛，这固然不错，可他如果稍微感到点兴奋就像这样尖叫，那可足以把恶龙一家老小都给叫醒，会害我们很多人送命的。我觉得他的尖叫听起来与其说是兴奋，倒还不如说是害怕呢！事实上，要不是因为门上有记号，我肯定会觉得我们来错了人家。我一看到那个胖家伙气喘吁吁地跑来跑去，心里就觉得不对劲。他看起来一点不像飞贼，倒更像是杂货店老板！"

这时，巴金斯先生一扭门把走了进来。他身上属于图克家族的那部分占了上风。他突然觉得自己情愿没有床睡，没有早餐吃，也要让人觉得自己是个凶猛的家伙。当他听见"那个胖家伙气喘吁吁跑来跑去"的时候，他差点要**真的**生气了。以后有许多次，他身上属于巴金斯的那部分会为他此刻的行为懊悔不已，他会对自己说："比尔博，你可真是个蠢货，谁叫你当时走了进去，自己跳进了火坑呢？"

"如果我不小心听到了你们在说的话，"他说，"那么敬请原谅。我并不想假装了解你们在讨论什么，或是你们提到的飞贼什么的，但我敢确信——（他认为此事关乎自己的尊严）你们认为我不够好。我会让你们知道我究竟好不好的。我的门上根本没什么记号——我的门上礼拜才刚刷过油漆——我很肯定你们一定找错人家了。一打开门看见你们这些可笑的面孔时，我还觉得不对劲来着呢。但我招待你们可没有短了一点礼数。告诉我你们想要干什么，我会努力去做的，哪怕是叫我从这里徒步跋涉前往极东的沙漠，去和狂野的恶龙奋战也行。嘿嘿，我祖上有个曾曾曾叔祖叫'吼牛图克'，他——"

"对，对，你说得没错，可那已经是很久以前的事了。"格罗因说，"我正在说你呢。我可以向你保证，你家门上有记号，就是我们这一行通常用的记号，或者说过去常用的。**'飞贼想要好工作，寻求刺激和合理的报酬'** 这就是那个记号通常的意思。当然，如果你喜欢的话，也可以用'职业寻宝猎人'来代替'飞贼'，有些人就喜欢这么遮遮掩掩的，可对我们来说其实都一样。甘道夫告诉我们，说这一带有人急着想要找份工作，他已经安排好这个星期三下午茶的时间会面。"

"门上当然有记号，"甘道夫说，"是我亲手留的，而且我有非常充分的理由。你们要我替你们的探险找到第十四个伙伴，我选择了巴金斯先生。你们只管说我挑错人或是找错房子吧，那你们就守着'十三'这个数字，好好享受你们自找的厄运，或者索性回去挖你们的煤吧！"

他怒气冲冲地瞪着格罗因，把矮人看得又缩回到了椅子上。而当比尔博张开嘴想要提一个问题时，甘道夫又转过身来瞪着他，浓密的眉毛高高挑起，直到比尔博啪嗒一声牢牢闭上了嘴。“这才对！”甘道夫说，“不要再吵了，我已经选中了巴金斯先生，对你们来说这就够了。如果我说他是飞贼，那他就是飞贼，或者时候到了自然会是。你们别小看他，他这人不可貌相，有多大能耐连他自己都不太清楚。你们或许都能有可以活下来感谢我的那天。对了，比尔博，我的孩子，去把油灯拿来吧，让这儿有点光亮！”

桌上，在一盏大油灯投下的带着红晕的光亮下，他摊开一张像是地图的羊皮纸。

“这张地图是你的祖父瑟罗尔制作的，梭林。”他既是在对巴金斯介绍，也顺便回答了矮人们兴奋的提问，“这是通往大山的道路示意图。”

“我看不出这对我们有多大帮助。”梭林瞥了一眼之后失望地说道，“我对那座山和四周的景物都记得很清楚，知道黑森林在哪儿，也认得巨龙们生养后代的荒野。”

“山里面有个红色的恶龙标志，”巴林说，“可如果我们能到那儿的话，要找到龙还不容易？”

“有个地方你们都没有注意到，”巫师说，“就是秘密入口。你们看到西边的如尼文了吗？还有从其他如尼文上指着它的那只手吗？这标示的是通往地底大厅的一条密道。”（翻到本书最前面的地图，就可以看见那些如尼文。）

“这在以前或许是个秘密，”梭林说，“可我们怎么知道它现在还是一个秘密呢？老斯毛格已经在那边住了很久了，关于那些洞穴还会有什么他不知道的呢？”

“他也许知道，但他肯定有好多年没有用过那条密道了。”

“为什么？”

“因为密道太小了。如尼文上面写的是‘大门五呎高，三人并肩行’，但斯毛格可爬不进这种尺寸的洞穴，就算在他还是一条年轻的龙时也钻不进，而在吃掉了那么多矮人和河谷城中的人类之后就更别想了。”

“我倒觉得那是个很大的洞。”比尔博低声地说（他对于恶龙完全没有任何经验，只知道霍比特人的洞府）。他重新变得兴致高昂起来，因此忘了要闭上自己的嘴。他喜欢地图，客厅里面就挂着一幅大大的邻近地区详图，他在那上面把他爱走的路径都用红墨水做了标记。“姑且先不提那头龙，这么大个门又怎么就能躲过所有外来人的眼睛呢？”他问道。大家别忘了，他只是个个子十分矮小的霍比特人。

“有很多办法可以把门掩藏起来。”甘道夫说，“但这扇门用的是什么方法，我们得去看了才能知道。从地图上的记载来看，我猜这扇门只要关起来就一定和山壁一模一样。矮人通常都是这么做的，我说得没错吧？”

“的确没错。”梭林说。

“而且，”甘道夫继续说道，“我也忘了提到，这张地图还附有一把钥匙，一把小小的、有点古怪的钥匙。就在这里！”他递给梭林一把有着长柄和非常复杂齿凹的银钥匙。“好好保管！”

“我一定会的。”梭林边说边用一条挂在脖子上的细链子将钥匙拴好，藏进了外衣里面，“现在我们成功的希望更大了。钥匙的出现让情况朝好的方面有了很大进展。到目前为止，我们还不太清楚该做些什么。我们想过先尽可能小心隐蔽地往东走，一直走到长湖边。在那之后麻烦就会开始了——”

“麻烦来得要比那早得多，我对往东的路可是一无所知啊。”甘道夫打断道。

“我们可以从那里沿着奔流河一路往上走。”梭林没有在意甘道夫的话，径自说了下去，“这样就可以来到河谷城的废墟，也就是原先在大山附近的那个旧城镇。不过，我们谁都不想要从正门进去。河流从正门流出，在大山南边的悬崖落下。恶龙也会从那儿出来——极有可能，除非恶龙改变了习惯。”

“这样可不行，”巫师说，“除非我们有个很厉害的战士，甚至得是个大英雄才行。我找过，但远方的战士们都在忙着彼此征战，而这附近的英雄则寥寥无几，根本就找不到。这一带的刀剑大都已经钝了，斧子都是用来砍树的，盾牌也改成了摇篮或是盖饭菜用的东西。恶龙远在天边，对人们的生活无扰（因此退化成了传说），所以我才退而求其次，只想要找**飞贼**了——尤其是当我想起有这么个密门之后。就这样，我找到了我们的小比尔博·巴金斯，**那个**飞贼，那个百里挑一选中的飞贼。好了，让我们继续制订计划吧。”

“好的，”梭林说，“或许这位专业飞贼可以给我们一些点

子或建议吧。”他假装客气地转向比尔博。

“首先，我得对情况多些了解。”他脑子里一团乱麻，心中抖抖索索，但仍然因了图克家的血统决定继续要撑下去。“我是说那些黄金啊，恶龙啊，诸如此类，怎么能到那边去？这些东西又是谁的？等等等等。”

“天哪！”梭林说，“你不是有地图了吗？你难道没听见我们唱的歌吗？我们刚才难道不是对此已经讨论了好几小时了吗？”

“尽管如此，我还是希望你们能彻底解释清楚。”他固执地坚持道，一边换上了一副办正事的样子（这副样子通常是留给那些想要问他借钱的人的）。他竭尽全力让自己显得睿智、审慎、专业，能够配得上甘道夫向众人推荐他时的那些溢美之词。“我还想要知道风险、需要掏现钱的支出、所需的时间以及报酬，等等。”——他的意思其实是：“这件事我能得到什么好处？我还能活着回来吗？”

“好吧，”梭林说，“很久以前，在我祖父瑟罗尔那一代，我们的家族从北方被赶了出来，带着他们所有的财富和工具来到地图上的这条山脉。这地方是我很久远的一位先祖老瑟莱因发现的，现在他们已经在里面挖矿，修了许多隧道，建起了巨大的厅堂和大型的作坊——而且我相信他们也在这里找到了许多的黄金和大量的珠宝。反正他们变得极度富有，声名远播，我的祖父再度成为了山下之王，那些居住在南方的人类都非常尊敬他，他们沿着奔流河慢慢向上迁徙，一直来到了大山附近的谷地中，在那边兴建了一座被称为河谷城的快乐小城。历代国王曾到那里去聘请匠人，即使是手艺再差的也会获得丰厚的奖赏。许多父亲会哀求我们把他们的儿子带去做学徒，并为此给予我们许多的东西，尤其是粮食，所以我们从来不需要自己动手去种或者四处筹集。总之，那段时间是我们的好日子，即使最贫穷的同胞也都有钱花，还能借给别人，有闲暇时间可以纯粹出于兴趣而制作美丽的东西，更别提那些美妙而又神奇的玩具了，这样的东西现在世上已经找不到了。所以，我祖父的宫殿里装满了铠甲、珠宝、雕刻工艺品和精美的酒杯，河谷城的玩具市场成了大陆北方的一大奇观。

“毫无疑问，正是这把恶龙给招来了。恶龙会从人类、精灵和矮人手中抢夺黄金和珠宝，这你们知道，找到多少就抢走多少。只要它们活着（它们几乎能永远活下去，除非被杀），就会牢牢地看守着这些抢来的赃物，却哪怕连一个不值钱的黄铜戒指也不会拿来享受享受。尽管它们对宝物当下的市值常常知道得很清楚，可其实它们根本分不清做工的好坏。它们自己什么东西也做不来，哪怕是自己身上的鳞甲，就算有一小片松动了，也不懂该怎么修。那时候在大陆北方有许多的恶龙，由于矮人大多被杀或是往南逃，那里的黄金可能越来越少了，恶龙四处破坏，让情况变得越来越糟。这其中有一只特别贪婪、强壮与邪恶的大虫，叫作斯毛格。有一天，他腾身飞上天际，就朝着南方来了。我们最早听到的动静，仿佛是一阵来自北方的旋风，山上的松树在强风中发出吱吱嘎嘎的哀嚎。有些矮人正巧在外面（我有幸是其中的一个——那会儿我是个爱冒险的好孩子，经常到处乱跑，谁料那天却因此逃过一劫）——于是我们从很远的地方，看到恶龙口中喷出火焰落到了我们的山头上。然后他又顺着斜坡冲下来，等它到达树林的时候，树林变成了一片火海。那时，河谷城所有的警钟都响了起来，战士们纷纷拿起武器准备迎战。矮人们从大门里冲了出来，但恶龙就在门口等着他们。一个矮人也没有逃掉啊！河流化成蒸汽，浓雾笼罩谷地，恶龙在浓雾中扑向他们，杀死了大多数的战士——这是个寻常的悲惨故事，那时候这样的事简直太多了。然后他掉头从前门钻进山里，把所有厅堂、巷弄、隧道、地窖、房屋和走廊都转了个遍，打败了所有遇到的人。那之后，山里面一个活的矮人也没剩，斯毛格把他们所有的财富都掠为己有。按照恶龙的行事风格，他多半把这些宝藏收成一大堆，藏在洞穴深处，当床睡在上面。后来，它习惯了在晚上从大门出来，冲进谷地，把人类，尤其是少女掳去吃掉，直到河谷城化为废墟，居民们死的死、逃的逃。现在那里发生什么事我不是很清楚，但我想住得离山脉最靠近的也不会超过长湖的远端。

“当时我们屈指可数的几个正巧身在洞外的人坐在藏身之处哭泣不已，诅咒着斯毛格。出乎我们意料，我父亲和祖父须发焦黑地与我们会合了。他们脸色凝重，却不太愿意说话。我问他们是怎么逃出来的，他们叫我不要多话，说等时机到了的那天自会让我知道。在那之后，我们就离开了那里，在大陆四处漂泊，拼命挣钱糊口，有时甚至必须去做打铁或是挖煤的工作。但我们从未忘记过我们被抢夺走的宝藏。即使是现在，我得承认我们已经存下了不少钱，日子不像过去那样紧巴巴了，"说到这里，梭林轻轻摸了摸脖子上的金链子，"可我们还是想着要夺回属于我们的宝藏，让诅咒降临到斯毛格身上——如果能做到的话。

"我经常会琢磨我父亲和祖父是怎么逃出来的，现在我知道他们一定有一条只有他们才知道的密道。不过，很显然，他们画过一张地图，我很想知道甘道夫是怎么弄到手的，为什么它没有传到我这个合法继承者的手里。"

"我可不是'弄到手'的，是别人给我的。"巫师说，"你的祖父瑟罗尔是在墨瑞亚矿坑中被半兽人阿佐格所杀，这你还记得吧？"

"诅咒那个名字！是的，我记得。"梭林说。

"你父亲瑟莱因是在距离上周四的一百年前，也就是四月二十一号离开你的，之后你就再也不曾见过他——"

"是的，是的。"梭林说。

"这东西是你父亲给我，请我转交你的。如果我选择我认为合适的时机和地点来转交，谅你也不会怪我，更何况我花了多少功夫才找到你啊。你父亲把这张纸给我的时候，连自己的名字都不记得了，当然也从来没跟我提起过你的名字。所以总的来说，我觉得自己应该受到赞美和感谢才对！给！"

说着他把地图递给了梭林。

“我还是不明白。”梭林说。比尔博觉得自己也想说同样的话。甘道夫的解释似乎没有把一切解释清楚。

“你的祖父,”巫师慢慢地,神情凝重地说,“在他前往墨瑞亚矿坑之前,将这张地图托给自己的儿子保管。你祖父被杀后,你父亲带着这张地图出发去试试他的运气。他经历了许多很不愉快的冒险,但是却连这座山的边儿也没摸着。虽然我不知道他是怎么沦落到那地方的,但我发现他的时候,他被关在死灵法师的地牢中。”

“你到那儿去又是干什么呢?”梭林打了个寒战道,所有的矮人也都浑身一哆嗦。

“这你就别管了。像平常一样,我去查点事情,那次可真是险过剃头,即便是我甘道夫,也只能堪堪保住性命。我努力过,想要救出你父亲,但已经太迟了,他变得痴呆,只知道到处瞎逛,除了这张地图和这把钥匙之外,几乎什么都不记得了。”

“很久以前,我们已经报复了墨瑞亚的半兽人,”梭林说,“接下来我们得算计一下这个死灵法师了。”

“别不自量力了!他的力量远远超过所有矮人之和,就算你真的能够把所有的矮人从世界的四个角落召集来,也打不过这个恐怖的敌人。你父亲惟一想要的,就是让他的儿子能够看到这张地图,使用这把钥匙。单是恶龙与大山就足够你对付了!”

“听着，听着！”比尔博冷不丁地大声说道。

“听什么？”大家都突然转向他说道，而他慌乱之下竟然回答，“听我要说的话！”

“你要说什么？”他们问。

“嗯，我想说的是你们应该往东走，去仔细看看。再怎么说那儿也有条密道，而且我想恶龙肯定偶尔也会睡觉。只要你们在门口守得够久，我敢说你们一定可以想出点办法来。而且，知道吗，我觉得我们今儿晚上已经说得够多了。不如先睡个觉，然后明天早上早点动身，怎么样？在你们出门之前，我会让你们好好吃一顿早餐的。”

“你想说的是‘我们’出门之前吧？”梭林说，“你难道不是飞贼吗？守在大门口难道不是你的活儿吗？更别说混进门里去了！不过，我同意先睡觉，明天好好吃一顿早餐。在远行之前，我喜欢给火腿配上六个鸡蛋：要煎的，不要煮的，注意别把蛋黄弄破。”

在纷纷点完早餐而且连声“请”也没说之后（这让比尔博觉得相当不爽），大家就起身准备睡了。霍比特人还得替所有人找到睡觉的地方。所有空房间都住了人，此外还得在椅子和沙发上铺床。把他们都安顿完之后，霍比特人才筋疲力尽、闷闷不乐地回到自己的小床上。他心中暗暗打定了主意，明天早上绝对不会起个大早，给大家做该死的早餐。图克家的热血已经渐渐冷却了，他实在不确定明早会不会和大家一起踏上冒险的征程。

躺在床上时，他听见梭林依旧在隔壁最好的卧室中轻轻哼着：

越过冰冷而又雾蒙蒙的大山，
在那深深地下洞穴已有千年，
我们一定要赶在天亮前出发，
把久已忘却的黄金寻回眼前。

比尔博就在这萦绕耳畔的歌声中睡去了，这歌让他做了一串很不舒服的梦。待他醒来时，天已经亮了很久了。

第二章

烤羊腿

Roast Mutton

比尔博腾地跳了起来，穿上晨衣，来到饭厅。饭厅里空无一人，但可以看得出来有过一顿丰盛然而却是匆忙的早餐。屋子里乱得一塌糊涂，厨房里堆着没有洗的餐具。他所拥有的每个锅子和罐子似乎都被用过了。接下来的清洗工作凄惨而又真切，让他终于确信昨晚的派对不是他噩梦的一部分，尽管他心里是如此盼望的。一想到这伙人没有带上他就走了，而且一点也没有想要叫醒他的意思（“可连一声谢都没有。”他想道），他真的感到如释重负；然而不知怎的，他又忍不住略略感到有点失落。这种感觉让他大吃一惊。

“别犯傻，比尔博·巴金斯！”他自言自语道，“都这把年纪了，还去想什么恶龙和那些稀奇古怪的冒险！”于是他穿上围裙，点上火，烧了开水，把所有的餐具都给洗了。然后，他在厨房里好好用了顿精致的早餐才离开了饭厅。这时，屋外的阳光一片灿烂，前门敞开着，吹进一阵阵温暖的春风。比尔博开始大声吹起口哨，快要忘记昨晚的事情了。事实上，当甘道夫走进来的时候，他刚在饭厅坐下，对着敞开的窗户，准备再吃第二顿精致的早餐。

“我亲爱的朋友，”甘道夫说，“你到底准备什么时候来啊？你不是还说要‘早点动身’吗？——可现在，你看看，都已经十点半了，你却还在吃早餐！他们给你留了纸条后走了，因为他们已经等不及了。”

“什么纸条？”可怜的巴金斯先生慌张地问道。

“天哪！”甘道夫说，“你今天早上可真是不在状态啊——你竟然没有打扫壁炉！”

“这和纸条又有什么关系？光是清洗十四个人的餐具就够我忙活的了！”

“如果你打扫了壁炉，就会在钟下面发现这个。”甘道夫递给比尔博一张纸条（当然是用比尔博自己的便条纸写的）。

纸上是这样写的：

> 梭林和大伙儿向飞贼比尔博问好！对您的款待我们谨献上最诚挚的感谢，我们也满怀谢意地接受您为我们提供的专业协助。我们给予您的条件如下：事成即付的酬金，数额不超过全部获利（如果有）的十四分之一；

全部旅途花费，无论事成与否；如您不幸亡故，丧葬费用会由我们或我们的代表承担，若我们亡故，您无须承担我们的丧葬费用。

由于我们认为没有必要打搅您宝贵的睡眠，所以我们提前动身以进行必要的准备，并将在傍水路的绿龙客栈恭候您大驾光临。请务必于十一点整抵达，我们相信您会**守时**的。

您最忠诚的朋友

梭林和伙伴们敬上

“只剩十分钟，你得跑着去了。”甘道夫说。

“可是——”比尔博说。

“这个来不及说了。”巫师说。

“可是——”比尔博又说。

“那个也来不及说了！快给我走！”

比尔博直到自己生命的尽头都不记得自己当时是怎么做出下面这一切的：他出了门，没戴帽子、没带手杖、没带钱，没带任何平常出门会带的东西。第二顿早餐才吃了一半就扔在那里，碗盘也没洗；他把钥匙朝甘道夫手里一塞，就用他那双毛毛脚所能达到的最快速度飞奔了起来，跑过街道，跑过大磨坊，越过小河，接着又跑了有一哩多。

等他上气不接下气，好不容易在钟敲十一响时赶到傍水路，这才发现自己竟然连手帕都没带上一条！

“真棒！”站在客栈门口观望他的巴林为他喝彩道。

此时，其他人也都从村庄大路的拐角冒了出来。他们一个个都骑着小马，每个小马背上还驮着各式各样的行李、包裹和各种随身用具。其中还有一匹非常矮的小马，显然是给比尔博留的。

“你们两个赶快上马，我们马上出发！”梭林说。

“我实在很抱歉，”比尔博说，“可我忘了戴帽子，手帕也落在家里了，身上连一毛钱都没有。准确地说，我是在十点四十五分才看到你们的留言的。”

“没必要那么精确，”杜瓦林说，“也没必要担心！这趟旅程你只能不用手帕和许多其他东西了。至于帽子嘛！我的行李里面还有一套多余的斗篷和兜帽。”

就这样，在五月即将到来前的一个晴朗的早晨，他们慢慢骑着装满行李的小马，一齐踏上了旅程。比尔博戴着从杜瓦林那里借来的一顶深绿色的兜帽（有些破旧）和深绿色斗篷。这两样东西对他来说都太大了些，让他显得相当滑稽。他老爸邦果见了他这副模样会作何感想，可是让人连想都不敢想。惟一让他感到舒服的地方是，至少人们不会把他误认成矮人，因为他没有留胡子。

他们骑了没多久，就碰上了甘道夫威风凛凛地骑着大白马而来。他带来了很多的手帕，还有比尔博的烟斗和烟草。因此在那之后，这一伙人赶起路来就都心情畅快了，一路上都在说着故事，唱着歌，只有停下来用餐的时候才会稍稍中断一下。虽然停下来用餐的次数不像比尔博希望的那么频繁，但他还是开始慢慢觉得，冒险其实并不是那么糟糕的。

一开始他们经过的是霍比特人的土地，这是一片值得人尊敬的开阔乡野，居民都是些正直而又体面的人，道路平整，点缀着一两间客栈，间或会遇到一位从容赶路的矮人或是农夫。接着，一行人来到了说陌生语言的区域，人们唱的歌谣也是比尔博之前从未听到过的。再接着他们就深入到了野地，这里没有住户，没有客栈，道路的情况也越来越糟。前方不远处是阴郁的山丘，因着树木而呈现出黢黑的颜色，山势也变得越来越高起来。有些山丘上有古旧的城堡，它们那邪恶的外表让人觉得仿佛是由邪恶的人们所建造的。那天的天气突然变得很是糟糕，让一切看上去都显得十分阴郁。大多数时候，这里的天气都像明媚的五月该有的那样，美好得简直像老旧的快乐传说，但现在却是又湿又冷的。在野地行路时，他们虽然有时必须要露营，但至少天气是干燥的。

“这鬼天气，就像快到六月了一样。”比尔博一边跟在其他人身后在一条满是泥浆的道路上啪嗒啪嗒地走着，一边嘴里嘟囔道。这会儿已经过了下午茶的时间，天上下着滂沱大雨，而且从早上一直下到现在。雨水从兜帽上滴进他的眼睛里，斗篷也湿透了。小马非常疲倦，在石头路上蹒跚而行，其他人也都垂头耷脑地懒得说话。“我敢肯定，这雨水一定已经渗进了干衣服里面，还流进了我们装食物的袋子。”比尔博在心中思忖，“我干吗要跟人家来趟飞贼什么的浑水！真希望我这会儿是在自己美妙的洞府家中，坐在壁炉旁边，听着水壶咕嘟咕嘟开始滚的声音！”这可不是他最后一次许下这种愿望！

矮人们依旧慢慢地朝前走着，没有谁回过头来注意一下霍比特人。在满天乌云的背后，太阳肯定已经落下去了，因为天色开始变得昏暗。他们此时正在走向一个深深的山谷，有一条小河在谷底流淌。风势紧了起来，河堤上的柳树弯下了腰，在风中发出叹息。绵绵淫雨令小河的水涨了起来，从北方的大山和丘陵间奔流而下，幸亏路上有一座古老的石桥，不然他们还真不知道该怎么过河呢。

过完小河后，天已经快黑透了。风势强劲，把山冈上空的乌云吹得如破布般飞散，露出一轮仿似在闲庭信步的月亮。这时大伙儿停了下来，梭林嘟噜嘟噜地说了几句有关晚餐的事情，“而且哪里能找到干的地方睡觉呢？”

这时，他们才发现甘道夫失踪了。虽说他已经和他们走了这一路，可他其实根本没提过他是要和他们一起冒险呢，还是只是暂时和他们搭伴行路。他吃得最多，说得最多，笑得也最多，可现在却连影子都不见了！

“偏巧就赶在最需要巫师的时候……”多瑞和诺瑞哀嚎道。（他俩在用餐要有规律这点上和霍比特人有着相同的看法，都主张多食多餐。）

最终大家决定就地宿营。他们来到一丛树木之间，虽说树下面稍微要干一点，但风会把雨从叶子上刮落，滴滴答答的很是恼人。连火似乎也和他们捣起蛋来，若在平时，矮人们不管有风没风，几乎能用任何东西生出一堆火来，可这天晚上却怎么也不行，即便是最擅长生火的欧因和格罗因也束手无策。

这时，有匹小马突然无缘无故地受了惊吓，冲了出去。大家还没来得及拦住，它就冲进了河里。大伙儿好不容易把它拽出水面，菲力和奇力还差点淹死，小马背上驮着的行李全都被水冲走了。真是怕什么来什么，那匹小马驮的主要是食物，这下子，晚餐就吃不到什么东西了，第二天的早餐就更别提了。

大家一身透湿，无比郁闷地坐在地上，口中骂骂咧咧。欧因和格罗因还在试着生火，一边还相互斗着嘴。比尔博在伤心懊悔，冒险并不如他想像那样，尽是在五月阳光下骑着小马的快乐旅程。这时，总是担任警戒与瞭望的巴林突然大喊起来："那边有光！"不远处有座长着树木的小山丘，有些地方树木长得相当浓密，从树木构成的大片黑暗之中，他们可以清楚地看见有一点光芒在闪耀，那是一点红色的、温暖的光芒，似乎是一团营火，又像是几支火把在摇曳。

他们盯着亮光看了一会儿，便开始争论起来。有些人说"没有"，有些人说"有"，有些人说只能去看了才知道，反正不管怎样，都比吃着少得可怜的晚餐、想着明早更少的早餐，而且一整夜穿着湿衣服干坐着要好。

有人反对说："我们对这附近不熟，而且这里也太靠近大山了，现在旅人都很少走这条路。旧地图根本没用：一切都变了，变得更糟糕，道路也没人守护。他们没见过这里有什么国王，甚至连听也没怎么听说过。在这里行路，你越少问东问西，就越不会惹麻烦。”又有些人反驳说：“再怎么说我们也有十四个人哪！”还有人问：“甘道夫到底上哪儿去了？”所有人都把这个问题重复了一遍。这时，雨势突然比之前更猛了，欧因和格罗因则索性打了起来。

他们这一打倒让大家停止了争论。“别忘了我们身边还有一个飞贼！”大家说道，于是他们匆匆开拔，牵着小马，尽可能小心谨慎地往亮光的方向走去。他们来到山脚下，不久就走进了丛林中。他们朝山丘上走去，但却看不到一条像样的道路，就是有可能会通向一所房子或一处农庄的那种。他们在一片漆黑的树林中勉力前行，一路上弄出不少窸窸窣窣、噼里啪啦、嘎吱嘎吱的声响，当然也少不了咕咕哝哝和骂骂咧咧。

突然，从不远处的树干间闪出了非常耀眼的红光。

“现在该轮到我们的飞贼露一手了。”大家说的是比尔博，“你得去弄清楚这光亮是怎么回事，有什么目的，再看看是否一切都很安全。”梭林对霍比特人说：“快去！如果没情况，就快点回来；如果有情况，就拼了命回来！如果回不来，就学两声谷仓猫头鹰叫，再学一声长耳猫头鹰叫，我们会尽力而为的。”

比尔博只好迈步前去侦察了，他原本还想说明一下，无论哪种猫头鹰，他连一声都不会叫，可想想也就作罢了。好在不管怎样，霍比特人天生就能够在森林中悄无声息地移动，他们对此是相当自豪的。在和矮人们一起赶路的时候，比尔博曾经不止一次地抱怨过“矮人们就喜欢弄出那么大的响动”，其实像你我这样的普通人，哪怕有整队人马从离我们只有两呎远的地方通过，在刮大风的晚上估计也什么都听不见。比尔博一步步向那点红光走去，他发出的响动恐怕连黄鼠狼听见了都不会抖一下胡须。因此，他一路顺利地来到了火光跟前——这光亮果然是火—— 一个人也没有惊动。以下就是他所见到的。

三个身形非常高大的人，围坐在一个榉木燃起的特大火堆旁，正用长长的木棍叉着羊腿在火上烤，一边还舔着手指间流下的肉汁。空气中飘散着令人垂涎的香味儿。他们身边摆着一桶好酒，这些家伙都用酒壶对着嘴在喝。可这些家伙其实是食人妖，一看就知道是食人妖。即使是平时不大出远门的比尔博也能够看出来：从它们肥硕的脑袋、它们的个头儿、它们腿的形状，全都能看得出来，更别提它们的语言了，那根本不是人们在客厅里使用的文明语言。

“昨天吃羊腿，今天吃羊腿，奶奶的，明天该不会还是吃羊腿吧！”一个食人妖说道。

“已经好久连屁大一块人肉都没吃过了。”第二个食人妖说，“妈妈的，威廉不知道到底在想什么，把我们带到这种鬼地方来，真他妈想不通——而且酒也不够喝了。”他用手肘捅了捅正在大口喝酒的威廉。

威廉被他捅得呛了一口酒。“闭上你的鸟嘴！”等他回过气来之后，他立刻说道：“你个蠢东西，难道你以为会有人留在这里，乖乖等着你和伯特来吃吗？自打我们从山上下来之后，你们俩已经吃掉了一个半村子的人了，难道还嫌不够吗？我们的运气已经不错了，我替你们弄来了这么肥美的羊肉，你个狗东西应该说声‘谢谢你，威尔[1]’才对。”说罢，他狠狠地从在烤的山羊腿上咬了一口肉下来，用袖子抹了抹嘴。

是的，食人妖一般来说都是这副德性，即使那些只有一颗头的家伙也是如此。比尔博在听完这一切之后，本该立刻有所举动的。他要么悄悄地跑回去警告朋友，说那里有三只高大的食人妖，心情相当不好，可能会想要烤矮人甚至小马来换换口味；要么他可以身手敏捷地干些飞贼的勾当。一个真正一流的、能成为传奇的飞贼，会在这个时候从食人妖身边顺走点东西——只要能办得到，这样做几乎总是颇有价值的——比如把羊腿从烤肉叉上摘下来，偷走他们的啤酒，再神不知鬼不觉地溜走。如果更实际一点，不那么讲究飞贼的职业声誉的话，还可以在它们察觉之前，把三个食人妖一人一刀给结果了，这样大家就可以开开心心地度过这一晚了。

这些比尔博都知道。有许多事情，他虽然没有亲眼见过，亲自做过，但都从书里读到过。眼前的景象既令他感到惊恐，

1 原文为 Bill。——译者注

又令他感到恶心。他真希望自己此时此刻是在几百哩之外，但是——不管怎样他不能就这样空着手就回去见梭林和伙伴们。他直起身子，在暗影中踌躇了片刻。在他听过的形形色色的飞贼故事中，从食人妖的口袋里偷东西似乎是最不费力的，于是他静悄悄地潜到威廉身后的大树后面。

伯特和汤姆起身来到酒桶边，威廉又倒了一壶酒正在喝着。这时比尔博鼓起勇气，将小手伸进威廉的超大口袋中。那里面有个钱包，对比尔博来说大得就像个提包。"哈！"他小心翼翼地把钱包往外掏，一边觉得自己正在对这种新工作渐渐进入状态，"这才只是开始呢！"

这的确只是开始而已！食人妖的钱包是会祸害人的，这个也不例外。"呃，你是谁啊？"钱包一离开口袋，就有尖尖的声音叫了起来，威廉马上转过身来，还不等比尔博躲入树后，就一把抓住了他的脖子。

"天哪，伯特，来看看我抓到啥了！"威廉说道。

"这是什么东西？"另两个食人妖走了过来。

"哎呀呀，这我可不认识！哎，你是啥玩意儿？"

"比尔博·巴金斯，我是个飞——呃——霍比特人。"可怜的比尔博浑身筛糠般地抖着，脑子里拼命在想，怎样才能在自己被这些食人妖掐死之前发出猫头鹰的叫声来。

"飞蛾霍比特人？"他们有些惊讶地说。食人妖的理解力相当迟钝，对任何新事物总是疑神疑鬼的。

"可飞蛾霍比特人跟我的口袋又有什么关系呢？"威廉问道。

“你知道他们怎么个吃法吗？”汤姆问。

“试试不就行啦。”伯特说着就拿起了烤肉的钎子。

“这么小一个人儿，等剥了皮去了骨，还不够塞牙缝的呢。”说这话的威廉已经酒足饭饱了。

“说不定附近还有像他这样的，我们可以拿来做派。”伯特说，“嘿，这周围的林子里还有没有像你这样偷偷躲着的，你这只可恶的小兔子？”他边说边打量着霍比特人的毛毛脚，接着一把抓住他的脚，把他倒着拎了起来，晃了好几下。

“有，有很多。”说完这话，比尔博才想起不该出卖朋友。“没，没有，一个也没有。”他连忙补了一句。

“你这么说是什么意思？”伯特这次又抓住他的头发，把他正过来给拎着。

“我说的是，”比尔博呼吸急促地说道，“好心的先生们，请你们千万别把我给烤了！我自己就是个好厨师，我煮的菜比我自己要好吃多了，如果你们明白我的意思。我会给你们露一手烹饪绝活的，为你们做一顿超棒的早餐，只要你们别把我当晚餐吃了就好。”

“可怜的小讨厌鬼。”威廉说道。他已经吃撑了，又喝了很多啤酒：“可怜的小讨厌鬼！让他走吧！”

伯特说：“不行，得先搞清楚他刚才说的‘有很多’又‘一个也没有’是什么意思，我可不想在睡觉的时候喉咙被人割开！抓住他的脚趾放到火上烤，看他说不说！”

“这我可不答应！”威廉说，“他可是我抓到的。”

“你可真是个胖蠢蛋，威廉，”伯特说，“今晚之前我就这样说过，胖蠢蛋！”

“你才是傻瓜呢！”

“你没资格这样说我，威尔·哈金斯！”话音未落，伯特一拳就打中了威廉的眼睛。

接着局面就演变成了一场混战。比尔博虽然受了惊吓，但好歹还有点头脑，所以伯特一把他撂到地上，他还赶在他们俩一边大声用各种恰如其分的脏话辱骂对方，一边像野狗般地厮打到一起之前，赶紧从两双大脚会踩到的线路上躲开。没过多久，两个食人妖就互相扭作一团，又踢又打的差点滚进火堆中。汤姆则用树枝朝两个家伙同时打去，希望他俩能恢复理智——然而这当然只是令他们变得更加暴躁如雷。

本来比尔博正好可以趁此大好时机离开，但他那双可怜的小脚被伯特的大爪子差点给捏扁了，胸口的气还没捯上来，脑袋也还晕晕乎乎的。因此，他躲在火光照不到的地方，躺在地上喘大气儿。

就在打斗进行得如火如荼的时候，巴林赶来了。矮人们隔了一段距离就听见了这里的吵闹声，在等了一段时间，既没等到比尔博回来，也没听到像猫头鹰的叫声之后，他们便一个接一个地悄悄朝火光摸了过来。汤姆一看见巴林出现在光亮中，立刻发出一声可怕的咆哮。食人妖一看到矮人的样子就讨厌（特别是没煮熟的）。伯特和威尔马上停止了打斗，大喊着：“拿袋子，汤姆，快！”巴林正在这一团骚乱中寻找着比尔博，还没等他弄清楚到底是怎么一回事，一个袋子便从天而降，接着他就给撂倒在了地上。

“如果我没猜错的话，还会有更多要来呢。”汤姆说，“很多又一个也没有，肯定就是这个意思。飞蛾霍比特人‘没有’，矮人‘有很多’。应该就是这么回事。”

“我想你是对的。”伯特说，“我们最好躲到火光照不到的地方去。”

于是他们就这样做了。三个食人妖手中拿着原先用来装羊肉和其他抢来东西的袋子，在暗影中守候着。每当有哪个矮人走过来看火堆，看地上翻倒的酒壶，看啃过的羊腿时，突然便会有一个臭烘烘的袋子“噗——”地罩住他的头，把他撂倒在地。很快，杜瓦林就躺到了巴林身边，菲力和奇力装在同一个袋子里，多瑞、诺瑞和欧瑞则叠成一堆，欧因、格罗因、比弗、波弗和邦伯最不舒服，因为他们被堆在火堆旁。

“这是给他们一个教训！”汤姆说，因为比弗和邦伯像矮人陷入绝境时都会做的那样拼死抵抗，给他们惹了不少麻烦。

梭林是最后一个，而他没有像其他矮人那样毫无察觉就着了道。他来的时候就预料到会有危险，不需要看见朋友的脚从袋子里面伸出来，就知道事情有点不对劲。他站在有一段距离的阴影中说：“这是怎么回事？是谁把我的人都给打倒了？”

“是食人妖！”比尔博躲在树后面喊道。大家都已经忘记了他的存在。“他们正拿着袋子躲在灌木丛里呢！”他说。

“哦，是吗？”梭林说完，不等食人妖来得及向他扑来，便一个箭步跳到火堆跟前，抓起一根燃着火的大树枝挥舞起来。伯特来不及跳开，被树枝戳中了眼睛，暂时退出了战斗。比尔博尽了全力来帮忙，他拼命抓住汤姆树桩般的大粗腿，但汤姆抡起一脚把火烬朝梭林脸上踢去，这一踢就把比尔博甩上了灌木的枝梢。

汤姆只顾了踢，却不料牙齿挨了梭林一树枝，被打掉了一颗大门牙。这家伙发出一声惊天动地的怒号。可就在此时，威廉从后面扑了过来，用袋子套住了梭林的头，把他撂倒，战斗于是就结束了。现在，矮人们的处境可是都很不妙了：他们全都给结结实实地捆在了袋子里，身边坐着三名愤怒的食人妖（其中两个家伙身上有烧伤或挨打的伤口，让他们难以忘记），争论着是该把他们慢慢烤来吃，还是把他们剁得细细的煮来吃，或者是坐到他们身上，把他们挨个儿压成肉饼？比尔博栖身在一丛灌木的顶梢，衣服被撕破，身上也破了好些口子。他吓得不敢动，惟恐被食人妖听见。

直到这时甘道夫才赶了回来，不过没有人看见他。食人妖刚刚作出决定，先把矮人们烤熟，待会儿再来吃他们——这是伯特的点子，经过了好一番争论之后，三个家伙终于达成了一致。

“现在烤不好，要花一整夜呢。”有个声音说。伯特以为那是威廉的声音。

“威尔，不要再吵了，”他说，“不然又要耗上一整夜。”

“谁——谁要跟你吵？”威廉以为刚刚说话的是伯特。

“你。”伯特说。

“你瞎说。”威廉顶了回去。这样一来，之前的争论又重新开始了。最后，他们决定把这些矮人剁得细细的煮来吃。于是他们找来了一个大黑锅，接着就掏出了刀子。

“煮着吃不好！我们又没水，要想找到水井什么的得走好远。”一个声音说。伯特和威廉以为这是汤姆的声音。

“闭嘴！”他们说，“不然这事儿就永远干不成了。你要是再说一句，就自己去拿水。”

“你们才闭嘴哩！”汤姆觉得那是威廉的声音，“我倒想知道，除了你之外还有谁在吵架？”

“你个呆子！”威廉开口骂道。

“你自己才呆呢！”汤姆回了一句。

于是争吵又从头开始，而且比之前还要激烈，最后好不容易，他们才都同意坐到袋子上，把他们挨个儿压成肉饼，下次再来煮他们。

“先坐哪一个呢？”那个声音说。

“最好先坐最后那个家伙。”伯特说，他的眼睛刚刚才被梭林弄伤。他以为说话的是汤姆。

“不要自言自语！”汤姆说，“不过你要是想坐最后那个家伙，就去吧。到底是哪个呢？”

“就是那个穿黄袜子的家伙。”伯特说。

“胡说，是那个穿灰袜子的。”一个有点像是威廉的声音说道。

“我敢肯定是黄的。”伯特说。

“的确是黄的。”威廉说。

“那你为什么说是灰的呢？”伯特不满地问道。

“我从来没说过，是汤姆说的。”

“我才没说过呢！”汤姆急道，“是你！”

“两票对一票，闭上你的臭嘴！”伯特说。

“你在跟谁说话呢？”威廉问。

“住嘴！”汤姆和伯特齐声说道，“夜晚都快到头了，再一会儿天就要亮啦，咱们还是继续干活儿吧！”

“曙光会照到你们所有人，将你们化作岩石！”一个有点像威廉的声音说道。但那不是威廉的声音，因为就在那一刻，晨光越过山丘，树梢间传来大声的叽叽喳喳的鸟鸣。威廉再也没有机会开口说话，因为他就站在那里变成了石头，保持着被晨光照到时的姿势。而汤姆和伯特则变成石头定在那里，眼睛还在看着威廉。直到今日，这三个食人妖还是孤孤单单地矗立在那边，只有鸟儿偶尔在它们头上停留。因为你们或许知道，对于食人妖来说，必须在天亮前遁入地下，否则它们就会变回成制造它们所用的原料——岩石。这就是伯特、汤姆和威廉的下场。

“好极了！”甘道夫从树后面走了出来，又帮着比尔博从一株长满荆刺的灌木上爬了下来。这时，比尔博才明白，原来是巫师用自己的声音让食人妖们彼此吵闹不休，直到天光降临，给了它们一个了断。

接下来要做的事就是解开袋子，把矮人们放出来。他们都给憋坏了，心情也给弄得糟糕透顶：他们一点也不喜欢躺在那里听食人妖讨论是要煮他们、压扁他们还是把他们剁碎。他们逼着比尔博把发生在他身上的事情解释了两遍，气才稍稍有点平。

“想练偷东西也不挑个好时候，”邦伯说，“我们当时想要的只是火和食物而已！”

“就算换了这两样东西，他们也不会太太平平地奉上。”甘道夫说，“你们现在可是在浪费时间了。食人妖总想着要躲避阳光，所以在它们出没之处的附近一定会有洞穴或是挖出来的地洞，你们难道没想到吗？我们一定得仔细找找！”

他们在四周搜索着，很快发现了这些食人妖通往树丛的石头脚印。他们沿着脚印往山上爬，最后发现掩藏在灌木丛中的一扇通往岩洞的石门。但即使他们全体都用尽吃奶的力气推，甘道夫也尝试了各种各样的咒语，却就是打不开这道石门。

“不知道这个有没有用？”比尔博提出这个问题的时候，矮人们已经又累又气了，“我是在食人妖打架那里的地上找到这东西的。”说着他拿出一把大钥匙，尽管威廉一定觉得这是一把很小、很不容易发现的钥匙。很幸运的是，这把钥匙在他变成石头之前从他口袋中掉了出来。

“你干吗不早说？”大家齐声喊道。甘道夫抓过钥匙，插进钥匙孔中，再用力一推，石门便向后打开了，大家一起进了石洞。石洞的地上有很多的白骨，空气中飘着一股难闻的味道。不过架子上、地上倒是胡乱堆放着许多食物。石洞中到处散乱着掠夺来的财物，从黄铜扣子到堆在一个角落里的装满金币的坛子，形形色色，应有尽有。墙壁上还挂着很多衣服——对食人妖来说明显太小，多半是从那些被害人身上扒下来的——在这些衣物之间，还有各种款式、形状和尺寸的剑，其中两把特别吸引他们的目光，因为它们拥有美丽的剑鞘和镶嵌着宝石的剑柄。

甘道夫和梭林各自拿了一把，比尔博则拿了一把带鞘的刀子。这对食人妖来说大概只能算是装在口袋里的小刀，但对霍比特人来说却已经可以算得上是短剑了。

“像是好剑哪。”巫师将剑从鞘中拔出一半，好奇地打量着，“这不是食人妖自己做的，也不是这一带的人类工匠现在能够制作出的。等我们把上面的如尼文解读出来，应该可以知道更多它们的来历。”

“快走吧，我可不想再闻这股臭味儿了！”菲力说。于是大家把一坛坛金币搬了出去，接着是那些没被食人妖碰过，看着还能吃的食物，还有一桶依然是满满的麦芽酒。这时他们才觉得该吃早餐了，由于每个人都已经饿得前胸贴了后背，所以大家抓过从食人妖洞里得来的食物就狼吞虎咽地吃了起来，连头都不曾抬过一下。他们自己原先准备下的粮食已经所剩无几了，现在一下子又有了面包和奶酪、一大桶麦芽酒，还有可以放在营火的余烬里烤的火腿。

吃完以后大伙儿便睡下了，因为刚刚过去的一晚上一直都在折腾。这一觉一睡就睡到了下午。醒过来之后，他们牵过小马，装上一坛坛金币，将它们运到离小道不远的河边，非常隐密地埋了起来，还对这批财宝施了很多的魔法，为的是万一将来他们还有命回来时，能重新找到这些财宝。忙活完之后，他们又全都再次上马，继续沿着山路向东方慢慢行去。

“我能否问一下你之前去了哪儿？”梭林在和甘道夫策马并行时问道。

“去前面探了探。”甘道夫回答。

“是什么让你在千钧一发的时候赶回来了呢？”

“又回头探了探。”他不紧不慢地说。

“你说得倒轻巧！”梭林道，“但你可以说得更清楚一点吗？”

“我去前面探路，因为不用多久前方的道路就将变得危险而又艰难了。此外，我还操心着要补充一下我们带的那一点点给养。不过我没走出多远，就遇上了几个从幽谷来的朋友。”

“那是什么地方？”比尔博问道。

“别插嘴！”甘道夫说，“如果我们运气好的话，再走几天就能到那儿了，到了你就自然会知道那是什么地方。我刚才说到，我碰到了两个埃尔隆德的人，他们因为害怕食人妖，所以正在匆忙赶路。就是他们告诉我说，有三个食人妖从山上跑了下来，在离大路不远的森林里面住了下来，它们不仅把这附近的人都给吓跑了，还攻击过路的旅人。

“我立刻就感到我必须回来。我朝后一看，看见远处有火光，就向着火光赶了回来。现在知道怎么回事了吧。拜托你们下次务必小心一点，不然我们哪儿都到不了！”

“谢谢你！”梭林由衷地说道。

第三章

短暂的休息

A Short Rest

那天，尽管天气渐渐转好了，但他们既没有唱歌，也没有讲故事。第二天也没有，第三天也没有。他们开始感觉到危险就在道路两边不远的地方。他们在星光下露营，马能吃的东西比他们要多，因为到处都是青草，而他们包里的给养，即使把从食人妖那边得来的算进去，也没有多少。一天早上，他们在旅途中遇到了一条河，他们找了一处河面开阔、水不深的地方渡河，流水撞到石头上溅出水沫，满耳皆是水声。对面的河岸又陡又滑，在好不容易牵着小马爬上堤岸后，他们才发现大山已经兀然出现在了眼前。从此处到距离他们最近的山脚，看来已经只需要一天的旅程了。虽说在褐色的山坡上稀疏洒落着几团阳光，可大山还是显得幽暗而又阴沉。在当面的山坡后面，白雪皑皑的山顶在阳光下闪着刺眼的光芒。

“那就是我们要去的**那座**山吗？”比尔博瞪大眼睛望着山，用严肃的口吻问道。他以前从来没看见过这么大的东西。

“当然不是！”巴林说，“这只不过是迷雾山脉的边缘而已，我们得穿过去，或者翻过去，或者从底下钻过去，只有这样才能够进入山那边的大荒野。即使翻过了山脉，要到东方的孤山也还要好长的一段路呢，斯毛格就在那里趴在我们的宝藏上。”

“哦！”比尔博叹了一声，与此同时，他感到了这辈子前所未有的疲倦，这让他又想起了自己的霍比特洞府，洞府中自己最喜爱的客厅，和客厅炉火前那把舒适的椅子，还有水壶烧开时咕嘟咕嘟的声音。啊！这绝对不会是他最后一次想起这些东西！

现在带路的是甘道夫。“我们绝对不能够离开大路，不然就完蛋了。”他说，“我们首先需要食物，然后是在确认安全的环境中休息——还得找到正确的道路越过迷雾山脉，不然很容易就会迷路，迷了路就只能回来（如果能回得来的话）再从头开始走。”

大家问他这是往哪儿走，他回答道：“你们之中有些人应该知道，现在我们已经来到了大荒野的边缘。在前面不远的地方有个很隐蔽的美丽山谷，那就是幽谷，埃尔隆德就住在那里，他们称其为最后家园。我已经请朋友捎了个口信过去，他们正等着我们去呢。”

这话很中听，有人等着让人很感安慰，但眼下他们可还没到呢，而且听甘道夫这话，要在山脉西边找到这最后家园似乎并不那么容易。在他们的面前，并没有树木、山谷或是丘陵之类的东西夹出一条路来，只有一面庞大的斜坡缓缓地上升，一直升到与最近的大山山脚相连。这是一片广袤的土地，石南和剥落的岩石构成了其主要的色块，零星点缀着一块块绿色的草皮和几线绿色的苔藓，昭示着水或许存在的地方。

上午过去，下午到来，虽然走了这些时候，但在这一片寂静的荒原中依旧没有见到任何人烟。他们渐渐感到有些不安，因为他们这才发现幽谷可能隐藏在从这里到山脉之间的任何地方。他们一路上和一些山谷不期而遇，这些山谷不但狭窄，而且两边都十分陡峭，总是突然呈现在他们脚下。他们低头一看，会惊讶地发现下面有树，谷底竟然还有流水。有些溪谷窄得他们几乎可以一跃而过，但却深得居然还有瀑布隐在其间。有些幽暗的山谷既跳不过去，也陡得让人无法攀缘而下。路上还能见到沼泽，有些看上去绿莹莹的，很是怡人，花草长得茂盛艳丽，但如果有哪匹小马驮着行李走过的话，就会陷进去再也出不来了。

从之前渡过的浅滩到大山脚下之间的这片土地，的确比大家估计的都要广大得多。比尔博对此感到震惊。惟一的道路铺着白色的石头，有些很小，有些则很大，被苔藓或石南半覆着。这些大小不一的石头凑在一起，使得这条路走起来十分艰难，虽然他们有甘道夫带路，他看上去似乎对该怎么走知道得很清楚。

甘道夫观察石头的时候，脑袋左右摇动，胡子甩来甩去，大家也就跟着他一直走，可直到天快黑的时候，他们的搜索似乎并没有任何要到头的样子。下午茶的时间早就过了，晚餐时间看来马上也要过了。四处有许多蛾子飞来飞去，因为太阳已落而月亮还没升起，所以光线变得相当昏暗。比尔博的小马开始在草根和石头上磕磕绊绊了。这时，他们的脚下突然出现了一个陡峭的下坡，甘道夫的马险些从坡上滚了下去。

“终于到了！”他大喊了一声，其他人纷纷聚拢过来，看着底下。他们看见下面很深的地方有个山谷，可以听见河水在岩石河床上奔流，空气中充满着树木的芬芳，在河对岸的山谷中有一点亮光。

比尔博永远忘不了，他们是怎样在昏黄的暮色中，沿着蜿蜒曲折的陡峭山路，磕磕绊绊地下到秘密山谷——幽谷中的。随着他们逐渐下行，空气变得越来越温暖，松树的气味让他昏昏欲睡。比尔博的脑袋时不时地耷拉下来，有好几次差点从马背上摔下来，或是把鼻子撞到了马脖子上。又往下走了一会儿，他们的精神渐渐振作起来，树木换成了榉树和橡树，在暮色中给人带来一种舒服的感觉。当他们来到河流边缘、比河岸只略高些的开阔草地时，随着阳光的消失，草地上的绿色几乎完全褪尽了。

“嗯嗯！闻起来有精灵的味道！”比尔博这么想着，就抬起头来，望着天空中的星星，它们正发出耀眼的蓝光。就在此时，树林中传来了一阵夹杂着欢笑的歌声：

噢！你们在做什么呀，
你们要去哪里？
你们的小马需要钉马掌啦！
小河水哗哗流啊！
　　噢！哗啦啦啦啦，
　　　　流在山谷里！

噢！你们在找寻什么呀？
你们要去向何方？
柴薪正在冒烟呀，
燕麦饼正在炉子里烤！
　　噢！淅沥沥沥沥，
　　　　山谷乐逍遥，
　　　　　　哈！哈！

噢！你要去哪里啊？
胡子飘呀飘。
不知道是哪阵风呀，
把巴金斯先生，

还有巴林和杜瓦林先生，
在六月时节
送来了山谷，
哈！哈！

噢！你会留下来吗？
还是到处转悠？
你的小马已经迷了路！
天色也在渐渐暗去！
到处转悠真是傻啊，
留下来才真高兴哇！
听吧听吧
听到天色黑了又亮
听我们的欢歌
哈！哈！

他们就这样在树林中笑着唱着，我敢说你们一定会觉得这歌唱得有点乱七八糟的，可他们并不在乎，你要是跟他们这么说，他们只会笑得更加厉害。他们当然就是精灵。没过多久，随着暮色渐沉，比尔博看到了他们的身影，虽然平时很少能见到他们，但他爱这些精灵们，不过他也稍稍有点怕他们。矮人们和精灵处得不太好，即便是像梭林和他那些朋友们那样有头有脸的矮人，也觉得他们很愚蠢（其实这样想才叫笨呢），或是看到他们就头疼。因为某些精灵会取笑他们，笑得最多的就是他们的胡子。

“哦！哦！”一个声音叫了起来：“看哪！霍比特人比尔博骑着匹小马，我的乖乖！太可爱了！”

“真是可爱死了！”

于是他们又唱起了另一首和我刚刚全文抄录下来的那首同样滑稽可笑的歌曲。唱完闹完，一名高大的年轻人才从树林里出来，走到甘道夫和梭林面前向他们鞠躬行礼。

“欢迎来到我们山谷！”

“谢谢！”梭林的话音里带了点粗声粗气，但甘道夫已经下了马，和精灵们开开心心地攀谈了起来。

那名精灵说：“你们有点走偏了，如果你们是想要找过河的惟一路径，到河对面的房子去的话。我们会带你们踏上正途的，但你们最好都走着去，等过了桥再骑马。你们是准备留下来和我们唱会儿歌呢，还是直接就继续赶路？那儿已经在做晚饭了，我都能闻得到炊烟的味道。”

照比尔博这种疲惫的样子，他本来是很想要在此逗留一会儿的。如果你喜欢这类东西的话，那么在六月的星空下听精灵们歌唱，可绝对是不容错过的事情。另外，他也想要和这些人私下里聊上几句，虽然他之前好像从来没有见过这些人，但他们似乎不仅知道他的名字，还对他的情况了如指掌。打听一下他们对他此次冒险作何感想或许会很有趣。精灵们知道许多东西，还特别善于打探消息，这片土地上的各个民族在发生些什么事情没有他们不知道的，他们传播起消息来快得像流水，甚至比流水还要快些。

可是，矮人们全都想要尽快吃到晚餐，不想留下来。于是他们牵着小马继续赶路，被引到了正途上，终于来到了河边。河水就像夏日夜间的山溪一样喧闹奔腾着。在太阳对山顶的积雪照了一整天之后，它们到了晚间是照例会如此的。河上只有一座没有护栏的小桥，窄得刚够小马走过去。所以过桥的时候，他们只能一个接一个小心翼翼地牵着小马的缰绳慢慢走过去。精灵们带来了明亮的灯笼，站在岸边为他们照亮，并在队伍通过时唱起了一首欢快的歌曲。

“老爹，别把胡子泡到水里啊！”他们对腰弯得差点手膝着地的梭林大喊道：“它不用泡水就够长啦！”

“小心别让比尔博把所有的蛋糕都给吃了！”他们大喊着，“他已经胖得没法钻过钥匙孔啦！”

“嘘，嘘！各位好人哪！祝你们晚安！”甘道夫走在最后一个，“山谷里也会有耳朵在听着啊，有些精灵高兴起来话也太多了些。各位晚安！”

他们终于来到了最后家园，发现那地方所有的门都大敞着。

这可真是一件奇怪的事情，不过说故事嘛，自然是奇怪的事情居多，好事情和好日子没几句话就讲完了，而且听起来也没多大意思；但那些让人不舒服的、听了要心跳加速的，甚至是让人毛骨悚然的事情，却可以成为一个好故事，够人讲上好一阵子的。他们在那个地方待了很久，至少有两个礼拜，最后发现简直都走不了了。比尔博很愿意一辈子都待在那里，甚至哪怕只要许个愿就能让他毫不费力地回到他的霍比特洞府他也懒得回去了。然而关于他们在此居住的情形却实在是乏善可陈。

这所房子的主人是一个精灵之友——所谓精灵之友就是那些其先祖早在历史开始之前就已经进入奇怪故事的人，那时候邪恶的半兽人与精灵和北方的人类先祖展开连场大战。在我们故事所讲的那一段日子里，世上仍有些人是精灵和北方人类英雄共同的后代，房子的主人埃尔隆德就是这群人的首领。

他的面容高贵俊美如精灵贵族，体格强健如战士，足智多谋如巫师，德高望重如一位矮人的国王，性情和善又如同夏天。他曾出现在许多故事中，但在我们这个关于比尔博伟大冒险的故事中，他却只是一个小角色。不过角色虽小，但如果各位一路看到最后，便会发现他起的作用可是相当重要。无论你是想要吃东西、睡觉、工作，还是讲故事、唱歌或者只是坐着发呆，或是把所有提到的这些事情全都混在一起做，他的房子都是一个完美的所在，因为邪恶的事物无法进入这座山谷。

我真希望能有时间可以告诉你们哪怕只是几个他们在那所房子里听到的故事，或是一两首他们在那里听到的歌。在那里没待几天，所有的人，包括小马，便都变得神清气爽、身强体健了。他们的衣服得到了缝补，身上的伤口得到了治愈，脾气平息下去了，而心中的希望则得到了加强。他们的袋子里面装满了粮食给养，虽然分量不重，却足够让他们能越过高山中的道道关隘。在这里，他们听到了最好的建议，令他们的计划得到了改进。时间一眨眼来到了夏至的前夜，待夏至日的太阳一升起，他们便要重新踏上旅程了。

埃尔隆德认得各种各样的如尼文。那天，他看了那些从食人妖洞窟里拿来的刀剑后说："这些不是食人妖打造的，它们是古代的武器，年代非常久远，属于我的同胞——西方的高等精灵，是在刚多林，为了对抗半兽人的战争而打造的。它一定来自于恶龙的巢穴或是半兽人的宝库，因为那个城市早在许多年前就已经被他们给摧毁了。梭林，这上面的如尼文是这把剑的名字，叫奥克锐斯特在刚多林的古代语言中是'斩杀半兽人之剑'的意思，这可是一把名剑啊。甘道夫，你的这把名叫格拉姆德凛，'击敌锤'的意思，曾经是刚多林的国王的佩剑。这两把剑可一定得好好保管哪！"

"那几个食人妖不知道是怎么弄到这些宝剑的？"梭林听埃尔隆德这么一说，饶有兴趣地看着自己手中的剑。

"这我也说不上来，"埃尔隆德说，"不过，或许可以猜测是你们所打败的食人妖从别的强盗那里抢来的，又或许是古老大山的某个洞中遗留下的旧日赃物。我曾经听说，在矮人与半兽人的战争之后，在墨瑞亚的废弃矿坑中，至今还有被人遗忘的宝藏在等着人们去寻找。”

梭林听了这些话，稍稍在脑子里思忖了一下。“我将很荣幸地保管这把宝剑，”他说，“希望不久以后它可以再度斩杀半兽人！”

“这个愿望，恐怕进山以后要不了多久就有机会实现了！”埃尔隆德说，“不过先让我看看你们的地图吧！”

他接过地图，盯着看了许久，然后摇了摇头。即使他并不完全认同矮人们冒险的行为和他们对黄金的热爱，但他更痛恨恶龙和它们邪恶的暴行。一想到河谷城的废墟，那曾经在镇上响过的欢乐钟声，以及奔流河被烧焦的河岸，他的心中就难过万分。此时，一轮大大的银色新月正高挂天际。他举起地图来，白白的月光从地图背后透了过来。“咦，这是什么？”他惊奇地说道，“在普通的如尼文旁边，还有月亮文字，说的是‘大门五呎高，三人并肩行’。”

“什么是月亮文字？”霍比特人兴奋不已地问道。我以前告诉过你们，他非常喜欢地图，也喜爱如尼文、各种文字和巧妙的写法，不过他自己写来则总是稍微显得有些单薄纤细。

埃尔隆德解释说：“月亮文字也是如尼文，但是你直直地盯着它看是看不见的。只有当月光从后面照过来的时候才能看见。它还有更精妙的设计，那就是只有在和这些字写下的那一天处于同一个季节、同一种月形的时候，这些字才会显示出来。是矮人们发明了这种文字，用银色的笔来书写，这只要问问你的朋友就知道了。这些字一定是在很久以前的夏至前夜，在新月底下书写的。”

“上面写些什么？”甘道夫和梭林齐声问道。尽管之前并没有出现过能读出这些文字的机会，以后也不知道要等到猴年马月才能等来第二次机会，但这件事居然是由埃尔隆德先发现了，这让他们的面子多少有点挂不住。

“当画眉鸟敲打的时候，站在灰色的岩石旁边，”埃尔隆德念道，“渐渐落下的太阳带着都林之日的余晖，将照到钥匙孔上。”

“都林，都林！”梭林说，“他是矮人最古老一族的祖先的祖先，人称长须，也是我家的始祖，我是他的后人。”

“那都林之日是哪一天？”埃尔隆德问道。

“是矮人新年的元旦，”梭林说，“大家都知道，那是秋冬之交时秋天最后一个月的第一天。我们现在仍然把当秋天的最后一轮月亮和太阳一起在天空中出现的日子叫都林之日。不过，这恐怕帮不了我们什么，因为这些年来，我们预测这个日子来临的技术已经慢慢失传了。”

“失不失传得到时候才能知道，”甘道夫说，“那上面还有什么别的吗？”

“现在这样的月色之下看不出别的了，”埃尔隆德边说边把地图递还给梭林。然后，他们一起走到水边，去看精灵们在夏至前夕的月光下舞蹈和歌唱。

第二天一早就是夏至的早晨，美好而又清新，是人们所能梦想得到的最好的天气：湛蓝的天空中没有一丝云彩，太阳在水中跳着舞。大伙儿在告别的歌声中策马启程，心中早已经为更大的冒险作好了准备，对穿越迷雾山脉进入山后大地的路径已经谙熟于胸。

第四章

越过山岭钻进山内

Over Hill and Under Hill

通往山里的路有许多条，越过山岭的隘口也有许多个，但大多数的道路都只是骗人的假象，带着人在山里转圈子，或者通向死路。而大多数的隘口则有邪恶的东西出没，或是埋伏着可怕的危险。矮人和霍比特人一来有埃尔隆德睿智的建议，二来有甘道夫的知识与记忆，因此他们踏上的是正确的道路，这些道路把他们带到了正确的隘口。

在他们爬出了山谷好多天，把最后家园甩在身后好多哩路之后，他们依然在不停地往上走。这是一条艰难而又危险的路，也是一条蜿蜒的路、孤独的路和漫长的路。此时，他们回头就能看见已经离开的那片土地，它们静静地躺在身后很下面的地方。在西面很远很远的地方，所有东西呈现出一片淡淡的蓝色，比尔博知道那里是他一切都那么安全、舒适的故乡，那里有他小小的霍比特人洞府。这里的寒气已经越来越凛冽了，劲风在岩石间呼啸而过。有时候，正午的烈阳会晒融山顶的积雪，让山上的大石松动，然后顺着山坡急滚而下。这些石头有时会从他们之间穿过（这算是很幸运的），有时则会从他们头上飞过（这就叫人心惊胆寒）。夜晚则寒风刺骨，叫人苦不堪言，而他们也不敢唱歌或是大声说话，因为回声是危险的，山中的宁静似乎不喜欢被打破——能够例外的只有水流声、凄厉的风啸和岩石断裂的声音。

“山下面一定还是夏天呢。”比尔博想，“大家一定在忙着晒稻草，出去野餐什么的。照这个速度看来，还没等我们开始从山那边下去，他们都已经在收庄稼、摘黑莓了。”其他人的想法也和比尔博同样阴郁，尽管他们在夏至当天，曾满怀期望地和埃尔隆德道别，当时他们以愉快的心情谈论着怎样穿过山脉，然后在山那边的大地上放马驰骋。他们已经想到了怎样来到孤山密门之前，或许那时刚好就是下一次同样的秋月之夜。“或许还刚好是都林之日呢。”他们说。只有甘道夫摇了摇脑袋，什么也没说。矮人们已经有很多年没有走过这条道路了，但甘道夫走过，他知道在这片大荒野之中，自从恶龙将人类从这片土地上赶走，半兽人又在墨瑞亚矿坑之战后秘密扩张，自那时起，这里有多少邪恶与危险在滋生着。只要你是前往大荒野边缘去进行危险的冒险，那么即便是甘道夫这样睿智的巫师和埃尔隆德这样的好朋友制订的周全计划，照样会有可能出问题。甘道夫作为一个睿智的巫师，自然很清楚这一点。

他知道总会有意料之外的事情发生，那些顶峰与谷地都显得那么孤单的巍巍高山，是没有国王来统治的地方，要越过那样的高山，他几乎不敢奢望一路上会连一点可怕的冒险都不碰上。他们的确碰上了。刚开始一切都还顺利，直到有一天，他们遇到了一场大雷雨——事实上，不仅仅是一场大雷雨，简直就是一场雷暴。你也知道在平原上或是河谷中，一场真正的大雷雨会有多么可怕，尤其是两场大雷雨冲撞到了一块儿的时候。比这还要可怕的雷与电在山区的夜里共同肆虐，再加上从东方和西方赶来，构成一场混战。闪电劈在山巅，岩石也为之战栗，声声巨响划破空气，隆隆地滚进所有的岩穴与山洞，黑暗中充斥着压倒一切的噪音和突如其来的刺眼光芒。

比尔博这辈子从来没有看到过或者想到过还会有这样的景象。他们被困在一片狭窄的高处，一边是陡直的峭壁，下面是黑暗的山谷。他们躲在一块凸伸出来的岩石下面过夜，比尔博盖了条毯子，从头到脚一直都在抖个不停。当他借着闪电朝外看去时，发现山谷对面的岩石巨人跑了出来，相互用大石头扔来扔去当游戏在玩，还抓起石头往山下的黑暗里扔，那些石头要么把下面的树木砸得东倒西歪，要么嘭的一声碎成许多小块。这时来了一团风雨，风把雨水和冰雹朝四面八方抽打着，如此一来，凸出的岩石就连一点防护作用都起不到了。只一会儿工夫他们就被淋成了落汤鸡，小马们也垂头耷脑地站在那里，尾巴紧紧夹在后腿之间，有几匹还害怕得哀嚎了起来。他们听见山坡上到处是巨人们的狂笑声和尖叫声。

“这样下去可不是个办法！”梭林说，“就算我们不被吹走、淹死或是遭雷劈，我们也会被哪个巨人抓到，当成足球给踢上天。”

“行啊，你要是知道有什么更好的地方，就赶紧带我们去吧！”甘道夫憋了一肚子的火，他其实也对那些巨人的行为很看不入眼。

吵到最后的结果是派菲力和奇力出去寻找更好的躲避处。他们俩都拥有非常锐利的眼睛，加之他们比其他矮人小了五十岁左右，是矮人中最年轻的两个，所以像这样的活儿通常都派给他们（大家都看得出来，要是派比尔博去绝对是白搭）。如果你是想要找某样东西（梭林就是这么跟这两个年轻的矮人说的），学会怎么用眼睛看是最重要的。像平常那样随便看看当然也能找到东西，但其实找到的并不总是你真正要找的东西。这次的情形便证明了果然如此。

很快，菲力和奇力就在风中紧紧抓着岩石，几乎是爬着回来了。“我们找到了一个干的洞穴，”他们汇报道，“就在转个弯过去不远的地方，小马和所有的东西也都能挤得进去。”

“你们有没有**彻底地**检查过那个洞？”巫师很清楚在大山里很少会有没被占据的山洞，所以会有这样一问。

“检查过了，检查过了！”话虽是这样说的，可其实大家都知道，就算检查也没花多少时间，因为他们没去多久就回来了，“其实那个洞也没那么大，没走多久就到头了。”

这说的当然就是洞穴的最危险之处：有时候你不知道它们有多深，或是背后的某条通路又会连向何处，里面又有什么样的东西在等着你。但现在菲力和奇力带回来的消息似乎已经不错了。于是大家全都站起身来，准备动身。狂风依旧在凄号，闪电依然在咆哮，牵着小马赶路不是件容易事。可即便如此，路还是感觉近了点，没走多久，就来到了有一大块岩石突出在山道上的地方。如果绕到大石后面，就可以看到山壁上有个不高的拱门，大小刚够小马卸下行李和马鞍后挤进去的。走进拱门之后，风雨声被隔在了外面，这要比四面八方都能听到要感觉好多了，而且感觉巨人和他们扔的石头也威胁不到他们了。不过，巫师不想冒任何风险。他点亮了魔杖——如果你们还记得，不久前，他在比尔博家的饭厅里也这样做过，虽然那给人的感觉已经是很久以前了——借着魔杖的光芒把洞穴从头到尾检查了一遍。

山洞的空间不算小，但也没有大到让人觉得神秘莫测，地面干燥，几个角落看上去挺舒服的。在洞穴的一端有可以容纳小马的空间，它们就乖乖地站在那里散着身上的水汽（心里很高兴有这样的变化），一边嚼着嘴巴前挂着的牧草袋。欧因和格罗因想在洞口生一堆火来烤干衣服，但甘道夫根本不同意，因此他们只好把湿了的衣物在地上摊开，从行李里面拿出干衣服来换上。然后，他们舒舒服服地盖上毯子，拿出烟斗，开始喷起烟圈来。甘道夫把他们喷出来的烟圈变成各种颜色，驱策着它们朝洞顶一路舞去，算是给大家逗个乐子。他们聊啊聊的，忘记了外面的风雨，只顾兴奋地讨论要用自己那份宝藏来干些什么（当然得先拿到手，不过在此时看来，可能性似乎相当的大）。说着说着，大家就一个接一个地睡着了。而这就是他们最后一次用到他们带来的小马、行李、背包、工具和各种装备。

从那天晚上发生的事情看来，他们把小比尔博带来实在是一件好事。因为他不知怎的一直睡不着，而等睡着时他又做起了很可怕的噩梦。他梦见山洞后方的一个裂缝变得越来越大、越来越宽，他心中恐惧万分，却什么也喊不出来，也无法动弹，只能躺在那里看。然后他又梦见地板慢慢不见了，他滑了起来，然后开始跌落、跌落，跌向不知何处。

梦到这里，他害怕得惊醒了过来，发现刚才的梦境居然部分成真了。山洞后方已经裂开了一条口子，宽得已经成了一条通道。他正好及时看见最后一匹小马的尾巴消失在其间。他当然发出了一声响亮的叫喊，是一个霍比特人所能喊出最响的声音，以他们的身材来说，这已经很让人吃惊了。

还来不及喊出“拿石头堵上”的话，就从裂缝口子中跳出许多半兽人来，高大的半兽人，丑陋无比的半兽人，许许多多的半兽人。每个矮人至少摊上要应付六个半兽人，甚至连比尔博都不得不要对付两个。还来不及喊出“快点燧石”的话，矮人们就被抓住，从裂缝里扛了过去。不过甘道夫是个例外，这就是比尔博那声大喊的好处。甘道夫一眨眼就完全醒了过来，当半兽人冲过去抓他的时候，山洞中出现了一道可怕的闪光，就像是划过了一道闪电，随着一股火药的味道，几个半兽人立刻倒地丧了命。

裂缝啪嗒一声关上了，可是比尔博和矮人却被关在了另

一边！甘道夫在哪儿？无论是他们还是半兽人都对此一无所知，而半兽人也不想留在那边寻找答案。他们抓着比尔博和矮人们，赶着他们快步前行。山洞十分的幽深黑暗，只有在大山肚子里住惯了的半兽人才能看得清。山洞里的路径曲里拐弯，错综复杂，但半兽人知道该怎么走，就像你们知道怎么到离家最近的邮局去一样。隧道不停地往下延伸，空气已经闷热得让人受不了了。半兽人们非常粗鲁，毫不留情地掐他们，还用他们如石头摩擦一般刺耳的声音发出咯咯嘎嘎的怪笑。比尔博这次比上回被食人妖抓住脚趾头倒拎着的时候还要难过，他一遍又一遍地在心里祈祷能回到自己可爱而又明亮的霍比特洞府里。当然，这也依然不会是最后一次。

现在他们眼前出现了一点红色的微光。半兽人开始歌唱，或者更应该说是难听的嘶吼，其节拍正与他们扁平的双脚踏在石头上的脚步吻合，把他们的俘虏震得一抖一抖的。

喀啦！啪啦！黑色的裂缝！
抓呀，拉呀！掐呀，逮呀！
往下往下直达半兽人的城镇，
　　快走，小子！

叮铃，咚咙！敲呀，砸呀！
榔头和钳子！大锤和铜锣！
轰隆隆，轰隆隆，在那深深的地下！

呵，呵！小子！

呼咻，啪嗒！鞭子抽打！
使劲捶，拼命打！哭啼啼，嗷嗷叫！
干活，干活！看谁敢偷懒，
只有半兽人可以痛饮，只有半兽人可以大笑，
长路绕啊绕，直往地下跑
快下去，小子！

这样的歌听起来真的让人很害怕。在他们唱到**喀啦，啪啦！**和**叮铃，咚咙！**还有在**呵，呵！小子**那句中出现难听的笑声时，山洞的墙壁都随之发出嗡嗡的回声。整首歌的意思实在是太明白不过了，因为半兽人配合着唱歌还掏出了鞭子，在唱到**呼咻，啪嗒！**时就抽到他们身上，让矮人们在他们身前玩儿命地狂奔。当他们连滚带爬地跑进一个大洞窟的时候，已经有好几个矮人在哭啼啼，嗷嗷叫了。

洞窟中央点着一大堆火，四周的墙上插着火把，把洞窟照得亮堂堂的，可以看见里面站满了半兽人。当他们看到矮人们跑着进来（可怜的比尔博跑在最后，离鞭子最近），后面是拿着鞭子抽打、驱赶的半兽人时，全都放声大笑，跺脚拍手，不亦乐乎。小马们先他们一步挤在了一个角落里，所有的行李包袱全都敞开着撂在地上，半兽人们翻来搜去，拿到鼻子前闻闻，用手指拨来拨去，然后你争我夺，吵成一团。

这恐怕是矮人们最后一次看到这些非常出色的小马了，这其中包括一匹快活而又结实的小白马，那是埃尔隆德借给甘道夫的，因为他原来那匹不适合走山路。半兽人爱吃马和驴子（还有其他更恐怖的东西），而且他们总是觉得肚子饿。不过此时此刻这些俘虏们还没空替小马们伤心，他们心里想到的只有自己。半兽人将他们的手绑在背后，把他们连成一串，拖到洞穴的远端，可怜的比尔博挣扎着走在队伍的最后面。

在一块扁平巨石上的阴影之中，坐着一个身形巨大的半兽人，他长着一颗硕大的脑袋，身边簇拥着全副武装的半兽人，手中拿着他们擅长使用的斧子和弯刀。半兽人残忍、邪恶而又歹毒，他们虽然创造不出什么美丽的东西，却也能制作出一些精巧的东西来。尽管他们通常邋遢而又肮脏，但如果他们不怕麻烦的话，他们在挖隧道和开矿方面可以跟矮人做得一样棒，最多只输给矮人中最心灵手巧的那几个。锤子、斧子、刀剑、匕首、镐头、钳子还有各种刑具，他们都能够制作得非常出色，或者让别人照着他们的设计制作出来。这里所说的别人指的就是他们的俘虏和奴隶，这些人必须不停地工作，直到最后因为呼吸不到新鲜空气和见不到光明而死在地底。他们完全有可能发明过一些后来祸害过世界的机械，尤其是那些可以一下子杀死许多人的精巧装置，因为他们最喜欢轮子、动力装置和爆炸，而且用这样的装置杀人可以最大程度免去他们亲自动手之苦。但在当时那个时代，在那样的荒僻之地，他们还没有进步（姑且称其为进步吧）到如此的

程度。他们并不特别痛恨矮人，对矮人的仇视并不比对所有人和所有事物的仇视更多，他们尤其不讨厌那些听话的和有钱的矮人，在某些地区，他们甚至会和矮人中的败类结盟。但他们对梭林那一族却怀着特别的恶意，这是因为之前提到过的那场战争之故，但在我们这个故事里，我们无暇细述这段往事。不过再怎么说，半兽人对他们要抓的对象是不太在意的，他们在乎的是要把活儿干得漂亮，神不知鬼不觉的，要让那些被抓的人还来不及抵抗就乖乖就擒。

“这些可怜的家伙是什么人？”半兽人头领问道。

“是矮人，还有这个！”驱赶着他们的一个半兽人一拽拴着比尔博的链子，比尔博扑通一声就跪在了地上。“我们发现他们在我们的前门厅里躲雨。”

“你们是什么意思？”半兽人头领转向梭林说，“我敢打包票你们一定没安什么好心思！该不会是来打探我们的秘密的吧！你们这群小偷，看你们就是一副贼样！说不定还是杀人凶手和精灵之友！嗯？你有什么要说的吗？”

“矮人梭林愿为您效劳！”梭林回答道——这只是客套话，并不当真。“你所怀疑和推测的事情我们一点都不知道，我们只是就近找了个看起来没人用的山洞躲避一下暴风雨，一点也没有想要打搅半兽人的意思。”这倒是千真万确的。

“嗯！你自然会这样说啦！”那半兽人头领说，“那我能否请教一下你们在这大山里干什么，是从哪儿来的，又要往哪儿去？事实上，我想要了解关于你们的一切。并不是我有什么不知道的，梭林·橡木盾，我对你们这帮家伙已经了解得够多了，不过你们最好还是说实话，否则我可要准备一点特别不舒服的东西让你们尝尝了！”

“我们这是要去走亲戚，看看侄子外甥，还有七大姑八大姨什么的，只要是一个老祖宗的都想去看看，他们住在这座环境宜人的大山的东边。”梭林一时间不知道该说些什么，反正实话是肯定不能说出口的。

“他撒谎，他是个超级大骗子！”一名半兽人士兵在旁边插嘴道，“我们去把这些家伙请下来的时候，有好几个同伴被山洞里面的闪电给打中，全都死翘翘了！得叫他把这个解释一下！”他一边说着一边捧出了梭林戴在身上的宝剑，也就是从食人妖的洞穴里得来的那把。

半兽人头领一看见那把宝剑，发出一声可怕的怒吼，他手下所有的士兵都咬牙切齿，开始敲打盾牌并跺起脚来，因为他们一眼就认出了那把剑，当年刚多林的美丽精灵在山中猎杀他们，或是在他们的城墙外与他们厮杀时，那把剑曾杀死过成千上百的半兽人。他们称呼它为奥克锐斯特，“斩杀半兽人之剑”，但半兽人们则简称其为“咬剑”。他们痛恨这把剑，更痛恨携带这把剑的人。

“杀人凶手，精灵之友！”半兽人头领喊了起来，“给我抽他们！打他们！咬他们！嚼碎他们！把他们扔到全是毒蛇的黑洞中，让他们永世见不到光明！”他气愤得从宝座上跳了下来，张开大嘴，朝着梭林冲了过来。

正在此时，山洞中所有的灯火都灭了，正中央那堆大火也扑的一声熄灭，一缕青烟袅袅升起，直直地向洞顶飞去，白色的火星则四处飞溅，直射入半兽人的人群中。

半兽人顿时乱成一团，尖叫、哭嚎、嘶吼、推拽、奔逃、打斗、咒骂，那种情形真是难以用言语形容。就算你把几百只野猫和野狼放在火上慢慢烤，那个乱劲儿也不能与此相提并论。火星在半兽人身上烧出洞来，原先飞向洞顶的白烟又落了下来，山洞里变得烟雾腾腾，让半兽人伸手也见不到五指。没过多久，他们就被彼此绊倒，在地上滚成了一团，相互间拼命撕咬着、踢打着，就像全都发了疯一样。

突然间，一把宝剑自己发出了光芒来。比尔博看见，就在那个高大的半兽人依旧坐在那里，气得晕晕乎乎的时候，宝剑已经自己飞过去把他给刺穿了。他倒在地上就死了，半兽人士兵们没等宝剑呼啸着飞回到黑暗中去就四下逃散了。

宝剑飞回到了鞘中。“快跟我来！”一个平静而又威严的声音说道。不等比尔博搞清楚发生了什么事情，他就已经又像进来时那样快步走了起来，依旧排在队伍的末尾，依旧是在尽力快走，一直往下走过了更多黑暗的通道，身后半兽人大厅里的叫声在他身后变得越来越微弱。前方，有一点微弱的火光在指引着他们。

“再快点，再快点！”那声音催促道，“火把很快就会重新点燃的！”

“等等！”说话的是多瑞，他那时也在队伍的后面，正好在比尔博身边。他是个好心的矮人，虽然自己的双手被绑着，还是尽力把比尔博扛在了自己的肩膀上，然后大家全都狂奔了起来，耳畔是一片铁链的叮当之声。许多人跌倒了，因为他们双手被绑住了，无法保持平衡。没过多久他们停了下来，这时他们一定已经身在山脉的中心了。

此刻，甘道夫点亮了魔杖。救他们的当然是甘道夫，不过刚才他们忙着逃命，根本没空问问他是怎么进到半兽人大厅来的。他再次拔出了宝剑，它在黑暗中又自己发散出光芒来。这把剑只要附近有半兽人，便会因剑上所带的杀气而闪出光芒。现在，它因为欣喜于刚才杀死了山洞中半兽人的首领，而发出了蓝色火焰般的亮光。它轻易地斩断了半兽人的铁链，马上就让所有的俘虏都重获了自由。如果你还记得的话，这把剑的名字叫作击敌锤格拉姆德凛。半兽人管它叫“打剑”，对它的仇恨比对咬剑还要深。奥克锐斯特也被甘道夫带回来了，在刚才的那场慌乱中，他劈手就从一个吓得簌簌发抖的卫兵那里把剑夺了过来。甘道夫总是能把大多数事情都考虑到，虽说他不可能做到所有的事情，但他在危难之时能为朋友做的总是很多很多。

“我们都到齐了吗？”他一边说着，一边鞠躬为礼，将宝剑递还给梭林，“让我来点点：一，这是梭林；二、三、四、五、六、七、八、九、十、十一；奇力和菲力在哪儿呢？哦，在这儿哪！十二、十三——还有巴金斯先生：十四！太好了，太好了！有时候情况会变糟，但接下来又可能会变得更好。现在我们没有了小马，没有了食物，也不知道自己身在何方，背后还有一大群愤怒的半兽人！所以我们还是继续向前走吧！”

于是他们就继续前进了。甘道夫说得很对：在他们身后已经经过的通道里，开始听见从远处传来半兽人的响动和恐怖的叫声。这让他们以比之前更快的速度跑了起来，因为可怜的比尔博根本连他们一半的速度都达不到——我告诉你们，矮人们在迫不得已的时候，可以用惊人的速度在地上滚着走——所以，他们只能轮流来背着比尔博跑。

可再怎么样半兽人走得还是要比矮人快，而且他们也更了解这里的道路（这里的隧道是他们自己挖的），更别提他们还憋着满腔怒火了。因此，尽管矮人已经尽了全力，身后的号叫与怒吼还是越来越近了。没多久，他们就甚至能听见对方杂沓的脚步声了，有好多双、好多双脚，似乎就在他们刚刚经过的拐角那边。朝身后的隧道望去，星星点点的火把亮光已经赫然在目，可矮人们此时却已经筋疲力尽了。

“为什么，哦，为什么我要离开我的霍比特洞府啊！”可怜的巴金斯先生在邦伯的肩膀上颠来颠去的时候开口抱怨道。

“为什么，哦，为什么我要把这个可怜的小霍比特人带来寻宝啊！”可怜的胖子邦伯也回了他一句抱怨。他又热又怕，走得摇摇晃晃，汗水不断顺着他的鼻子往下滴落。

这时，甘道夫来到了队伍的后面，梭林和他在一起。在转过了一个很陡的弯之后，甘道夫喊了一声：“是时候了！梭林，拔剑！”

他们已经别无选择了，而半兽人也不喜欢这样的局面。他们急急匆匆地绕过转角，嘴巴里嗷嗷乱叫着，却发现斩杀半兽人之剑和击敌锤这两把宝剑闪着幽蓝的寒光，陡然出现在了他们充满惊奇的眼前！走在头里的几个刚够丢下火把发出一声惊叫，便被杀死了。后面的半兽人叫得更多，撒开脚丫就往回跑，结果正和后面追来的半兽人撞个满怀，倒成一片。"咬剑和打剑来啦！"随着他们的尖叫，追兵很快就乱成了一团，大多数人又全都朝着来路冲了回去。

又过了好一阵子，才有人敢从那个拐转角转过来。而那时，矮人们早就又已经沿着半兽人地盘上的黑暗隧道跑出去了好大、好大一截。等半兽人发现之后，他们熄掉了手中的火把，换上了软鞋，挑选出那些动作最敏捷、眼睛和耳朵最尖的士兵继续朝前追去。这些半兽人飞奔向前，快得如同黑暗中的黄鼠狼，声音轻得像蝙蝠。

因此，无论是比尔博还是矮人们，甚至连甘道夫都没有听见他们追赶的脚步，也没有看见他们的身影。但悄无声息地跑在后面的半兽人却把他们看在了眼里，因为甘道夫正用他的魔杖放出微微的光芒来给大家照路。

突然，背着比尔博跑在最后面的多瑞，被从后面黑暗中伸出来的手一把抓住了！他大喊一声摔倒在地，霍比特人从他肩膀上滚落，跌进了黑暗中，一头撞上坚硬的岩石，然后就什么也不记得了。

第五章

黑暗中的谜语

Riddles in the Dark

睁开眼睛的时候，比尔博怀疑自己到底有没有睁开眼睛，因为眼前跟闭着眼睛一样漆黑。他的近旁没有任何人。啊！他心中的惶恐可想而知！他什么也听不见，什么也看不到，除了脚下的石头地之外，他什么也感觉不到。

他慢慢地坐起身来，四肢并用地四下摸索着，直到触摸到隧道的墙壁，但他在墙的上面和下面都找不到任何东西：什么也没有，既没有半兽人的迹象，也没有矮人的迹象。他的脑袋晕晕乎乎的，连自己摔倒之前在朝哪个方向走都根本无法确定。他勉强猜了一个方向，然后朝着那个方向爬了很长一段距离，直到他的手突然在地上摸到一个小小的、像是用冰冷金属做成的戒指。这是他生涯上的转折点，但他自己还不知道。他想也不想就把戒指放进口袋，当时这戒指看来似乎并没有什么特别的用场。他没有再往下走，而是坐在了冰冷的地面上，长时间地陷入了自哀自怜之中。他想起了自己在自家屋子的厨房里煎火腿蛋的情景，这其实是因为他的身体告诉他该吃点东西了，可是，这样的想像只能让他越发感到心中悲苦。

他想不出来该做些什么，也弄不明白到底发生了什么事情，或是自己为什么会被大家撇下，又或者，如果他真的被撇下了，半兽人为什么没有抓住他？为什么他的脑袋会这么痛？事实的真相是：他一直躺在一个非常黑暗的死角里，没有发出一点声音，所以既没被人看见，也没被人想起，就这样一躺就是好久。

又过了一会儿之后，他从身上摸出了烟斗。烟斗居然没有折断，这可真是有点了不得。然后他又摸出烟草袋，里面居然还有一些烟草，这也是让他没想到的。然后，他又开始摸火柴——这回什么也没摸到，这下子把他刚升起的希望给整个击碎了。等他恢复理智之后，他又庆幸自己没找到火柴。天知道在这个可怕的地方，一旦他划燃了火柴，烟草散发出了味道，从那些黑咕隆冬的洞洞里，会有什么样的东西被招引来。即便如此，他在当时还是觉得十分沮丧。但就在他翻遍所有的口袋，浑身上下找火柴的过程中，他的手摸到了身上短剑的剑柄——也就是之前他从食人妖洞穴找来的那把小匕首，他简直都快把它给忘了。不过幸运的是半兽人们也没有注意到，因为他把它藏在了马裤里。

此时，他将匕首拔了出来，匕首在他眼前闪着苍白微弱的光芒。“原来这也是精灵打造的武器，”他想道，“半兽人离得不会太近，可也不会太远。”

但不管怎样他得到了一些安慰。他此时佩戴的可是刚多林打造的武器，是为那场曾有那么多歌谣加以吟咏的对半兽人的战争而打造的，这让他觉得自己身价陡增。此外，他还注意到，当半兽人突然遭遇到这样的武器时，往往会感到分外惶恐。

“往回走吗？”他想，“绝对不行！往旁边走？不可能！往前走？这是惟一该做的事情！继续前进！”想到这里，他站起身来，把短剑拿在身前，一只手扶着墙，快步往前走去，一颗心扑通扑通扑通扑通地跳得好响。

现在，比尔博肯定正在紧要关头，不过，大家一定要记住，同样的情况对霍比特人总不会像对你我这样的普通人要命。霍比特人和我们这些普通人不同，尽管他们的洞府是可爱而又欢乐的好地方，通风状况良好，和半兽人的隧道很不一样，但他们还是比我们更能适应这些地底的隧道，也更不容易丧失在地下的方向感——当然，这得是在他们的脑袋挨撞恢复正常之后。此外，他们也能够悄无声息地移动，轻巧地掩藏行迹，磕磕碰碰之后复原的速度也很惊人。他们还拥有许许多多的古老谚语，人类要不是从来没听到过，就是很早便忘记了。

不过即使如此，恐怕也还是没人愿意身处巴金斯先生此时的处境中。隧道看上去似乎没有尽头，他惟一能够确定的就是，这条隧道依旧在持续向下，虽然其间会来上一个转弯或出现一两个拐角，但大方向一直没变过。时不时地，比尔博凭借手中宝剑的光芒，或是触摸洞壁的结果，可以确定会有通往两侧的岔路。对于这些岔路他基本没有放在心上，除了通过的时候加快些脚步，以防有半兽人或是一半出自他想像的恐怖东西从那里面蹿出来。他不停地走呀走呀，一直在往下。不过走了这许久，除了偶尔有一只蝙蝠从耳边啪啪飞过外，他什么声音也没有听到。一开始蝙蝠拍翅膀的声音还会让他吓一跳，后来听多了也就见怪不怪了。我不知道他这样坚持了多久，不想再走了，却又不敢停下来，只好走，走，走，从累坏了走到累惨了，又走到累翻了。他感觉自己已经从今天走到了明天，甚至已经走了有好几天了。

突然间，毫无征兆地，他扑通一声踏进了水中。呃！这水冰冷刺骨，让他猛地一个激灵。他不知道这究竟是道路上的一小潭积水，还是横贯隧道的一条地底河流，又或是某个深邃黑暗的地下湖的边缘。到了这里，宝剑已经几乎没有什么闪光了。他停下脚步，凝神倾听，可以听见从看不见的洞顶“嗒——嗒——嗒”落到下面水潭里的水滴声，除此之外似乎就没有别的声音了。

“看来，这应该是个水潭或者湖泊，而不是一条地下河。”他想道。但他还是不敢往那一片黑暗中涉水而去。他不会游

泳，而且，在他脑中开始浮现出了水中那些恶心的滑腻腻的东西，它们长着突出的盲眼，在水中蠕动着。在山脉底下的水潭里或是湖泊中的确有奇怪的东西：那是一些鱼，它们的祖先不知多少年代以前游来了此地，之后就再也没游出去过，它们的眼睛因为竭力要在黑暗中看清东西，变得越来越大、越来越大、越来越大。除此之外，这里还有比这种鱼更加滑腻腻的东西。即使是在半兽人为他们自己开凿的隧道与洞穴中，也有一些不为他们所知的生物从外面悄悄溜进来，生活在这一片黑暗之中。这些洞穴中有些是比半兽人更早的存在，他们只是将其拓宽，然后以通道相连而已，而这些洞穴原先的主人则依旧躲在一些零星的角落里悄悄行走着，用鼻子嗅着四周的气息。

在这地底深处的一池黑水边，住着一个矮小的、滑腻腻的老家伙名叫咕噜。我不知道他来自何方，也不知道他究竟是谁，或是什么生物。他就是咕噜，黑得就像周遭的黑暗，除了瘦脸上那双大而苍白的圆眼。他有一艘小船，他在湖上寂静地划行，这个湖又广又深，死一般地冰冷。他的两只大脚伸出船舷外拍水前进，却连一点水声都不弄出来，绝对是一点也没有。他用那双像油灯一样的苍白大眼搜寻湖中的盲鱼，再用快捷如闪念的细长手指将它们抓起来。他也喜欢吃肉。如果能抓到半兽人的话，他会觉得半兽人吃起来也不错，但他行事小心，从不会让半兽人发现他的行迹。在他四处游走寻找猎物的时候，若是有半兽人孤身来到水边，他就会从背后一下勒住他的脖子。但半兽人很少会孤身到水边来，因为他们也感觉到在这山底的深处，潜伏着某种不祥之物。很久以前，在挖掘隧道的时候，他们曾经到湖上来过，当时他们发现隧道挖不下去了，所以，通往这个方向的路就断在了这里，因此半兽人是没有理由到这里来的——除非他们的大王派他们来。有时候，大王会心血来潮想要吃湖中的鱼，但好多次，不仅鱼没有送来，就连捕鱼的半兽人也一去不回了。

其实咕噜就居住在湖中央一块潮湿的岩石上。此刻，他正用他那双像望远镜一般的大白眼远远地观察着比尔博。比尔博看不见他，但他却在好奇地琢磨着比尔博，因为，他可以看得出来，眼前的生物不是半兽人。

咕噜跳进船中，箭一般地离开了湖心岛，此时比尔博正坐在水边，脑子里一团乱麻，既不知道该往何处去，也想不出下一步该怎么办。突然间，咕噜就从他眼前冒了出来，用带着嘶嘶的声音对他低语道：

“我的宝贝，祝福我们，为我们洒上圣水吧！我想这是顿精美的大餐，至少可以给我们当一块美味的小点心，咕噜！”当他说“咕噜”的时候，他会从喉咙中发出一种恐怖的吞咽之声。这也是他获得这个名字的原因，尽管他总是称呼自己为“我的宝贝”。

当这种带着嘶嘶的声音传到耳中时，霍比特人差点被吓得魂飞魄散，接着那双苍白的大眼也突兀地出现在他眼前。

“你是谁？”他将匕首伸到身前问道。

“他嘶嘶谁，我的宝贝？”咕噜低语道（由于从来没有其他人可以对话，他总是喜欢自言自语）。这是他跑到比尔博跟前来的真正原因，因为他这会儿肚子其实并不是很饿，只是感到很好奇，否则他会先出手把他抓了再跟他说话的。

“我是比尔博·巴金斯先生，我跟矮人走散了，跟巫师也走散了，我也不知道自己这是在哪儿，可我并不想知道这是哪儿，只要我能离开这儿就行了。”

“他的嘶嘶手上嘶嘶什么？”咕噜盯着比尔博手中的短剑问道，他不是很喜欢这玩意儿。

“一把剑，出自刚多林的宝剑！”

“嘶嘶，”咕噜变得颇有礼貌起来，“或许你可以坐在这里，和他嘶嘶说说话，我的宝贝。他喜欢猜谜，也许喜欢，嘶不嘶？”他急着要摆出一副友好的样子，至少暂时如此，以了解更多有关这把宝剑和这个霍比特人的事情：他是不是真的只有孤身一人？他吃起来味道好不好？咕噜自己的肚子是不是真的饿了等等。猜谜是他当时惟一能想到的。出谜语给人猜，有时候也猜别人出的谜语，这是他和那些居住在自己洞穴里的其他有趣生物之间惟一玩过的游戏，但那是很久很久以前的事了，后来他失去了所有的朋友，被人赶走，孤身一人，往下钻，往下钻，一直来到这黑暗的大山最深处。

“是的，猜吧。”比尔博迫不及待地同意了对方的提议，因为他想更多地了解这个生物：他是不是只有孤单一人，他是否很凶猛，这会儿肚子饿不饿，以及他究竟是不是半兽人的朋友。

“你先出谜语。”他说，因为他一时之间想不出什么谜语来。

于是咕噜就嘶嘶地开始说了：

什么有根却谁也见不到，
个子比最高的大树还要高，
　　它直直地插入天际，
　　却从来不长一分一毫？

“简单！”比尔博说，“应该是大山吧。”

“它那么容易就猜出来了吗？我的宝贝，它跟我们较上劲儿了！如果宝贝出的谜语，它猜不出来，我们就把它吃掉；如果它出的谜语我们猜不出来，我们就满足它的要求，指给它出去的路，就这么着！”

“好吧！”比尔博不敢不同意，为了不让自己被吃掉，他开始绞尽脑汁思考能难倒对方的谜题。

三十四白马在红色山丘上，
　　它们先是大声嚼啊嚼，
　　然后用力跺啊跺跺脚，
然后它们站定不动了。

这是他当时惟一想得出来的谜题——因为他满脑子都在

想着吃东西。这其实是个相当古老的谜语，咕噜就和各位读者一样熟知答案。

“老掉牙了，老掉牙了。”他嘶嘶地说道，“是牙齿！牙齿！我的宝贝，可我们只剩下六颗了！”然后他又出了第二个谜语：

无嗓却会叫，
无翼能飞高，
无牙却会咬，
无嘴爱叨叨。

“让我想一会儿！”比尔博喊道，他脑中还在满带懊恼地想着吃东西的事儿呢。所幸的是，他以前曾经听到过类似的谜语，因此心思稍一收回来之后就想出了答案。“是风，当然是风！”他刚一喊出答案，心中就一阵欣喜，因为他顺势想出了自己的第二个谜语。“这下管保叫那个恶心的地底小生物想破头！”他心中暗忖道：

蓝色脸上一只眼，
看见绿色脸上一只眼。
“那只眼就像我这只眼，”
第一只眼说，
“可是它在地来我在天。”

“嘶嘶，嘶嘶，嘶嘶。”咕噜只有“嘶嘶”却说不上话来。他已在地底住了很长很长的时间了，都已经开始忘记这种事情了。但就在比尔博开始觉得这个坏家伙会猜不出答案时，咕噜却唤醒了很久很久很久以前的记忆，那时，他还和祖母一起住在河边的地洞里，“嘶嘶，嘶嘶，我的宝贝，”他说，“这是太阳照在雏菊上啊，肯定是的。”

可是，这些简简单单的、在地面上实在是家常便饭式的谜语，对他来说却很是头疼，而且这些谜语也让他想起当年他没有这么孤独、这么鬼鬼祟祟、这么条件恶劣时的生活，这让他不由得光火起来。于是这次他想出了一个更难、更让人听了不舒服的谜语来：

看不见，也摸不到，
听不见，也闻不着。
躲在星辰后，藏在山丘下，
　　把空洞填满。
它先来一点，再全部赶到，
　　它终止生命，扼杀欢笑。

也该着咕噜倒楣，比尔博之前听到过这类的谜语，所以答案早就已经喷薄欲出了。“是黑夜！”他连头都没搔，脑筋也没怎么开动，就喊出了答案。

一只盒子没有铰链、没有销子也没有盖，
但金色宝藏却能安安心心在里面藏起来。

他出这个谜语只是为了争取时间，好想出一个真正难的来。他认为这个谜既老掉了牙，又简单得要命，尽管他对常见的表述稍稍作了些改动。可没想到这竟然把咕噜给难住了。他口中不停发出嘶嘶声，憋了半天也没有说出答案。接着他又低声细语，嘴巴里发出各种声音。

又过了好一阵子，比尔博开始有点不耐烦了："好啦，答案到底是什么？从你嘴巴里发出的声音来看，你也许在考虑答案是不是煮开了的水壶，那我告诉你吧，不是。"

"给我们一个机会吧，让它给我们一个机会吧，我的宝贝，嘶嘶——嘶嘶。"

"我说，"比尔博在给了他很长的一个机会之后开口道，"你猜这是什么啊？"

可就在这时，咕噜突然想起了很久以前他从鸟巢里面偷东西的经历，那时他坐在河堤上教自己的祖母，教她如何吸——"蛋！"他嘶嘶地喊道："是蛋！"然后他出了一道谜：

活着却没有呼吸，
冰冷有如死气；

永不口渴，饮水不停；
身披鳞甲，却无声息。

这回轮到他觉得这是个简单得要命的谜语了，因为他平日里满脑子都是这个东西。不过，他因为被那个蛋的谜语弄得乱了阵脚，因此一时间想不出更好的谜语来。但是，对于这辈子尽量避免和水打交道的可怜的比尔博来说，这个谜语倒成了个大难题。我想你们应该是知道答案的，要不然也能像眨一下眼那样很容易就猜出来，因为你们此时正舒舒服服地坐在家里，没有猜错就被吃掉的危险来打扰你们思考。比尔博坐直身子，清了一两声嗓子，还没有说出来答案。

过了一会儿，咕噜开始高兴地嘶嘶着对自己说起话来："它好吃吗，我的宝贝？有很多汁水吗？还是生脆可口？"他开始在黑暗中打量起比尔博来。

"再等一小会儿。"霍比特人颤抖着说，"我刚才可是给了你很长的一个机会哦。"

"快点，快点！"咕噜说着就开始爬出小船，准备上岸来捉比尔博了。可就在他把有蹼的长脚放进水中时，一条鱼受惊之下从水里跳了出来，落在比尔博的脚趾头上。

"呃！"他说，"真是又冷又黏啊！"——突然他就猜到了。"鱼！是鱼！"他叫了起来，"答案是鱼！"

咕噜失望极了，但比尔博以最快的速度出了下一个谜语，咕噜只能悻悻地爬回船上去思考。

没有腿的放在一条腿上，旁边是两条腿的坐在三条腿上，四条腿的也分到一点。

这个谜语出得可谓时机不对，但比尔博匆忙间也顾不得了。如果他在别的时候出这个谜语，咕噜可能要动上一番脑筋才猜得出来，可因为他们刚刚才说过鱼，所以“没有腿的”就不是很难猜了，而确定了这部分之后，其余的就简单了。“鱼放在小圆桌上，人坐在圆桌边的凳子上，猫儿在啃鱼骨头”，这当然就是答案，咕噜很快就猜了出来。然后，他觉得是时候来点恐怖的、超难的谜语了。于是他说：

能把一切都吞下：
飞鸟、走兽、树与花；
啃生铁，咬精钢；
嚼碎硬石当食粮；
杀国王，毁城镇，
打倒高山成齑粉。

可怜的比尔博坐在黑暗中，把他听过的故事中所有巨人和食人魔的可怕名字都想了一遍，但没有哪个家伙能做下所有这些事来。他有种预感，答案一定和他想的不太一样，他应该知道，但就是想不出来。他开始害怕了，这对于思考是很不利的。咕噜又开始爬出船来，扑通扑通跳进水里，啪嗒啪嗒朝岸上走来。比尔博可以看见他那双眼睛在朝自己靠近，他觉得自己的舌头好像粘在了嘴里。他想要开口大喊："再给我一点时间，再给我一点时间！"可从他嘴里迸出来的相连的两个词却是：

时间！时间！

比尔博纯粹是被他的狗屎运给救了，因为这刚好就是答案。

咕噜再次大感失望，现在，他已经越来越生气了，也厌倦了这个游戏。猜来猜去的，肚子倒真的饿了。这次他没有走回船上，而是在比尔博身边的黑暗中坐了下来，这让霍比特人怕得浑身不自在，脑子一点思考能力也没有了。

"它还要再问我们一个问题，我的宝贝，嘶的，嘶的，嘶嘶的。只要再猜一个谜语了，是的，嘶嘶的……"咕噜说。

可是，身边坐着这样一个冷冰冰湿漉漉的讨厌家伙，对他又抓又戳的，比尔博哪还能想得出什么问题来。他对自己又抓又掐，可还是想不出个谜语来。

"快出啊！快出啊！"咕噜催道。

比尔博掐了自己几下，又扇了自己几个巴掌；他抓起小剑，甚至用另一只手伸进口袋里一通乱摸，结果摸到了一枚戒指，就是之前在隧道里捡到的那枚，它早就给忘了。

“我的口袋里面有什么？”他大声说了出来，这在他只是自言自语，但咕噜听了以为这是个谜题，一下子有点慌了神。

“不公平！这不公平！”他嘶嘶地说道，“这不公平，我的宝贝，是吧，怎么可以问我们它的脏口袋里面有嘶嘶什么呢？”

比尔博这才明白究竟是怎么回事，但因为他也想不出什么更好的谜语来，只能硬着头皮就把这个当谜语了。“我的口袋里面有什么？”他更大声地问道。

“嘶——嘶——嘶，它得让我们猜三次，我的宝贝，三次！”

“好啊！那就开始猜吧！”比尔博说。

“你的手！”咕噜说。

“错，”幸好比尔博刚刚把手拿了出来，“再猜！”

“嘶嘶——嘶嘶——嘶——”咕噜这次前所未有地烦躁起来。他想遍了所有他自己会放在口袋里的东西：鱼骨头、半兽人的牙齿、湿贝壳、一截蝙蝠翅膀、一块用来磨牙的石头，以及其他恶心的东西。他又拼命想别人会在口袋里放些什么。

“小刀！”他最后猜道。

“错！”比尔博不久前把自己的小刀给弄丢了，“最后一次机会！”

现在，咕噜的状态比之前猜那个蛋的谜语时更糟糕，他嘴巴里一会儿“嘶嘶”，一会儿“啪啪”，身体时而前后摇晃，时而扭来扭去，双脚跺着地面，但即便如此，他还是不敢浪费掉最后一次机会。

“快点啦！”比尔博催道，“我在等着哪！”他竭力让自己的声音听上去勇敢而又欢快，但心里其实很没底，不知道这场游戏会怎么样收场，无论咕噜猜对还是猜错。

“时间到！”他说。

“线头，或者什么都没有！”咕噜大叫道，他这种做法其实也不太公平，因为他一次猜了两样东西。

“两个都错。”比尔博如释重负地喊道。接着他立刻跳了起来，背靠着离他最近的洞壁，把短剑伸在身前。他当然知道，猜谜是件很神圣的事情，而且有着悠久的传统，即使是心地险恶的坏东西，也不敢在猜谜的时候作弊。但他不相信这个滑腻腻的讨厌家伙会觉得有必要守信。只要能找到一点借口，这家伙便会赖账。再说，根据古老的规定，他的最后一个问题其实并不能算是一条真正的谜语。

但至少咕噜没有立刻向他发起进攻。他可以看见比尔博手中的宝剑，所以他静静地坐着，浑身抖动着，口中不停低声说着什么。最后，比尔博终于不耐烦了。

“怎样？”他说，“你答应我的事情呢？我想离开这儿，你得给我指路。”

“我们有这么说过吗，宝贝？带那个可恶的小巴金斯出去，是的，是的，有这么回事儿。可是它的口袋里到底有什么呢？不是线头，宝贝儿，可也不是什么都没有。噢，不！咕噜！”

“你别管那么多，”比尔博说，“说话就得算话！”

“它生气了，可真没耐性，宝贝，”咕噜嘶嘶地说道，“但它必须得等，是的，必须得等，我们可不能这么急着出去。我们得先去拿点东西，是的，拿一些可以帮上忙的东西。”

“好，那就快点吧！”比尔博一想到咕噜会暂时离开，心里稍稍松了口气。可他转念又想，这家伙可能只是找个借口，一去就再也不回了。瞧他刚才说了些什么，在漆黑的湖面上他能存放什么有用的东西呢？但他错了，咕噜的确是想回来的。他现在又气又饿，作为一个心地险恶的家伙，他已经想出了一个诡计。

不远处就是他的小岛，比尔博对此一无所知，在这个藏身之处，他放了几样零零碎碎的恶心玩意儿，以及一件非常美丽的宝物，非常美、非常棒。那是一枚戒指——一枚黄金戒指，一枚珍贵的戒指。

“我的生日礼物！”在无尽的黑暗岁月中，他常常会这样自言自语道，“那是我们现在所需要的，对，我们需要它！”

他需要这戒指是因为它拥有魔力，只要把戒指戴上手指，人就会隐形，只有在明亮的阳光下才会被发现，而且还只是通过摇晃而又模糊的影子来发现的。

“我的生日礼物！那是在我生日那天得来的，宝贝。”他一直这样对自己说。不过，谁又知道咕噜是怎么得来这个戒指的呢。在很多年以前的那个古老年代，这样的戒指在世界上还有许多。他怎么得来的或许连统御这些戒指的主人都说不上来。咕噜刚开始的时候把它戴在手上，后来他戴腻了，然后他把它放在了一个贴身的小口袋中，不料戒指却擦破了他的皮。现在，他通常会把戒指藏在小岛上的一个石头小洞里，时不时地就跑回去端详一番。有时，当他再也无法忍受和它分离时，他就戴上它；又或者当他饿得实在受不了却又吃腻了鱼的时候，他也会戴上它，戴上之后，他会蹑手蹑脚地沿着黑暗的隧道去搜寻走岔了路的半兽人。有时他甚至敢大胆地混入点着火把的隧道，虽然火光会让他的眼睛眨个不停，感到疼痛，但他知道自己是安全的。没错儿，相当安全！没有人能看见他，没有人会注意到他，直到他的手指掐上他们的喉咙才能发现，却已经晚了。几个小时之前他才戴过这枚戒指，抓到了一个小半兽人。那小家伙叫得可真凄惨哪！他还剩了一两根骨头没啃，不过，他现在想要吃点更软的东西。

“相当安全，是的，”他自言自语道，“它看不见我们的，宝贝，对吧？是的，它看不见我们，它那把臭短剑也派不上用场，是的。”

这就是他从比尔博身边悄悄溜走，跳回船上朝黑暗中划去时，他那邪恶的小脑瓜里在想的东西。比尔博觉得自己再也不会见到他了。但他还是又等了一会儿，因为他也不知道凭自己怎样才能找到路出去。

突然，他听见了一声尖叫，让他不由得背脊发凉。咕噜在混沌的黑暗中不停地咒骂哭嚎，听声音好像并不太远。他在自己的小岛上到处翻找着，搜寻着，却都徒劳无功。

“它在哪儿？它在哪儿？”比尔博听见他大喊道，“不见了，我的宝贝，不见了，没有了！诅咒我们吧，碾死我们吧，我们该死，我的宝贝不见啦！”

“怎么回事儿啊？”比尔博喊道，“你丢什么了？”

“轮不到它来问我们，”咕噜尖叫道，“没它什么事儿！完了，咕噜！它不见了，咕噜，咕噜，咕噜！”

“嗯，我也完了，”比尔博大喊着，“我可不想被困在这里，我赢了猜谜比赛，你答应过给我带路的。咱们走吧，你先带我走出去，然后你再回头慢慢找！”虽然咕噜听起来绝对可怜，可比尔博却挤不出多少同情心给他，而且他有一种感觉，凡是咕噜这家伙这么想要的东西，都不会好到哪里去。“快来吧！”他大声催促道。

“不，现在不行，宝贝儿！”咕噜回答道，“我们得找到它才行，它不见了，咕噜！”

“可你一直也没猜对我的最后一个问题，你答应过要带我出去的。”比尔博说。

“一直没猜对！”咕噜愤愤地重复道。然后，突然间，黑暗中传来很锐利的一声嘶嘶：“它的口袋里面到底有什么？告诉我们，它一定得先说出来。”

在比尔博看来，他没什么理由不告诉对方答案。但还没等他说出口，咕噜的脑子里已经迸出了一个猜测。他会想到这个是很自然的，因为这么多年来，他心心念念的只有这一样东西，整天就怕它被人偷走。但此时，比尔博只是对咕噜的拖延感到不满，毕竟，他可是冒了极大的危险，凭了挺公平的手段才赢下这场猜谜比赛的。“答案是要猜的，可不能让人告诉。”他说。

“可这不是一个公平的问题。”咕噜说，“这不是个谜语，宝贝，不是。”

“哦，好吧，如果你只是在问普通问题，那我可以告诉你。”比尔博回答道，“不过你先回答我的。你丢了什么东西？告诉我！”

“它的口袋里有什么呢？”嘶嘶的声音变得越来越响，越来越锐利了。比尔博循声望去，不由得一惊，他发现了有两点小小的光亮正在瞪着他。随着咕噜的疑心越来越盛，他的眼中燃起一团苍白的火焰来。

“你丢什么了？”比尔博坚持问道。

此时，咕噜眼中的光芒已经变成了一团绿色的火焰，而且正飞快地向比尔博靠近。咕噜又跳上了船，疯狂地往黑暗的岸边划来。他的心中充满了丢失东西的愤怒和对比尔博的怀疑，所以什么样的刀剑都不令他感到可怕了。

比尔博实在猜不出来，到底是什么让这个坏家伙这么生气，但他知道一切都完了，咕噜看来怎么都要杀了他了。他及时转过身去，朝着来时那条漆黑的隧道跑去，他紧贴着墙，边跑边用左手感受着墙壁。

“它的口袋里有什么呢？”他听见身后传来很响的带嘶嘶的说话声，接着是咕噜从船上跳下时的水花声。“我有的这个到底是什么呢？”他一边气喘吁吁、踉踉跄跄地跑着，一边对自己说。他把左手伸进口袋里，戒指无声无息地滑上了他正在摸索的食指上，感觉非常冷。

嘶嘶声越来越近了。他转过身，看见咕噜的眼睛像两盏绿色的小灯一样沿着斜坡向他靠近。惊恐之下他不禁加快了步伐，却不小心踢到了地面上的一个突起，摔了一个嘴啃泥，把宝剑压在了身下。

转眼间咕噜就赶上了他。可还没等比尔博来得及做任何事，比如调整呼吸，站起身来，或是挥舞宝剑，咕噜已经从他身边过去了，一点都没有注意到他，只顾自己一边跑，一边骂骂咧咧，自言自语。

这是怎么回事？咕噜在黑暗中也能看见东西，比尔博从后面都可以看见他的眼睛发出淡淡的光芒。他痛苦地站起身来，将重新放出微光的宝剑装入鞘内，然后小心翼翼地跟在咕噜后面。现在如果掉头往下，爬回到咕噜的湖边是不会有任何好处的。如果跟在咕噜后面，他或许倒会在无意中带比尔博找到出口。

“诅咒它！诅咒它！诅咒它！”咕噜嘶嘶着吼道，“诅咒巴金斯！它不见了！它口袋里到底有什么？噢，我们猜到了，我们猜到了，我的宝贝——被他捡去了，对，肯定被他捡去了，我的生日礼物啊！”

比尔博竖起耳朵听着，终于，他也开始怀疑起自己来。他稍稍加快了一点步伐，在他胆量许可的范围内尽可能靠近咕噜。咕噜依然在快步走着，无暇回头朝后看，但却左右张望着，比尔博是就着墙壁上的微光看到的。

“我的生日礼物！诅咒它！我们怎么把它给弄丢了呢，宝贝？是的，就是这么回事儿！诅咒它！它从我们手上滑走了，肯定已经丢了很久了！它不见了，咕噜。”

突然间，咕噜坐了下来，开始哭了起来，那声音既像吹口哨，又像在咯咯笑，让人听了感觉很可怕。比尔博停下脚步，背紧靠着洞壁。过了一阵子之后，咕噜止住了哭泣，开始说起话来，似乎在和自己吵架。

“再回去找也没用，没用，我们去过哪些地方根本记不得了，不会有用的。巴金斯把它放在口袋里了，那个讨厌的爱管闲事的家伙找到了它。

“这是我们的猜测，宝贝，只是猜测。只有找到那个讨厌东西，好好逼问一下才能确定。不过它还不知道这礼物的用处呢，是吧？它只是把它放进了口袋。它不知道的，它也走不远。它迷路了，这个讨厌的家伙。它不知道出去的路，它是这么说的。

“它是这么说没错，但也可能有诈。它没说这是什么意思，它也不肯说口袋里装的是什么东西。它知道。它知道进来的路，就一定知道出去的路，肯定如此。它去后门了，对，去后门，就这么办！

“它要是走后门，半兽人会抓住它的。它不可能从那边出去，宝贝儿。

“嘶嘶，嘶嘶，咕噜！半兽人！是的，但是如果它拿到了我们的礼物，我们珍贵的礼物，那半兽人就会得到，咕噜！他们会发现的，会发现它有什么用处。我们就再也不安全了，永远不安全了，咕噜！会有半兽人把它戴上，然后没人会看见他。他会隐形，连我们聪明的眼睛也看不见他，他会悄悄地跑来把我们抓住，咕噜，咕噜！

“那我们还是别再聊天了吧，宝贝，得赶紧行动了。如果巴金斯往这个方向走了，我们必须要赶快过去看。走吧！不远了，赶快！”

咕噜一跃而起，立刻开始迈着大步摇摇晃晃地走了起来。比尔博依旧小心翼翼地紧跟在他身后，只不过，这回他担心的是别又像刚才那样踢到地上的突起，在摔倒时发出声响。他的小脑袋中被希望和惊奇冲击得有点晕晕乎乎。看来他捡到的是个魔法戒指：它可以让人隐身！当然，他曾经在非常非常古老的传说中听过这种事，但自己竟然真的在无意中找到了一件这样的宝物，实在令他难以置信。不过眼前的证据由不得他不信：拥有锐利双眼的咕噜从他身旁只有一码的地方走了过去，却对他视而不见。

他们继续往前走，咕噜啪嗒啪嗒地走在前面，一边发出嘶嘶的声音一边骂骂咧咧；比尔博跟在后面，以霍比特人最轻柔无声的步伐走着。不久，他们就来到了比尔博下来之时曾注意到的有许多岔路的地方，咕噜马上开始数起岔路来。

“左边一条，对；右边一条，对。右边两条，对，对。左边两条，对，对。”他就这样一直叨叨个不停。

他越数越多，渐渐地就慢了下来，接着他的身体开始抖了起来，发出了啜泣声，因为他已经离开地底湖越来越远，心中开始感到害怕了。半兽人可能就在周围，而他又弄丢了戒指。最后，他在左边一个低矮的隧道口停了下来。

“右边七条，对，左边六条，对！”他低声道，“就是这个了，这就是通往后门的路，就是这条路！”

他往里窥探着，又缩了回来。“可是我们不想要进去，宝贝，不，我们不想，前面有半兽人，很多半兽人，我们可以闻到他们的味道。嘶嘶！

“我们该怎么办？诅咒他们，碾死他们！我们得等在这里，宝贝儿，再等一会儿看看。”

于是他们就完全停了下来。咕噜毕竟还是把比尔博带到了出口，但比尔博却不能进去！因为咕噜驼着背坐在入口那里，双眼发出冷冷的光，头则在双膝之间左右扫视着。

比尔博用比老鼠更小的声音离开洞壁，但咕噜立刻浑身一紧，开始用鼻子嗅了起来，眼睛变绿了。他轻轻地发出嘶嘶声，却充满着威胁的意味。他看不见霍比特人，却已经提高了警觉；而且，他还有其他在黑暗中变得更敏锐的知觉——听觉和嗅觉。他趴到了地面上，双手张开，头伸了出来，鼻子几乎凑到了石头上。

虽然他只是自己双眼放出的微光中的一团暗影，但比尔博却可以看见或者说感觉到：他已经像弓弦一样紧绷，蓄积着力量，随时准备一跃而起。

比尔博害怕得几乎停止了呼吸，自己的身体也变得僵硬起来，几乎陷入了绝望。他必须要趁着自己还有力气，走出这片恐怖的黑暗，去奋力一搏。他一定要刺死这个邪恶的家伙，让他的眼睛失去光芒。这意味着他必须要杀死咕噜。不，这不是一场公平的战斗。自己不仅已经隐形，而且咕噜还手无寸铁。细想一下，咕噜其实并没有威胁过要杀他，至少还没有付诸行动。他处境悲惨，孤身一人，不知如何是好。突然间，比尔博的心中对咕噜生出些理解来，一种混杂着恐惧的同情：他所能见到的只有茫茫没有尽头的黑暗岁月，生活没有任何改善的希望，坚硬的岩石，冰冷的鱼，偷偷摸摸地走动，鬼鬼祟祟地自言自语。这些念头都在一瞬间掠过他的脑海。比尔博打了个寒战，接着，又是在转瞬之间，似乎是被一股崭新的力量与决心托举起一样，他纵身一跃。

这一跃对人类来说算不了什么，但这却是在黑暗中的奋力一跃。他直直地跃过了咕噜的头顶，往前飞过了七呎，跃起空中有三呎。幸亏他不知道，他的脑袋差一点就砸在了通道那低矮的拱门上。

咕噜立刻转过身去，在霍比特人跃过头顶时朝空中抓去，但还是慢了一拍：他的双手只抓到了薄薄的空气，比尔博则凭了他那健壮的双脚稳稳落地，朝着这条新的隧道飞奔而去。他没有回头去看咕噜在干些什么。刚开始，他可以听见嘶嘶声和咒骂声就追着他的脚后跟，后来那声音停了下来，几乎与此同时，后方传来一声让人血液为之冻结的尖叫，叫声中充满了仇恨与绝望。咕噜被打败了，他不敢再往前走了，他已经输了：他不仅追丢了猎物，更弄丢了他这辈子惟一在乎的东西，他的宝贝。这声尖叫让比尔博的心悬到了嗓子眼儿，但他继续不停步地往前跑着。那微弱得如同回声，但充满威胁的喊声从背后传来：

“小偷，小偷，小偷！巴金斯！我们恨它，我们恨它，我们永远都恨它！”

然后是一片死寂，但这对于比尔博来说，依旧充满着危险。“如果半兽人近到可以被咕噜闻到气味，那么他们也会听见他的尖叫和咒骂。从现在起得打起十二万分的精神了，不然这一路还不知道会遇到怎样可怕的事情呢。”

这条隧道不仅低矮，造得也十分简陋。这对于霍比特人来说，并不算太难走，除了有几次，尽管他已经十分当心了，他那可怜的脚趾头还是踢到了地上那些讨厌的坑坑洼洼的碎石。“对半兽人来说有点矮，至少对那些大个子是这样。”比尔博想。其实他不知道，即使是大个子的半兽人，由于习惯了山里的生活，也可以弯着身子，双手几乎垂地，飞快地行走。

很快，一直在往下的隧道开始往上走了，又过了一阵之后，它更是变得陡峭起来。这让比尔博的速度慢了下来。但到了最后，向上的斜坡到头了，隧道转过一个弯，又开始往下走。远方，在一小段下坡的尽头，从又一个拐角的后面，透过来一缕亮光。那不是营火或灯笼之类放出的红光，而是一缕白色的天光。比尔博开始跑了起来。

他让双腿带着自己尽力飞奔，绕过最后的弯角，终于跑进一片开阔的空间。他在黑暗中待了那么久之后，这里的光线让他觉得十分刺眼。其实，这还只是从门缝中漏进来洒在门道内的一点阳光，门道尽头的一扇石门居然是开着的。

比尔博眨眨眼，这时他突然看见了半兽人：几个半兽人全副武装，手拿刀剑，就坐在门里边，眼睛睁得大大的盯着门，也盯着通往大门的门道。他们已经严阵以待，为即将到来的一切作好了准备。

比尔博还没看见他们的时候他们就已经看见比尔博了。对，他们看见他了。不知这是个意外，还是戒指在认自己的新主人之前开的最后一个玩笑，反正这会儿它没有在比尔博的手指上。半兽人欢呼着朝他冲了过来。

一阵恐惧和茫然向比尔博袭来，那简直像是咕噜的痛苦所激起的回声。他甚至忘记了去拔剑，而是将手伸进了口袋。戒指依然还在，就在他左边的口袋中，手刚一伸进去，戒指就滑了上去。半兽人们戛然止住了脚步——他们一点都看不见他了，他就这么凭空消失了。他们发出比之前高过一倍的吼叫声，但不是刚才的那种欢呼了。

“他到哪儿去了？”大家喊道。

“回到隧道里去了！”有人喊。

“往这儿走了！”有些人叫道。“往那儿跑了！”其他人叫道。

“盯紧大门。”他们的队长咆哮道。

哨声响起，盔甲撞击，刀剑铮铮作响，半兽人咒骂着像没头苍蝇般四处瞎跑，相互绊倒，彼此发起火来。那真是好一场可怕的骚乱哪！

比尔博怕得要命，但他总算还能弄清楚状况，知道偷偷溜到半兽人守卫装酒的大桶后面躲了起来，因此没有挡到任何人的路，也避免了被人撞倒，踩踏而死，或是因为被人摸到而抓住。

“我一定得到门口去，我一定得到门口去！”他不停地对自己说道，但直到过了很久他才敢冒险尝试。接下来就像是一场可怕的捉迷藏游戏，到处都是四处瞎跑的半兽人，可怜的小霍比特人左躲右闪，还是被一个半兽人给撞倒了，那个半兽人则根本不知道自己究竟撞上了什么。比尔博手足并用在地上爬着，并及时爬过了队长的胯下，站起身来，朝着门口奔去。

大门依旧半开着，但有个半兽人将它推得只剩了一条缝。比尔博使出了吃奶的力气去推，结果大石门岿然不动。他想从那条缝里挤过去，挤来挤去的，竟然卡在了缝里。他的纽扣卡在了门与门柱之间。他可以看见露天中的景象：再跑几步就能进入高山夹着的一条狭窄山谷，太阳从云后探出头来，照得门外阳光明媚——可他就是挤不过去。

突然间，门里边的一个半兽人大喊道：“门旁边有个影子，外面有东西！”

比尔博的心又跳到了嗓子眼儿。他奋力一挣，纽扣往四面八方爆开，人终于挤了出去，外套和背心都扯破了。但他顾不得这些了，只见他像只山羊一样一蹦一跳地冲下阶梯，而那帮不明就里的半兽人则还在门口捡着他散落在台阶上的漂亮的铜纽扣。

当然，他们没过多久就呜里哇啦狂喊着追了下来，在林子里展开搜索。但他们不喜欢阳光，因为阳光会让他们两腿发软，头脑发晕。比尔博戴着戒指，他们当然找不到。此时他正在树林的阴影中穿梭，迅捷而又悄无声息地奔跑着，尽量不让自己被阳光照到。因此，那些半兽人很快就抱怨着、咒骂着回去守大门去了。比尔博终于逃离了险境。

第六章

才出煎锅又入火坑

Out of the Frying-Pan into the Fire

比尔博逃出了半兽人的魔穴，却不知道自己身在何处。他弄丢了兜帽、斗篷、食物、小马、纽扣和所有的朋友。他漫无目的地走啊走，直到太阳开始西沉——**落到大山背后去了**。大山把自己的阴影投在比尔博走的路上，他回头望望，然后又朝前看去，前面只有山岭与山坡在往下绵延，通往低地与平原，但低地与平原被树林挡住了，只有透过缝隙才能偶然得见。

“老天爷啊！”比尔博惊叹道，“我好像穿过了迷雾山脉，来到了山的另一边，来到了遥远之地的边缘！哦！甘道夫和矮人们究竟去了哪儿啊？我只希望老天保佑，他们不会还在半兽人的势力范围内！”

他继续漫无目的地往前走，走出了狭窄的山谷，越过了山谷边缘，往山坡下走去，但心中一直萦绕着一个让他很不舒服的念头。他在想的是，既然已经有了魔法戒指，难道不该再回到那些恐怖黑暗的隧道中找寻自己的朋友吗？他刚下定决心，认为这是他的责任，必须回去——这想法让他很是痛苦——就在这时，他听见了说话的声音。

他停下脚步听了起来。这不像是半兽人的声音，因此他小心翼翼地又朝前走了几步。这时他踏在一条蜿蜒向下的石径上，左边是一片岩壁，另一边则是一道通往下方的斜坡，从上面看去，可以看见下面的山谷中长着许多灌木和低矮的植物。在其中一座山谷中的灌木丛之下，有人在交谈。

他又潜近了些，突然看见一个戴着红兜帽的脑袋在两块大石头间若隐若现：那是负责站岗的巴林。他差点高兴得拍手大叫起来，但他忍住了。由于担心还会遇到什么意外的险情，他手上依然戴着戒指，因此，他看见巴林虽然看着自己的方向，却根本没注意到自己。

“我要给大家一个惊喜。”他这么想着，就钻进了山谷边的灌木丛中。甘道夫正在和矮人们争论着什么，他们在讨论着发生在隧道中的事情，想要决定接下来该怎么办。矮人们在抱怨着，而甘道夫则坚持说决不能把巴金斯先生留在半兽人手里，他们自己管自己上路，至少得弄清他是死是活，或者该去尝试营救他。

“他毕竟是我的朋友。”巫师说，“他也不是个坏人，我对他有责任，我真希望你们没有把他给弄丢。”

矮人们想要知道当初把他带来究竟有什么用，为什么他不能跟紧他的朋友们，和他们一起行动，巫师又为什么不挑选一个更机灵点的家伙。“到目前为止他惹的麻烦比帮的忙多，”有人说，“如果我们现在还得回到那可恶的隧道里去找他，还不如让他见鬼去呢。”

甘道夫生气地回答：“带他来的人是我，我决不会带上一个没用的人。要么你们帮我一起去找他，要么我自己去找，你们就留在这里，自己想办法从麻烦中脱身。如果我们能找到他的话，在探险结束以前你们一定会感谢我的。多瑞，你当初为什么只顾着自己跑，把他给丢下了？”

“如果有个半兽人在黑暗中突然从背后抓住你，把你绊倒在地，还在你背上踢一脚，”多瑞辩解道，“换了你也会背不住他的！”

“那你为什么不回头把他再背上呢？”

“天哪！亏你还好意思问！半兽人在黑暗里又打又咬，每个人不是在别人身上绊倒，就是互相撞来撞去！你差点用格拉姆德凛剑把我的脑袋砍掉，梭林则挥舞着他的奥克锐斯特剑到处乱戳。然后，你突然放出那种能把人眼睛都照瞎的闪光，我们看见半兽人尖叫着逃回去了。你大喊‘大家跟我来’，大家应该都跟着你走了。我们以为大家都跟上了。那会儿哪有时间点数啊，这你应该很明白，然后我们就一路杀过门口的守卫，冲出了矮门，慌里慌张地就跑到这儿来了。

“现在我们就是这副样子——飞贼不见了，我们把他抛弃啦！”

“飞贼在这儿呢！”比尔博说着走到大伙儿中间，褪下了戒指。

我的天哪，大家伙儿见了他全都跳了起来，然后发出惊喜的欢呼。甘道夫和别人一样吃惊，但他的欢喜或许要更胜其他人一筹。他把巴林叫了过来，问他是怎么放的哨，居然让人走到了他们身边而没有发出一点警告。经过这件事以后，比尔博在矮人们中间声名鹊起。就算之前他们对比尔博作为一流飞贼的身份仍然有所怀疑，哪怕甘道夫再怎么夸奖、推荐也没用，可现在他们彻彻底底地服了。尽管巴林依旧百思不得其解，但大家却都说比尔博这手露得真漂亮。

大伙儿的赞誉比尔博听了着实受用，他在心中窃笑着，嘴上却对戒指的事只字不提。当大家问他究竟怎么办到的时候，他说：“哦，没什么，悄悄地走过来就行了——当然，要非常小心，一点声音也没有。”

“以前，就算再小心，再没有声音，也没有哪怕一只小老鼠能从我鼻子底下经过而不被我发觉的，你绝对是头一个。”巴林说，“请接受我脱帽致敬。”说完他真的这么做了。

“巴林愿意为您效劳！”他敬佩地说道。

“在下巴金斯愿意为您效劳！”比尔博答礼道。

接着他们全都想要知道比尔博和他们走散之后的冒险经历，于是他坐了下来，将一切娓娓道来——只把找到戒指这件事瞒了下来。(“只是现在暂时不说而已。”他是这样想的。)他们对于猜谜比赛的那段听得津津有味，听到他对咕噜的描述时全都感到刺激得微微发抖。

“那时，他在我旁边坐着，我哪还想得出什么谜题啊，”比尔博的讲述临近了尾声，“所以，我就问‘我的口袋里面有什么？’他连猜了三次都没猜中。于是我问他：‘你答应的事怎么办？你得带我出去！’可是他过来要杀我，我撒腿就跑，没多久摔了一跤，黑暗之中他从我旁边擦身而过。然后我就一路跟着他，因为我听见过他自言自语，他以为我其实知道出去的路，就沿着这条路一路走来。到了入口的地方，他一屁股坐了下来，把我的路给挡住了。最后，我只好从他头上跳了过去，一路跑到了大石门。”

“那些守卫呢？”他们问，“门口难道没有守卫吗？”

“有！多得是，可全都叫我给躲过去了。门只开了一条缝，我给卡在了门里，好多扣子都挣掉了呢，”他看着自己扯破的衣服难过地说道，“可我最终还是挤了出来——于是我就在这儿了。”

比尔博从容讲述着自己躲避守卫、跳过咕噜和挤出大门的过程，仿佛这并不是什么很困难或是很可怕的事情，矮人们听了不禁用比之前更尊敬的眼光看着他。

“我跟你们怎么说来着？”甘道夫笑着说道，“巴金斯先生的实力可是远远超出你们的想像啊！”他说这话的时候，从他那浓密的眉毛下面对巴金斯使了个奇怪的眼色，霍比特人不禁怀疑他是否已经猜到故事中他隐瞒掉的内容了。

接着，比尔博也有问题要问。就算之前甘道夫已经对矮人们都解释过一切了，可比尔博并没有听到。他想要知道巫师是怎么重新出现的，他们后来又去了哪儿。

说实话，巫师并不介意再次讲述他的聪明睿智，因此，他就跟比尔博说了起来。他和埃尔隆德早就知道这一带有邪恶的半兽人出没，但是，以前他们的正门是在另一个路上的，一条更好走些的路，他们经常在夜晚捕捉不小心靠近的旅人。显然，人们后来再也不走那条路了，于是半兽人肯定在山顶的通道，也就是矮人们走的那条路旁盖了个新的门，这应该是最近的事情，因为直到现在，人们都觉得那条路是相当安全的。

“我得要看看，是否能找到一个多少还算正直的巨人把那个门再堵起来，”甘道夫说，“不然这山很快就没法儿过了。”

甘道夫在避雨的山洞里一听到比尔博的叫喊，就意识到发生了什么。借着那道杀死那些抓他的半兽人的闪光，他在裂缝合拢前的一刹那溜了进去。他跟着半兽人士兵和他们的囚犯一路来到大厅附近，接着他坐了下来，开始在黑暗中准备他所掌握的最强大的魔法。

“那可真是需要算计得非常准确才行，”他说，“一击成功之后必须马上逃离！”

但是，当然啦，甘道夫对于火焰和光的魔法有特别的研究（就连霍比特人也一直对老图克家夏至宴会中的烟火表演念念不忘，这你们应该还记得）。其他的我们都知道了——惟一的例外是甘道夫早就知道有后门，也就是半兽人口中的下层门，比尔博掉了纽扣的地方。事实上，任何了解这一带地形的人都知道有这个出口，但要能在隧道中保持冷静，带领他们朝正确的方向前进，则非得是巫师才行。

“他们在很多年之前就造了这座大门，既是为了在需要的时候能有一条逃跑的路径，也是为了有一条路通向山背后的地区，他们现在还会趁天黑出来，对这一带造成很大的祸害。他们日夜守着这个出口，没有任何人能够将这个门堵死。经过这次事情后，他们肯定更要加强守卫了。”甘道夫大笑着说。

其他的人也跟着开怀大笑。虽然他们损失了很多东西，但他们也杀死了那个高大的半兽人首领和许多半兽人士兵，而且都安全地逃了出来。所以，到目前为止，他们或许可以说是取得了胜利。

但巫师让他们恢复了清醒。“既然我们已经稍稍休息了一下，那么必须要马上出发了。”他说，“等夜幕降临，就会有成百上千的半兽人出来追杀我们。现在影子已经渐渐长起来了，只要是我们经过的地方，他们在若干小时内都还能闻出我们的足迹，因此我们必须赶在天黑之前尽量远离此地。如果天气一直晴好的话，晚上会有一点月光，这对我们来说是幸运的事情。他们不是很在乎月光，但月光能方便我们认路前进。”

“哦，是的！”还没等霍比特人提出更多的问题来他就先回答了，“你在半兽人的洞穴中已经忘记白天黑夜了。今天是周四，我们是在周一晚上或周二凌晨被抓的，从那以后走了很长的路，从大山的肚子里穿了出来，现在来到了山的另外一边——倒是条捷径，但和我们经过原计划中的道路所到达的地点有一段距离，太偏北了，所以前面会有一段不太好走的乡村野路。我们现在所处位置的地势还很高呢，还是快赶路吧！”

“我的肚子实在是饿坏了。”比尔博被甘道夫这么一说，才突然意识到他已经有整整两三天没吃过一顿饭了。想想看，这对爱吃的霍比特人来说意味着什么吧！兴奋劲儿一过去，他才发现肚子瘪瘪的，饿得咕咕直叫，双腿也直打颤。

“没办法，”甘道夫说，“除非你想要再回去，客客气气地请那些半兽人把行李和小马还给你。”

“那还是算了吧！”比尔博说。

“很好，那我们就只能勒紧裤带，继续我们的跋涉——否则我们就要成为别人的晚餐了，这可比不吃晚餐要糟糕多了！”

他们继续上路以后，比尔博一直左顾右盼，希望能够找到点吃的东西，但黑莓才刚开始开花，坚果当然更没影，就连山楂果子也一个都没见到。他找了些苦苦的酸模啃了几口，又从横贯过小径的山溪里喝了些水，吃了三颗溪岸边找到的野草莓，但肚子依然饿得厉害。

他们继续前进，走着走着连依稀的山径也消失了，之前的灌木丛、砾石间的长草、兔子经营出来的小片草皮、百里香、山艾树、香花薄荷和黄色的岩蔷薇也全都消失了，他们发现自己身处一片满是落石的宽阔陡坡上，这必定是山崩的遗迹。他们沿着陡坡开始往下走，尘土和小石子从脚边往下滚去。没多久更大块的碎石就哗啦啦地落了下来，落在下面的石头上，带动着它们一起滑动翻滚。再接着，大片大片的岩石都被扰动了，翻跌着滚落，所到之处激起一阵巨响，荡起一团尘埃。到最后，他们上面和下面的整个山坡似乎都动了起来，大家跟着山坡一起滑落，挤跌成一团，与轰隆隆、哗啦啦、呼噜噜翻滚的大小石头一起陷入一片可怕的混乱之中。

长在斜坡底部的树木救了他们一命。他们滑到了山坡边的一丛松树里，这丛松树是从下面山谷中更深更黑暗的树林里伸出到斜坡上来的。有些人抓住了树干，慢慢地滑到了靠下一点的树枝上，有些人（比如小霍比特人）则藏身树后，躲避着落下的岩石。很快，危险过去了，滑坡停止了，最大、最沉重的岩石旋转着落入下方的羊齿蕨和松树树根间，传来最后一些微弱的撞击之声。

"很好！我们又多了一点领先优势了，"甘道夫说，"就算是追杀我们的半兽人也得费一番工夫才能太太平平地下来吧！"

"这话不错，"邦伯口齿不清地说道，"不过他们要从上面对着我们的脑袋扔石头可不是什么难事。"矮人们和比尔博一点都不觉得高兴，他们都在揉搓着被石头擦伤砸破的腿和脚。

"没的话！我们这就朝旁边拐一拐，离开滑坡要经过的线路。我们的动作得快了！你们看天色！"

太阳早已落到山背后去了，他们四周的阴影已经渐渐加深，尽管穿过远处树木的缝隙，越过比它们长得更低的林木的黑色树梢，他们依旧可以看见遥远平原上的晚霞。他们一瘸一拐地勉力前行着。现在，他们走的是一面平缓的斜坡，斜坡上长满松树，林间倾斜向下的小路一直朝着南方延伸。有些时候，他们必须拨开正好高过霍比特人头顶的茂密生长的羊齿蕨叶子，才能够艰难前行；有时候他们又寂静无声地在一地松针中大步走着，整个一路森林的阴郁之气变得越来越重，寂静则变得越来越深邃。那天晚上，没有一点风吹进松林，令其发出海涛般的歌吟。

"我们非得再走吗？"比尔博问道，这时天色已经黑到他只能看见梭林的胡子在他身边乱晃，周围的寂静使得矮人的呼吸声在他耳朵里成了响亮的噪音。"我的脚指头都破了而且弯了半天，我的腿很痛，我的胃像个空袋子一样甩来甩去。"

"再走一点。"甘道夫说。

经过了似乎有好几年那么长的跋涉后，他们来到了一块没有树木生长的空地，月亮升起来了，正照着这块空地。虽然这里看着没有什么不对劲，但他们都觉得这里不像是什么好地方。

突然，他们听见从山下传来一声嗥叫，那是悠长而带着颤抖的嗥叫。这声嗥叫得到了来自另一边也就是右边的应和，距离离他们更近；然后左边不太远的地方也响起了一声回应。这是狼群在对着月亮嗥叫，它们正在呼朋引伴！

在巴金斯先生家乡的洞府附近是没有狼出没的，但他认得这声音，他之前听过的故事里对此有很多描述。他有一位年长的表亲（是图克家那边的），游历过许多地方，他曾经模仿过这种声音来吓唬他。在月下的森林中听见这声音对比尔博来说实在是太可怕了。就算他有魔法戒指，对狼也没什么办法——尤其是生活在半兽人出没的大山阴影中，在大荒野边缘与未知世界接壤地带的邪恶狼群。这里的恶狼嗅觉比半兽人还要灵敏，根本不需要看见你就能把你抓住！

“我们该怎么办，该怎么办？”他惊慌失措地大喊着，“刚躲开半兽人，又被恶狼逮住！”他说的这句话后来成为了一句成语，尽管我们现在碰到同样让人难受的处境多半会说“才出煎锅，又入火坑”。

“快上树！”甘道夫大喊道。大家立刻跑到草地边缘的树林中，找寻那些树枝相对低矮的树，或是树干较细、比较好爬的树。你可以想见，他们当时爬起树来个个都是要多快有多快，而且只要树枝能承受得了他们的重量，都是能爬多高就爬多高。如果你在旁边（当然，得在安全的距离之外），看到矮人们坐在树枝上，胡须飘来荡去，就像一群老头儿突然发起了疯，玩起了扮孩子的游戏，一定会忍俊不禁的。菲力和奇力躲在一株高大的、长得很像圣诞树的落叶松顶端。多瑞、诺瑞、欧瑞、欧因和格罗因则在一株巨大的松树上找到了更舒服的藏身之处，这棵松树的树枝长得很有规律，几乎是等距离地伸展出去，就像是轮子的辐条一样。比弗、波弗和邦伯挤在另一棵松树上。杜瓦林和巴林爬上了一棵又高又细的杉树，拼命想在树顶的绿色枝叶中找到可以落脚的地方。甘道夫由于个子比大家都高，因此找到了一棵其他人都爬不上去的树，那是位于草地边缘的一棵大松树。他在枝叶中隐藏得相当好，不过，当他往外张望的时候，你还是可以看见他的双眼在月光下放射着光芒。

那么比尔博呢？他哪棵树也爬不上去，正心急慌忙地从一棵树跑到另一棵树，就像一只失去了洞穴的兔子，屁股后面还有一条狗在撵着。

“你又把飞贼给扔在后面了！”诺瑞对多瑞说。

“我总不能一直把飞贼背在背上吧？”多瑞说，“又下隧道又上树的！你以为我是谁啊？挑夫吗？”

“如果我们不想点办法，他会被吃掉的！”梭林说，因为这时的狼嚎声已经四面都是，而且越来越近了。“多瑞！”他大叫道，因为多瑞距离地面最近，他在的那棵树也是最好爬的，“快点，把巴金斯先生拉上来！”

虽然多瑞很爱抱怨，但其实他是个很好心的人。可即使多瑞爬到最下面的树枝上倒挂着伸出手臂，可怜的比尔博还是抓不到他的手。因此，多瑞索性从树上爬了下来，让比尔博踩在他的背上往上爬。

就在那时，野狼们嗥叫着小步跑进了空地，突然间便有几百双眼睛望向他们。多瑞没有让比尔博掉下来，他一直等他从自己的肩膀爬上树之后，才跳上树枝，真是千钧一发啊！

在他翻身上树的刹那，一只狼叼住了他的斗篷，差点把他给扯了下去。没过不久，就有一整群狼在围着树嗥叫不已，还对着树干跃扑着，舌头吐在外面，眼睛放着凶光。

可即便它们是凶悍的座狼（大荒野边缘的野狼就叫这个名字），它们也不会爬树。他们至少暂时是安全的。幸好这时天气暖和，也没有刮风。本来树枝也不是能让人舒舒服服地久坐的地方，但如果要是碰到寒冷的天气，刮着大风，再有恶狼围在下面等着吃你，那它们可成了十足要人命的地方。

这块林中空地显然是野狼们聚会的地方，只见越来越多的狼不断向这边集中过来。它们在多瑞和比尔博所在的那棵树下留了守卫，然后四处嗅啊闻的，直到把躲着人的树都找了出来为止。它们在这些树下也派出了守卫看守，其他的狼（看着有好几百只）则在草地中央围成一个大圈坐了下来，位于圆圈中央的是一只身形庞大的灰狼，它用座狼的恐怖语言对其余的狼说话。甘道夫能听懂这种狼的语言。比尔博虽然听不懂，但觉得这种语言非常可怕，好像它们在谈论的是残忍而又邪恶的事情，而事实也的确如此。每隔一段时间，所有围成圈的座狼就会齐声应和它们的灰狼首领，而它们可怕的嗥叫声，几乎让霍比特人从栖身的松树上跌落下来。

虽然比尔博听不懂狼话，但甘道夫可是全听懂了。座狼和半兽人经常会相帮着做坏事。半兽人通常不会冒险远离大山，除非他们被赶了出来，被迫要寻找新家，或是行军到远方去作战（关于这一点我很高兴地告诉大家，这样的事情已经很久没发生了)。在那个年代，他们有时会四处劫掠，夺取食物或是去抓替他们工作的奴隶。这些时候，他们往往会请座狼来帮忙，事后会和他们一起分享劫掠来的赃物。有时候他们还会骑在狼的身上就像人类骑马一样。从现在的情形来看，那天晚上半兽人似乎计划了一场大行动，座狼是来和半兽人会面的，而半兽人则迟到了。毫无疑问，其原因便是他们的高个子首领被杀，再加上比尔博、矮人们和巫师所造成的骚乱。这会儿，半兽人也许还在追捕他们呢。

即使在这块遥远土地上有许多危险，勇敢的人类近来还是从南方千方百计回到此地，砍伐树木，在山谷或是河岸边更安全宜人的树林中为自己建起了栖身之所。他们人数很多，勇敢善战而又武器精良。如果他们是集体行动，或是在大白天，那么就连座狼也不敢对他们发起攻击。不过，这次它们计划在半兽人的帮助下，趁着黑夜对最靠近山边的几座村子发动袭击。如果它们的计划得以实施，那么第二天这些村子里就不会有人剩下了，所有人都会被杀，除了半兽人从狼嘴里拦下来的一小部分，那是因为半兽人要把他们抓回去当奴隶。

这些话听着就让人毛骨悚然，不仅是因为这些勇敢的伐木人和他们的妻儿有可能要惨遭毒手，也因为甘道夫和他的朋友们眼下就面临着极大的危险。座狼对于会在他们集会的地方发现这些人感到既愤怒又迷惑。它们认为这些人是伐木人的朋友，是前来侦察他们的，会把它们进攻的计划通知下面的山谷。半兽人和狼群原先准备趁着黑夜，偷袭尚在梦乡中的村民，把他们抓去做奴隶或是大快朵颐。可现在这样一来，偷袭就会成为一场艰苦的血战了。因此，座狼们不打算离开这里，让树上的这些家伙逃脱，至少也要把他们拖到天亮。它们还说，在那之前，半兽人的士兵就会从山上下来了，这些半兽人可以爬树，也可以将树砍倒，反正有办法收拾这帮闯进来的探子。

大家现在能明白，为什么甘道夫听着它们的嗥叫与嘶吼，虽然身为巫师，也开始感到恐惧起来了吧。他感到他们正处于非常危险的境地，根本就没有逃脱。眼下自己被困在树上，地上有狼群围着，简直无计可施，然而尽管如此，他还是不想让他们得偿所愿。他从身处的大松树上收集了一大堆大个儿的松果，然后用蓝色火焰将其中一个点燃，嗖地朝着围成圈的狼群扔去。松果打在了一只狼的背上，它那毛茸茸的狼皮外套马上就烧了起来，烧得它前蹿后跳，发出可怕的尖叫。然后火球一颗接一颗地抛了下来，一颗燃着蓝色火焰，一颗燃着红色火焰，还有一颗则燃着绿色火焰。它们在地面上狼群围成的圈子中间炸了开来，冒出各种颜色的火星和烟雾。一颗特别大的松果正中狼群首领的鼻子，疼得它一跳足有十呎高，然后在惊恐与愤怒中围着狼群的圈子拼命奔跑并胡乱撕咬，甚至咬到了其他恶狼。

矮人们和比尔博大叫着，欢呼着。群狼发怒的样子看起来十分恐怖，让整个森林都跟着骚动了起来。狼自古以来就是怕火的，但这次它们碰到的火尤为可怕和怪异。只要有一点火星落到它们的皮毛上，就会沾在上面燃烧起来，除非它们赶紧就地打滚，否则马上就会被火焰吞噬。没多久，整个草地上到处是狼在打滚，想把背上的火星熄灭，而那些已经烧了起来的狼则嚎哭着四处奔逃，倒把其他的狼给点着了，最后它们的伙伴只好把它们赶远，它们一路哀号着跑下山坡去寻找水源。

“今天晚上森林里这些闹腾是怎么回事？”大鹰之王说。它在月光下一身漆黑，蹲坐在山脉东角的一座孤岩之巅，“我听见狼群的声音了！半兽人是不是又在森林里作恶了？”

它腾身而起飞向空中，随即左右两边两只担任护卫的大鹰也跃起跟了上来。它们在空中盘旋，俯瞰着地面上座狼围成的圆圈，从高处望向那只是极小的一点。不过，大鹰们拥有极佳的眼力，可以从很远的地方看见很小的东西。迷雾山脉鹰王的眼睛可以直视太阳而不眨眼，也可以甚至在月光下看清楚一哩之外奔跑的一只兔子。因此，尽管它看不见躲在树上的人们，但它可以看清楚底下狼群的骚乱，看见火光的细微闪烁，听见从下方极远处传来的微弱的嗥叫与嘶吼。它还能看见月光在半兽人的长矛和头盔上的反光，这些邪恶的家伙正排着长队从他们的大门出来，沿着山坡悄悄向下，迂回着向树林进发。

老鹰并不是和善的鸟类，有些老鹰是懦弱而残忍的，但北方山脉的古老鹰族是鸟中之王，它们骄傲、强壮，拥有高尚的心灵。它们不喜欢半兽人，也不怕他们。当它们注意这些家伙的时候（这种情况并不多，因为它们不吃这样的生物），它们会直扑向他们，赶得这些家伙尖叫着逃回洞里去，从而终止他们正在干的坏事。半兽人对大鹰又恨又怕，可是他们既无法到达它们高峻的巢穴，也无法将它们从山中赶走。

今夜，鹰王好奇心很盛，想要知道下面正在发生着什么，因此它召唤来许多大鹰，一起飞离山巅，缓缓地盘旋下降，朝着围成圈的群狼以及它们与半兽人会合的地点飞近。

这真是件好事啊！下面正在发生着很可怕的事情，着了火之后逃进森林中去的群狼，让森林中几处地方烧了起来。此刻正是盛夏，这里是山的东侧，已经有很长时间没下过多少雨水了。没多久，黄色的羊齿蕨、掉落的枯枝、堆得厚厚的松针以及散布在各处的枯树全都烧了起来。座狼所在空地的四周已经到处是火苗在蹿动了，但狼群依旧不肯离开这些树木。它们气得发狂，围着那些有人的树干不停地跳跃、嗥叫，用它们恐怖的语言诅咒着矮人，舌头伸在外面，双眼如同火焰一般闪动着猛烈的红光。

然后，突然间，半兽人吼叫着冲了出来。他们以为和伐木人之间的战斗正在进行中，但很快就发现了事情的真相。有些人甚至坐下来哈哈大笑，其他的人则是挥舞着长矛，用矛柄敲打着盾牌。半兽人不怕火，他们很快就想出了一个对他们来说很有趣的点子。

一些半兽人将所有的狼重新汇拢成一群，一些半兽人在树干底下堆起了羊齿蕨和矮灌木，还有一些则跑来跑去，又是踩来又是打，又是打来又是踩，直到差不多把所有的火焰都给扑灭了，但他们把最靠近矮人藏身那些树木的火留着，不仅不扑灭，反倒更往火里添加许多落叶、枯枝和蕨类。很快，矮人就被一个浓烟和烈焰的大圈子给包围了。半兽人不让这个圈子往外扩散，而是让它慢慢朝中心收缩，火焰终于烧到了堆放在树下的燃料。烟雾熏到了比尔博的双眼，他已经感受到了火焰的灼热。透过浓烟他可以看见半兽人围成圆圈在转着跳舞，就像人们围着仲夏夜的篝火所做的那样。在这圈拿着长矛和斧头不停跳舞的战士外面，群狼远远地站着，看着好戏上演，等待着它们乐于见到的结果。

他可以听见半兽人开始唱起了一首可怕的歌谣：

五棵冷杉树上有十五只鸟，
羽毛在狂风中不停飘摇！
可是，可笑的小鸟，它们连翅膀也没有！
我们该拿这些可笑的小东西怎么开销？
是把它们活活烤熟，还是在锅里炖得咕嘟冒泡；
是把它们用油炸了，还是煮熟之后趁热吃掉？

然后他们停下脚步来大叫道：“快飞走啊，小鸟们！会飞的话就请快飞走吧！下来吧，小鸟，不然你们就会在巢里面被活活烤熟啦！唱吧，唱吧，小鸟儿！你们为什么不唱歌呢？”

“滚开吧！小毛孩儿！”甘道夫大叫着回答，“现在可不是团聚的时候，而且玩火的淘气小毛孩儿是要受到惩罚的。”他说这话是为了激怒他们，而且让他们知道他一点儿也不害怕他们——尽管他当然是害怕的，虽然他是巫师。不过半兽人没有把甘道夫的回应当回事，他们继续唱道：

烧吧，烧吧，大树和苔藓！
变枯，变焦！变成火把嘶嘶烧
照亮黑夜，让我们乐翻天，
　　呀嘿！
把他们烤一烤，炸一炸，烧一烧！
把他们的胡子烧焦，眼睛烤成玻璃球；
把他们头发烧出焦糊味道，
把他们皮肤烤出裂缝一道道，
把他们的脂肪烤化，
把他们的骨头烧得焦黑
　　让他们变成一堆灰渣，
　　躺在天空之下！
　　矮人们就该这样死掉，
点亮夜空，让我们乐翻天，
　　呀嘿！
　　呀哈哩嘿！
　　呀呼！

那声“呀呼！”刚一完，火焰就来到了甘道夫藏身的那棵树下，而且转眼之间，又扩散到其他的树上。树皮着了火，较低的树枝开始劈啪作响。

甘道夫立刻爬上树的最高点，他的魔杖突然发出耀眼的光芒，如同闪电一般，他准备就这样从高处跳进半兽人的长矛堆中去。这一跳跳下去后他必死无疑，虽然他这挟风带电、雷霆万钧的一跃，可能会杀死许多半兽人。然而，他这一跳却始终没有跳下去。

因为就在那一瞬间，鹰王从空中俯冲而下，一把就用爪子将他抓起，带着他飞走了。

从半兽人那里传出一阵愤怒和失望的嚎叫。鹰王发出大声的鸣叫，因为甘道夫已经跟它说过话了。和它同行的大鹰们如同巨大的黑影般再度俯冲而下。狼群叹息着，咬紧了牙关；半兽人吼叫着，愤怒地跺脚，徒劳地将长矛往天空中掷去。大鹰对着他们俯冲过去，扇动的翅膀在黑暗中强劲地扫过，将他们击倒在地，或是以劲风将他们驱散，它们的利爪撕扯半兽人的脸孔，其他的大鹰飞近树梢，将尽力往树梢爬去的矮人们一个个抓起救走。

可怜的小比尔博这次差点又被大家撇下！他最后关头终于抓住了多瑞的双腿，而多瑞是最后一个被接走的。他们就这样离开了下面这一团混乱与火海的场景，比尔博在空中被

风吹得舞来荡去，差点把两条胳膊都给弄断了。

现在，远远的下方，半兽人和野狼在森林中四散奔跑，几只大鹰仍在战场上盘旋扫荡。原先在树周围的火焰突然间都窜上了最高的枝条，烈火熊熊，大树被烧得噼啪作响，猛然间爆出一团团火星与浓烟来。比尔博堪堪躲过一劫！

很快，底下的火光就变弱了，成为黑色地面上星星点点闪动的红光。他们身在高空，不停地盘旋着往上飞。比尔博一直没忘记自己是在飞行，死死地抓着多瑞的脚踝，哀嚎着："我的手臂啊，我的手臂啊！"而多瑞哭喊的则是："我可怜的腿啊，我可怜的腿啊！"

就算是在最年轻力壮的时候，比尔博到了高处也会犯晕，哪怕是从一个小悬崖的边上望出去，他都会变得局促不安起来。他从来不喜欢爬梯子，更别提爬树了（因为他之前从来就没有躲避恶狼的需要）。所以大家可以想见当他从自己晃来晃去的脚趾头之间看见黑色的土地在下面如画卷般铺展开来，沐浴在月光下的岩坡或是平原上的溪流点缀其间时，脑袋该晕成什么样儿了吧！

山脉的苍白群峰越来越靠近，被月光照亮的岩石峰尖从暗影中突兀而出。不管是不是夏天，这幅景象看起来都好冷。他闭上眼睛，不知道自己是否能再撑下去。然后他想像万一自己支撑不住会有怎样的事情发生——想着想着他就恶心想吐了。

对他来说，这场飞行结束得正是时候，因为他的双手再也支持不住了。他舒了一口气，松开多瑞的脚踝，倒在鹰巢所在的粗砺平台上。他躺在那里一言不发，心中感到又惊又怕，惊的是自己居然能够从大火中逃生，怕的是自己此刻躺的地方如此狭窄，一个不小心就会滚落到两边暗黑的深谷中去。在经过了过去三天的可怕冒险又几乎什么都没吃的情况下，此刻他脑子里的想法十分奇怪，他听见自己竟然把脑子里想到的东西大声说了出来："现在我知道，一片火腿被人用叉子从煎锅里叉出来，重新放回到架子上去是什么感觉了！"

"不，你才不知道呢！"他听见多瑞回答，"因为火腿知道自己迟早总会回到煎锅里去的，而我们可不希望再回去了，再说大鹰也不是叉子！"

"噢，不！它们一点也不像沙子——叉子，我是说。"比尔博坐起身来，紧张地看着停在他近旁的大鹰。他不知道自己刚才说了些什么蠢话，也不知道大鹰们是否会认为这些话很粗鲁。如果你只有霍比特人这么大小，又是在夜间身处大鹰的巢穴中，那么最好别对他不礼貌！

大鹰只是在岩石上磨着巨喙，梳理着羽毛，根本没注意他们两个。

没多久，另一只大鹰飞了过来。"鹰王命令你把俘虏们带到大架岩去。"他把这句话叫完就又飞走了。巢中的这只大鹰用爪子将多瑞抓起，一鹰一人共同飞入了夜色中，把比尔博一个人留了下来。他身上剩下的一点点力气刚够他去思考信使口中的“俘虏”究竟是什么意思，然后他又开始想，等轮到他自己的时候，他会不会像只兔子一样被生吞活剥了当晚餐。

大鹰飞了回来，用爪子抓住他外套的后背，又飞了出去。这次他只飞了很短一段距离。很快，比尔博就被放了下来，怕得浑身发抖，呆立在山边上一面如同宽阔架子的岩壁上。除了靠飞以外，没有别的方法可以抵达该处，而且这里也没有办法离开，除非从悬崖上跳下去。在这里，他发现所有的伙伴们都背靠岩壁坐着。鹰王也在，他正在和甘道夫说话。

看来比尔博不会被吃掉了。巫师和鹰王似乎之前打过点交道，甚至还有一些交情。事实上，经常来往于山间的甘道夫曾经帮过这些大鹰，还帮它们的首领治好过箭伤。所以各位明白了吧，所谓的“俘虏”，其实只是指“从半兽人手中救下的俘虏”，而不是大鹰们的俘虏。比尔博听了会儿甘道夫的谈话，这才意识到他们终于就要真正地逃离这座可怕的大山了。他正在和鹰王讨论计划，准备将矮人们、他自己和比尔博运走，带他们穿过平原回到原先计划好的旅途上。

鹰王不愿意送他们靠近任何有人住的地方。“他们会用巨大的紫杉木弓射我们，”他说，“因为他们会以为我们想要抓他们的羊。平心而论，他们这么想也没错。所以不行！我们很愿意能坏了半兽人的好事，也很愿意报答你，但我们可不愿意为了矮人而在南面的平原上冒生命危险。”

“好吧，”甘道夫说，“那就把我们送到你们愿意去的最远的地方！我们已经欠你们很多情了。不过这会儿我们可都饿着哪！”

“我快饿死了！”比尔博用微弱而又细小的声音说道，其他人都没听见。

“这一点我们或许倒能帮得上忙！”鹰王说。

不久，岩壁上就烧起了明亮的火堆，矮人们围着火堆烹烤着，弄出好闻的烤肉香气来。大鹰们给他们送上了干树枝，还送来了几只兔子和一只小绵羊。料理的事情则由矮人们自己来操办。比尔博身体太虚弱了，什么忙都帮不上，再说给兔子剥皮或切肉这些事他也做不大来，在他以前的生活中，他一直习惯了由屠夫准备好一切，自己只要直接拿来做就行了。由于欧因和格罗因把火绒盒（矮人们直到那时也还不习惯用火柴）弄丢了，所以甘道夫帮大家生了火，做完这以后，他也躺倒休息去了。

迷雾山脉的冒险就这样结束了。不久，比尔博的肚子又再次有了饱足的畅美感觉，他觉得这下可以美美地睡上一觉了，虽然按他平时的胃口，他比较喜欢面包和牛油，而不是树枝叉着的烤肉。他蜷缩成一团，在坚硬的岩石上睡着了，睡得甚至比在自己家里的羽毛床上还美。不过，一整晚他都梦到自己家，梦见自己在屋子的各个不同房间里找东西，可那东西他既没有找到，也不记得是什么样子的了。

第七章

奇怪的住所

Queer Lodgings

第二天，比尔博醒来时，眼前就是一片清晨的阳光。他一跃而起，准备看看时钟，然后去把水壶烧上——却发现自己根本不是在自己家里。所以，他只能沮丧地坐下来，心想，看来洗脸和刷牙是别指望了。他果然两样都没得到，也没有热茶加吐司加火腿的早餐，只有冷羊肉和兔肉。吃完这些之后，他就得要为重新出发作准备了。

这次，他获准爬到一只大鹰的背上，紧紧抓住两翼之间的羽毛。冷风飕飕地从他身上掠过，他紧紧地闭上了双眼。当十五只大鹰从山崖边起飞的时候，矮人们大声喊着再见，承诺说只要有机会就一定要回报鹰王。太阳依旧处于正东的方向，早晨空气清凉，雾气集聚在山谷中，东一片西一片地缠绕着山峰。比尔博睁开一只眼偷偷望了望，发现大鸟们已经飞得十分高，大地已经变得十分遥远了，群山退向他们的身后，渐行渐远。他闭上眼睛，双手抓得更紧了。

"别掐我！"他座下的大鹰说道，"你不用怕得像个兔子一样，虽然你看着的确有点像兔子。今早天气很好，又没有什么风，还有什么比在天空飞翔更舒服的呢？"

比尔博本想说“好好洗个热水澡，睡得晚点起来，在草地上吃早餐”，不过他还是觉得什么都不说为好，只是手上稍微松了很小的一点点。

过了好一阵之后，大鹰们一定是看见了他们的目的地，尽管他们飞得很高很高，因为他们开始画着很大的圈子缓缓地盘旋下降。他们盘旋了很久，最后霍比特人终于又睁开了眼睛。地面已经更靠近了，底下有树，看着像是橡树和榆树，还有宽阔的草地，以及一条穿越其间的河流。不过，在地面上矗立一块巨岩，大得几乎像是一座小山，溪流似乎在它身边绕了个圈。它仿佛是远方山脉的最后一个哨卡，又像是被巨人中的巨人从大山里丢出来的一块大石。

大鹰们很快一个接一个地降落在这巨岩上，放下了身上的乘客。

“再见了！”他们叫道，“无论你们去到哪里，希望你们在旅程结束时都能安全回到巢中！”这是大鹰彼此之间道别时的美好祝愿。

“愿你们翼下的强风，能把你们带到所有太阳和月亮能照到的地方。”甘道夫知道对大鹰们的祝愿该怎样得体地回答。

他们就这样分别了。虽然鹰王后来成了万鸟之王，头上戴着金色的王冠，他手下十五名首领则戴上了黄金项圈（用矮人们给他们的黄金打造而成），但比尔博再也没有见过他们——只除了在五军之战时远远望见过他们在高空中的身影。不过，这是在故事的尾声时才会发生的事情，所以我们现在暂且按下不提。

巨岩顶端有一块平地，有一条许多人走过的、有很多级台阶的路一直往下通到河边，河对面有一片平坦巨石构成的浅滩，通往后面的草地。台阶到底的地方有个小岩洞（里面挺干净，地上是鹅卵石），众人在洞里聚集，讨论接下来该怎么办。

“我一直想着，只要可能，就一定要带你们安全地越过山脉。”巫师说，“现在，凭着得当的指挥和不错的运气，我做到了。现在，我们其实已经到了比我当初计划送你们前往的地方还要往东许多的地点了。在你们的冒险结束之前，我或许还会再来看看你们，不过现在，我有其他紧急的事情要去办。”

矮人们发出不情愿的声音，脸上露出很受打击的表情，比尔博甚至哭了起来。大家起初都以为甘道夫会全程陪同他们一起冒险，总是会帮助他们脱离困境。“我也不是说走就走，”他说，“我会再给你们一两天，或许我可以协助你们脱离眼前的困境，我自己也需要一些帮助。我们没有食物，没有行李，也没有小马可骑，你们也不知道身在何处。不过，关于这点我可以告诉你们。你们现在位于我们该走的道路以北，距离有几哩远。如果我们离开大山不是那么仓促的话，本来是可以正好踏上那条路的。这一带没有什么人居住，除非在我几年前离开之后有人新迁移到这里来了。不过这儿倒是有我认识的人，就住在不远的地方，正是此人在巨岩上兴建了石阶，我记得他把这块巨岩叫作卡尔岩。他不常到这儿来，至少不会在白天来，所以在这边等他来也没什么用。事实上，这样做反而会很危险，我们得主动去找他，如果一切顺利我们能碰上头的话，我想到时我就可以离开了，并且像大鹰一样祝你们‘无论到哪儿都一切顺利！’”

大家哀求他不要离开他们，愿意把恶龙的金银和珠宝与他分享，但这都不能让他改变心意。“我们会见面的，我们会见面的！”他说，“而且我想我已经挣到一些应得的宝藏了——等你们到手之后再给我吧。”

他这么一说，大家也就停止了恳求。接着，大家脱下衣服，在河水中好好洗了个澡。河水又浅又清，河滩上都是石头。等他们在强烈而又温暖的太阳下把身子晒干之后，虽然身上还有些酸痛，肚子还有一点点饿，但精神都已经好多了。不久以后，他们就带着霍比特人涉过了浅滩，开始穿过草地，顺着粗壮橡树和高大榆树的边缘向前进发。

“为什么这里要叫卡尔岩？”比尔博跟在巫师身旁边走边问道。

“因为他管这个叫卡尔岩，因为他用这个字来描述这样的地形。凡是类似的东西他都管它们叫卡尔岩，而你跟他一提卡尔岩他就知道指的是这个，因为这是他家附近惟一的卡尔岩，他对这个再熟悉不过了。”

“你说的他是谁啊？谁替它起的名字？谁熟悉这个东西？”

“就是我提到过的那个人—— 一个非常伟大的人。我向他介绍你们的时候，你们必须十分恭敬才行。我想，我会慢慢地介绍你们的，两个两个介绍，你们必须千万小心不要惹恼他，否则天知道会发生什么事情。他生气的时候很吓人，但脾气好的时候也很和善。我还是要再警告你们一下，他很容易生气的。”

矮人们听见巫师这样对比尔博说话，全都围拢了过来。“刚刚说的就是你要带我们去见的人吗？”他们问道，“你难道不能找个脾气更好的人吗？你可不可以再解释得更清楚一点？”——全是诸如此类的问题。

“是的，说的就是他！不，我不能！我就是在非常小心地解释这一切。”巫师一口气就同时回答了三个问题。“如果你们坚持想知道得更多，我可以告诉你们，他的名字叫贝奥恩，他非常强壮，而且是个换皮人。”

“什么！他是个皮货商，就是那种把野兔皮冒充松鼠皮，以次充好的家伙吗？”比尔博问道。

“我的老天爷啊，不，不是，绝对不是，绝对绝对不是！”甘道夫说，“巴金斯先生，拜托请把你的傻样子尽量藏起来好

不好？请看在老天爷开天辟地的份儿上，只要你们在他屋子的方圆百哩之内，就拜托千万不要提什么皮货商，还有皮毡啦、羊皮啦、裘皮披肩啦、皮手笼之类的词，还有所有这类要命的词语！他是个换皮人，他会更换外皮：有时候他是只大黑熊，有时候他是个强壮的黑发男子，胳膊粗粗的，胡子密密的。我只能告诉你们这么多，不过这些也应该够了。有人说他是巨人到来之前，住在山中的古代大熊的后代；其他人则说，他是在斯毛格或其他恶龙来到此地之前，在半兽人从北方来到这片大山之前，就住在这里的人类先民的后代。究竟怎样我也说不太准，但我认为最后一种猜测比较靠谱。他可不是那种会耐心回答问题的人。

“他不受任何魔法的影响，除非是他自己的。他住在一片橡木林中，有一栋高大的木屋。在他以人类的外形生活时，他会饲养很多几乎和他一样出色的牛和马。他们为他工作，和他说话。他不吃他们，也不猎杀或捕食野生的动物。他养了许许多多凶猛的野蜂，主要靠奶酪和蜂蜜生活。我有一次看见他在晚上独自一人坐在卡尔岩顶上，看月亮朝着迷雾山脉西沉，然后我听见他用大熊的语言嚎叫道：‘总有一天他们将会消亡，我将回到那里去！’正因为如此，我才会认为他自己也是从那座大山里来的。”

比尔博和矮人们现在有许多东西要思考，所以他们没有再问更多的问题。在他们前面还要一段漫漫长路要走。他们时而艰难地爬上斜坡，时而又迈着沉重的步伐走进山谷。天气变得非常热，有时他们会在树下休息，这时比尔博就会感到饥饿难当，如果有什么橡树子熟透了落到地上，他一定会毫不客气地给吃下去。

到下午过了一半的时候，他们才注意到附近出现了大片大片的花朵，都是同一种花朵长在一起，仿佛是人为种植的。尤其是三叶草，有一片片随风摆拂的鸡冠三叶草，还有紫色的三叶草。空中可以听到阵阵嗡嗡之声，那是蜜蜂在四处忙碌。这么多的蜜蜂！比尔博从来没见过这样的景象。

“要是有哪一只蜇我一口的话，”他想，“我一定会肿得跟我以前一样胖了！”

这些野蜂比黄蜂还要大。其中的雄蜂比你的大拇指还大出好多，深黑色身体上的黄色条纹带像金子一样闪闪发光。

“我们离他已经不远了，”甘道夫说，“我们已经来到他的养蜂场边上了。”

又走了一阵之后，他们走到了一片橡树林带，这里的橡树都是高大而又古老的橡树。林带后面有一道高高密密的荆棘篱笆，既看不见后面有什么，也没办法爬过去。

“你们还是等在这儿吧，”巫师对矮人们说，“如果听到我喊你们或是吹口哨，你们就可以开始朝我走的方向过来——你们会看见我往哪儿走的——不过，请务必一对儿一对儿地进来，注意，每一对之间必须间隔五分钟。邦伯是最胖的家伙，他一个人可以抵上两个，所以他最好一个人进来，排在最后。来吧，巴金斯先生！这儿附近有个门。”话音未落，他就带着战战兢兢的霍比特人沿着篱笆找起门来。

他们很快来到一座又高又宽的木门前，两人可以看到门后有一大片花园和许多低矮的木头建筑，有些用粗糙的原木建成，屋顶铺了茅草：有谷仓、马厩、畜棚，以及一长排不高的木屋。在大篱笆内部的南边放着一排排的蜂巢，上面有钟形的茅草顶。满耳听到的都是巨大的野蜂飞来飞去，钻进钻出所发出的声音。

巫师和霍比特人推开沉重的发出“吱吱呀呀”声的大门，沿着一条宽阔的道路朝屋子走去。一些养得膘肥体壮，收拾得干净整洁的马匹迈着小步跨过草地来到近前，用看上去十分睿智的脸很专注地打量着他们，然后他们就飞快地朝着木屋奔去了。

“他们是去通知他有陌生人到了。”甘道夫说。

没走多久，他们就进了一个院子，其中三面由木屋和它两边长长的厢房构成，院子中央倒着一棵大橡树的树干，旁边有许多从上面砍下来的树枝。树旁站着一名须发浓密、身形巨大的汉子，露出的手臂和双腿上肌肉虬结。他穿着一件长到膝盖的羊毛外衣，手搭在一柄大斧子上。那几匹马站在他的身边，鼻子蹭着他的肩膀。

“哦！他们来了！”他对马儿们说，“他们看上去并不危险，你们可以走了！”他豪爽地哈哈大笑，放下斧子走了过来。

“你们是谁，想要干什么？”他粗声问道。等他在他们面前站定时，身材比甘道夫都高了一大截。至于比尔博，他可以头也不低就很容易地从他两腿间穿过去，而且连他那件棕色外衣的下摆都不会碰到。

“我是甘道夫。”巫师自我介绍道。

“从来没听说过。”那人嘟哝道，“那这个小家伙又是什么人？”他俯下身子，皱着乱蓬蓬的黑色浓眉，打量着霍比特人。

“这位是巴金斯先生，一位家世良好、名声清白的霍比特人。”甘道夫介绍道。比尔博深深鞠了一躬。他没有帽子可以脱下来行礼，衣服上少了那么多颗纽扣也让他感觉很不自在。“我是个巫师，”甘道夫继续说道，“虽然你没听说过我，但我却听说过你。或许你曾经听说过我的好表弟拉达加斯特吧？他就住在黑森林的南部边界。”

“认识，以巫师来说，我觉得他还算不错。我以前偶尔会见到他。”贝奥恩说，“好啦，现在我知道你们是谁了，或者说，你们自称是谁了。你们想要什么？”

“跟你说实话吧，我们弄丢了行李，也差点迷了路，现在很需要帮助，或者至少是忠告。我们之前和前面大山里的半兽人闹得非常不愉快。”

“半兽人？”大汉的语气变得没有刚才那么粗鲁了，“哦呵，原来你们是惹上他们了呀。你们走到他们的地界上干什么？”

“我们不是故意的。是他们半夜里在我们的必经之路上偷袭了我们。我们是从西方大地来到这个地方的——真要说起来那话可就长了。”

“那你们最好进屋来跟我说说，如果这不会花上一整天的话。”大汉领着他们从院子一扇深色的大门走进了木屋。

他们跟着他走，发现进入了一个宽敞的大厅，中间还有一座火炉。虽然现在正值夏天，但火炉中还是有木柴在烧，黑烟则袅袅向上，来到被熏黑的椽子边，然后慢慢找到屋顶一个开口处溜了出去。他们经过了这个只有炉火和屋顶那个开口射进的光线照明的昏暗大厅，穿过一扇小一点的门，来到了一个由几根单棵树干作基柱的类似阳台的地方。这座阳台面朝南方，依旧还很温暖，洒满了斜照进来的西晒阳光，园子里的花一直长到阳台的阶梯边，和阳台一起沐浴在了金色的阳光中。

他们在阳台的木头长椅上坐下，甘道夫开始了他的故事，比尔博则晃荡着两条腿看着园子里的鲜花，想着它们的名字，因为这些花里他有一半以前见都没见过。

“我那时正和一两个朋友一起过山……”巫师说。

“两个？我只看见这一个，而且还是个小号的。”贝奥恩不解地说。

“好吧，说实话，在我确定您是否十分忙碌之前，我可不想让好多人来打搅您。如果您容许的话，我可以把他们叫进来。”

“当然，把他们叫进来吧！”

于是，甘道夫吹了声悠长激越的口哨，不久，梭林和多瑞

就沿着花园的小径走了进来，向他们深深鞠了一躬。

“你刚才说的应该不是一两个，而是两三个朋友吧，我明白了！”贝奥恩说，“不过，这些不是霍比特人，他们是矮人啊！”

“梭林·橡木盾愿意为您效劳！多瑞愿意为您效劳！”两名矮人一边说着一边又鞠了一躬。

“我不需要你们效劳，谢谢啦。”贝奥恩说，“可我想你们大概需要我为你们效劳吧。我不是很喜欢矮人，不过，如果你真的是梭林（我相信应该是瑟罗尔的孙子和瑟莱因的儿子吧），那么你的伙伴就相当值得尊敬。你们是半兽人的死敌，不是到我的土地上来捣乱的——顺便问一下，你们究竟是来干什么的呢？”

“他们正准备去拜访祖先的土地，就在黑森林东边的地方。”甘道夫插嘴道，“我们会来到您的领土完全是个意外。我们那时正准备通过高隘口，照理说应该可以踏上在您领土南边的道路，不料却遭到邪恶的半兽人攻击——我之前正跟您说到那里。”

“那就说下去吧！”贝奥恩从来就不大喜欢客套。

“我们遇到了一场可怕的暴风雨，岩石巨人跑出来乱丢石头，我们在隘口上找了个洞穴躲进去，霍比特人和我，还有其他一些伙伴……”

“两个人你就叫作一些？”

“呃，不是，其实我们的伙伴不止两个。”

“那他们人呢？被杀了，被吃了，还是回家了？”

“都不是，我刚刚吹口哨的时候他们好像没有一起过来，我想大概是害羞吧。您知道的，我们其实很怕人多了您招待不过来。”

“那就再吹口哨吧！看来我这次可以办个大派对了，再多一两个也没什么分别。”贝奥恩低吼道。

甘道夫又吹起口哨，但诺瑞和欧瑞几乎没等他的哨声结束就出现了，因为，如果各位还记得的话，甘道夫告诉他们每五分钟就过来一对。

“你们好啊！”贝奥恩招呼道，“来得可够快的——刚才躲哪儿了？怎么一下子就蹦出来了？”

“诺瑞愿意为您效劳，欧瑞愿……”他们刚开口就被贝奥恩打断了。

“谢谢啦！如果我需要你们帮忙我会跟你们说的。坐下吧，我们接着说故事吧，不然故事还没讲完就该要吃晚饭了。”

“我们刚一睡着，”甘道夫接着讲下去，“洞穴的后面就裂开了一条缝，半兽人们冲了出来，把霍比特人、矮人和我们那群小马都给抓——”

“那群小马？你们到底是什么，巡回马戏团吗？你们是不是还带了很多货物？难道你们一直都把六只叫一群吗？”

“哦！不是！事实上，我们有超过六匹的小马，因为我们的伙伴其实不止六个人——啊，你看，这就又来了两个！”话音落处，巴林和杜瓦林出现在门口，他们鞠躬致礼，腰弯得连胡子都扫到了石头地面。大汉起先皱起了眉头，但他们使尽浑身解数，搬出各种礼数，又是点头又是哈腰，又是鞠躬，又是脱下帽来在膝盖前潇洒划过（以最得体的矮人礼仪），最后，大汉皱着的眉头终于松开了，爆发出一阵咯咯的大笑：都怪他们的样子实在太滑稽了。

“一群，没错，”他说，“而且是很搞笑的一群。来吧，搞笑小子，你们的名字是什么？我现在不需要你们效劳，只想要知道你们的名字，然后你们就可以坐下来，不用再耍宝了！”

“巴林和杜瓦林。”他们乖乖答道，不敢露出一点生气的样子，然后一屁股坐在地上，看他们的表情颇有些感到意外。

“继续讲吧！”贝奥恩对巫师说。

“我刚刚说到哪儿啦？哦，对了，我没有被抓住，我用闪光杀死了一两个半兽人——”

“好！”贝奥恩拍桌大吼道，“看来巫师还是管点用的。”

“——然后我在裂缝关上之前溜了进去，这条路一直通到大厅，里面挤满了半兽人，半兽人首领也在，身边围着三四十个全副武装的卫兵。我那时就想，‘就算他们没有被铁链拴在一起，就这么一打战士又怎么敌得过这么多敌人？’”

“一打！我这还是头回听说管八个人就叫一打的，你是不是还有什么人藏着掖着没有亮相的？”

“是啊，那边好像又来了两个——我想应该是菲力和奇力吧。”甘道夫说。两人来到了跟前，面带微笑，鞠躬行礼。

“够了！”贝奥恩说，“坐下，别出声！甘道夫，你接着讲！”

于是甘道夫又继续讲他的故事，终于讲到了黑暗中的战斗，发现下层门，以及发现巴金斯先生不见时的恐惧。“我们点了人数，发现霍比特人不见了——我们只剩下十四个人了！”

“十四个！我头回听说十个人少了一个之后只剩下十四个了。你是说九个人吧，再不然你就是还没把所有伙伴的名字告诉我。”

“哦，你肯定是还没看到欧因和格罗因！谢天谢地，他们来了，希望你能够原谅他们打搅你。”

“哦，让他们都进来吧！快点！过来，你们两个，坐下！不过，甘道夫，听着，即使是现在，这里也还是只有你和十个矮人以及曾经不见了的霍比特人。加到一块儿才十一个（再加一个不见了的家伙），不是十四个，除非巫师点起数来和普通人不一样。不过还是先继续讲故事吧。”贝奥恩并没有显出很感兴趣的样子，但实际上，他已经对这个故事感到入迷了。要知道，事实上在很久很久以前，他曾经对甘道夫所描述的那块区域十分熟悉。当他听到霍比特人重新露面，他们从石头崩落的山坡上翻滚而下，接着又陷入林中的狼圈时，他都会兴奋地点点头，并且发出低吼。

甘道夫讲到众人爬上树，底下群狼环伺的时候，他激动地站了起来，来回踱着大步：“真希望我能在那儿！我要给它们的可不止烟火了！”

甘道夫看见自己的故事让对方有了好印象非常高兴：“嗯，我已经尽全力了。当时群狼在我们下面气得发狂，森林有好几处开始烧了起来，这时，半兽人从山上下来，发现了我们。他们高兴得大喊，还唱歌取笑我们，什么‘五棵冷杉树上有十五只鸟’之类的。”

“天哪！”贝奥恩大吼道，“别跟我说半兽人不会数数，他们不傻，十二不等于十五，这个他们知道。”

“我也知道啊，因为还有比弗和波弗。我之前不敢贸然介绍他们，可他们现在来了。”

比弗和波弗走了进来。“还有我呢！”邦伯呼哧呼哧地喘着粗气也跟在后面跑了进来。他很胖，又很生气被留在最后，因此他拒绝等上五分钟，直接就跟着前面那两个来了。

“好啦，现在你们总共有十五个人了，既然半兽人也会数数，我想躲在树上的应该就是这个数了吧。现在，我们也许可以不受打搅地把故事讲完了吧！”巴金斯先生这才明白甘道夫有多聪明，中间的打岔，其实是让贝奥恩对故事更有兴趣，而把故事那样讲法又让他无法把矮人像不明不白的乞丐一样马上给打发掉。只要能够避免的话，他从来不会邀请外人进屋子。他的朋友很少，他们都住在很远的地方，而且他从来不一次邀请超过两三个人进屋。而现在，他家的阳台上居然一下子坐了十五个陌生人！

等到巫师把大鹰如何将他们救出险境，又如何把他们送来卡尔岩的过程讲完之后，太阳已经西沉到迷雾山脉的山巅背后，贝奥恩花园里的阴影也已经拖得很长了。

“非常棒的故事！”贝奥恩赞叹道，“好久没听过这么好听的故事了，如果所有的乞丐都会讲这么好听的故事，我说不定会变成一个更慷慨的人。当然，这故事也可能都是你编出来的，但这样的故事也值得上一顿晚餐。我们来吃东西吧！”

“好嘞！”大家齐声欢呼道，“非常感谢！”

大厅里此时相当昏暗了，贝奥恩拍了拍手，四匹漂亮的白色小马和几条身体细长的灰狗就走了进来。贝奥恩用听起来像是动物吼声的奇怪语言对他们说了几句，他们走了出去，很快地又用嘴叼着火把回来了。他们用火炉中的火点燃了火把，并且将它们插在四周柱子的低矮支架上。那些狗如果想的话可以用后腿站立，用两条前腿来拿东西。很快，他们就从旁边的墙内拿出了板子和支架，在火炉旁摆好了桌子。

这时，他们听见了“咩——咩——咩！”的声音，一只炭黑色的大个儿公羊领着几只雪白的绵羊走了进来。一只背着边缘绣有动物图案的白布，另几只则在宽阔的背上扛着托盘、碗、浅盘、餐刀和木制的汤匙。大狗们拿下这些东西，立刻将它们摆放在刚搭好的小桌板上。这些桌板都十分低矮，连比尔博坐下吃饭都觉得很舒服。在他们旁边，一匹小马将两条低矮的长凳推了过来，长凳凳面宽阔，凳脚粗短，是专门给甘道夫和梭林坐的。在他们对面的主位上则放上了贝奥恩那把样式类似的大黑椅（他坐上去的时候，必须把两条大长腿远远地伸到桌子底下去）。这些是他收在大厅内的全部椅子了，他刻意将这些椅子跟桌子一样弄矮，多半是为了方便服侍他的聪明的动物。那其他人坐哪里呢？他们并没有被忘记。其他的小马滚着圆鼓形的木桩走了进来，这些木桩都经过特别的打磨和抛光，比尔博也可以舒舒服服地坐在上面。于是没多久，众人就在贝奥恩的桌旁坐了下来，这座大厅已经很多年没有见识过这么人头济济的场面了。

接下来就开始了他们自从与埃尔隆德道别，离开他那最后家园之后的第一顿晚餐，或者更确切地说是第一顿正餐。火把与炉火的光芒在他们四周跃动，桌面上还放着两根由蜂蜡制成的红色大蜡烛。他们一边吃，贝奥恩一边用他那低沉的声音，述说着山脉这边野地上的故事，特别是他们即将面对的那座黑暗而又危险的森林。它往南北两方延伸各有大概骑马一天的距离那么宽，横亘在他们前往东方的道路之上，那便是赫赫有名的恐怖的黑森林。

矮人们一边听一边摇着胡子，因为他们知道那是他们不久之后就将踏入的地方。在越过了大山之后，这是他们直捣龙穴之前必须经历的最大危险了。晚餐结束后，他们开始讲起了自己的故事，但贝奥恩似乎越来越昏昏欲睡，不太注意他们的故事。他们讲的主要都是黄金、白银、珠宝，以及怎样用精妙的技艺打造出美丽的东西，贝奥恩似乎对这些东西没有多大兴趣，他的大厅中根本没有金银饰品，除了刀子之外，连用金属打造的东西也很少。

他们久久地坐在桌边，用木碗不停地喝着蜂蜜酒。屋外暮色渐深，大厅正中的炉火加入了新的木柴，火把的火焰都熄灭了。众人依旧围坐在炉火边，舞动的火焰映红了他们的脸庞，他们身后是木屋高高的柱子，顶端黑黑的，看着像树林里的大树。不知是不是魔法，比尔博觉得自己在梁椽间听见了风儿吹过树枝的声音，好像还有猫头鹰的鸣叫。没多久，他开始耷拉下脑袋打起瞌睡来，那声音似乎渐渐远去了，可突然间，他又猛然惊醒了过来。

大门吱吱呀呀地开启，又嘭的一声关上，贝奥恩离开了。矮人们围着炉火盘腿坐在地板上，不久就开始唱起歌来。有些歌词是这样的，但这只是其中很小的一部分，他们唱啊唱的，一直唱了很久：

风儿在荒原之上，
但在森林中树叶还未受到扰动：
那里终日都是暗影憧憧，
黑暗的东西在暗影下爬行。

风儿自寒冷的山中吹下，
如同潮水般咆哮翻滚；
树枝呻吟，森林哀号，
树叶被吹落腐土堆中。

风儿从西方吹向东方，
森林中一切动静停止，
风声凄厉掠过沼地，
天地间只闻阵阵呼啸。

草地嘶嘶作响，草穗弯下腰杆，
杂草簌簌发抖——风儿继续驰骋，
掠过颤动的冰冷湖泊，
撕碎奔逃的云朵。

它越过孤独的童山，
扫过恶龙的巢穴：
那里又黑又暗，尽是赤裸的巨石，
空气烟雾飘绕。

它离开世界，继续飞翔
越过夜的宽阔海洋。
月光迎风扬帆，
群星环列，发出耀眼光芒。

比尔博又开始打起瞌睡来了。突然间，甘道夫站了起来。“该睡觉了。”他说，“——我是说我们，但我想贝奥恩可能还没到睡的时候。我们可以安安心心地在这个大厅里休息，不过，我提醒你们可别忘了贝奥恩临走之前说过的话：太阳升起之前，不要到外面乱跑，否则会有危险。”

比尔博这才发现大厅的边沿已经铺好了床，在柱子和外墙之间突起的平台上。有一张小小的草垫席子和几条羊毛毯是专门给他准备的，他非常高兴地钻进其中，尽管现在还是夏天。火苗渐渐小了下去，他进入了梦乡。然而到了半夜的时候他醒了过来：火焰现在只剩下几点余烬，从呼吸声来判断，甘道夫和矮人都已经睡着了，地上洒满了银白的月光，高挂中天的月亮正从屋顶上的烟洞往屋里窥探着。

外面传来一声嚎叫，接着门边传来一阵巨大动物拨弄门的声响。比尔博很好奇那会是什么动物，不知道是不是贝奥恩变成中了咒语之后的形态？他又会不会变成大熊进来把大家都杀死？想到这里，他躲进毯子内把头盖住，虽然满心害怕，但最后还是又睡着了。

当他醒来时，天已经大亮了。有一名矮人在经过他躺着的那片暗影时，不小心被他的身体给绊倒，然后“扑通”一声从平台上滚了下来。那是波弗，当比尔博睁开眼的时候，他正在为此咕哝着。

“快起来吧，懒骨头，”他说，“不然就没早餐剩下给你啦！”

比尔博一跃而起。“早餐！”他大喊道，“早餐在哪儿呢？”

“大部分在我们肚子里，”其他在大厅中走来走去的矮人说道，“剩下的则在阳台上。太阳出来之后我们就一直在找贝奥恩，可哪儿都不见他的影子。不过，我们一出去，就发现早餐已经摆好了。”

“甘道夫呢？”比尔博用最快的动作朝外面奔去，想要找东西吃。

“哦！大概在外面什么地方吧。”他们告诉他。但他一直到傍晚都没有见到巫师的踪影。太阳快落山的时候，他才走了进来，矮人和霍比特人正在用晚餐，贝奥恩那些聪明能干的动物服侍着他们，白天一整天也都是他们在服侍着。至于贝奥恩，自从昨天晚上之后，就没有他的任何音讯，这让他们越来越有点摸不着头脑了。

“我们的主人呢？你自己这一整天又跑到哪儿去了？”他们异口同声地问道。

“一次一个问题——而且得先吃了晚饭再说。我从今天早餐开始还什么也没吃呢。”

等甘道夫终于推开了他的盘子和酒壶之后——他一口气吃了整整两大条面包（上面涂了厚厚的黄油、蜂蜜和凝结的奶油），又喝了至少一夸脱的蜂蜜酒——他又悠悠地拿出了他的烟斗。“我先回答第二个问题，”他说，“——但是天哪！这儿可真是个喷烟圈的好地方！”又有好长一段时间大伙儿从他嘴里什么话也抠不出来，他只顾着喷出烟圈，让它们在柱子间绕来躲去，变幻成各种各样的形状和颜色，最后把它们一个追着一个地从屋顶的通风口送了出去。谁要是从外面看的话一定觉得很奇怪，从那个口子里一个接一个地有烟圈冒出来，绿的、蓝的、红的、银灰色的、黄的、白的，有大个儿的，有小个儿的，小烟圈为了闪躲而从大烟圈之间钻过去，构成了数字8的形状，最后又像一群鸟儿那样向着远方飞去。

“我一直在追踪熊的足迹。”他终于开口说话了，“昨天晚上，这里外面一定有一个大熊的常规聚会。我很快就知道，贝奥恩不可能同时化身成那么多只熊，因为它们的数量太多了，身材大小也各不相同。我应该这么说，那里有小熊，有大熊，有普通的熊，有超级巨大的熊，全都从半夜跳舞跳到快天亮。他们几乎是从四面八方赶过来的，惟一的例外是河对岸的西方，也就是迷雾山脉的方向。在那个方向，只有一道离开的足迹，而不是过来。我跟踪那路足迹一直来到卡尔岩。足迹从那之后就消失在了河中。不过巨岩后面的水流太过湍急，我没有办法过河。你们应该还记得从渡口过到卡尔岩其实不算太困难，但在另外一边则是一道矗立在水流湍急的峡谷之上的悬崖。我走了好几哩的路，才找到一个河水又宽又浅可以渡过的地方，然后我还得再走好几哩路回来才能够继续跟踪足迹。那时，天色已晚，我再也不能继续追踪下去了。那路脚印直直通往迷雾山脉东边的松树林中，也就是我们前天晚上和座狼经历过小小聚会的地方。现在，我想我也同时回答了你们的第一个问题。”甘道夫说完了，他坐着，很长一段时间都没有再说话。

比尔博认为他明白了巫师的意思。“那我们该怎么做呢，”他喊了起来，“如果他把所有的座狼和半兽人都引回来怎么办？我们一定会全都被抓起来杀掉的！我记得你说过他不是他们的朋友。”

“我的确是这样说过。别傻了！你最好去睡觉吧，你的智慧都在打瞌睡了。”

霍比特人觉得挺受打击，可由于似乎也没什么别的事好做了，他只能悻悻地上床去了。当矮人还在唱歌的时候，他已经沉沉睡去，小脑袋里还在为贝奥恩而感到迷惑，直到他做起梦来，梦见几百只黑熊在院子里的月光下缓步跳着缓慢而又笨拙的舞蹈。等其他人都睡觉的时候，他又醒了过来，门外和昨晚一样传来了搔爬、嗅闻和嘶吼的声音。

第二天早上，他们都被贝奥恩亲自叫了起来。“你们都还在啊！”他抱起霍比特人笑着说，“看来还没被座狼、半兽人或是邪恶的大熊给吃掉啊！”他十分无礼地戳了戳巴金斯先生的背心。“咱们的小兔子吃了面包和蜂蜜，又恢复健康，重新变胖了！”他咯咯笑道，“快来再吃点吧！”

因此，他们和他一起吃起了早餐。贝奥恩一改以往的冷淡，心情似乎变得大好，他说了许多有趣的故事，让所有的人都和他一起哈哈大笑。大家也没有花多少时间，就明白了他究竟去了哪儿，以及为什么他对大家这么友善起来，因为他自己亲口道出了真相。在他失踪期间，他渡过了河，到山里面跑了一趟——从中你可以想见，至少当他变身为熊的形体出没时，他可以用多么快的速度奔跑。从那片烧焦的狼群聚集过的林中空地，他很快就确认他们故事中的那部分是真实的，但是，他还发现了更多的真相。他在森林中抓到了一匹座狼和一个半兽人在四处游荡，从这两个家伙的口中他得到消息：半兽人的巡逻队依旧和座狼一起在追捕着这些矮人，由于半兽人首领的死亡，也由于巫师的火焰令座狼首领鼻子烧伤，令它的许多得力部下死亡，他们的怒气难以平息。当他拷问这两个家伙的时候，他们只说出了这些，不过，他认为背后肯定会有更多的邪恶勾当。不久以后，全体半兽人大军可能会和他们的盟友座狼全体出动，对大山周边的地区进行扫荡，搜捕矮人，对居住在这一地区的人类和动物，以及他们认为在庇护着矮人们的人展开疯狂的报复。

“你们的故事真不错！”贝奥恩说，“但当我确定它是真的之后，我更喜欢它了。你们必须原谅我不能轻信你们的说法，如果你们长期居住在黑森林的边缘，就会知道除了亲如兄弟的朋友之外，根本不能相信任何人。因此，我只能说我已经尽全力赶了回来，想要确认你们的安全，并且尽可能为你们提供所需要的帮助。从今之后，我对矮人的看法又要变好一点了。杀死了半兽人首领，居然杀死了半兽人首领！”他咧开大嘴咯咯笑个不停。

“你把抓到的那个半兽人和那匹座狼怎么样了？”比尔博突然问道。

“来看看吧！”贝奥恩说，于是他们就跟着走出了屋子。

一颗半兽人的脑袋就插在门外，而座狼的毛皮则钉在远处的树上。贝奥恩对付敌人可真是毫不留情。但他现在是他们的朋友，甘道夫认为，把完整的故事和这趟冒险真正的原因告诉他才是明智之举，这样才能够获得他彻底的帮助。

贝奥恩答应要给他们如下帮助：他会给每人一匹小马，甘道夫则是一匹成年骏马，供他们踏上前往森林的路途，还会帮他们装满充足的食物，如果小心安排的话，这些食物够他们吃上好几个星期的。这些食物经过特殊的包装，携带起来十分的方便——有坚果、面粉、装在密封罐子里的干果、红色陶罐装的蜂蜜，还有经过两次烘烤的蛋糕，它们可以保存很长时间，而且只要吃一小口，就可以走很远的路。这些蛋糕的制作是他的秘密之一，但就和他制作的大多数食品一样，里面都包含蜂蜜，虽然吃了会感觉有点口渴，但味道却是非常好。根据他的说法，在森林的这一边他们不需要携带饮用水，因为一路上都有小溪和泉水。“但是，穿越黑森林的道路黑暗、危险而又困难，”他说，“在那里，食物和饮水都很不好找。坚果成熟的季节还没到来（不过，等他们走到另一边的时候，季节可能又已经过了），而生长在那里的所有东西中，又只有坚果适合拿来当食物。在那座森林里，野生的动物都是黑暗、诡异而又凶猛的。我会提供你们可以携带饮水的皮囊，以及一些弓箭。不过，我很怀疑你们在黑森林里找到的东西能够安全地吃喝。我知道森林中有一条河流，强劲的黑水拦在你们的路上。那河里的水你们绝对不可以喝，也不可以在里面洗澡，因为，我听说河水带有强大的魔法，会让人昏昏欲睡，并且渐渐忘记一切。在黑森林的暗影中，我认为如果你们想要射到一些东西，不管能吃还是不能吃，都有可能会偏离你们的前进路线。所以，无论出于任何理由，绝对不要去打猎。

"这是我能给你们的全部忠告了，一旦越过了森林的边缘，我就帮不上什么忙了，你们必须得靠自己的运气和勇气，以及我给你们的食物。到了森林的入口处，我也必须请你们将马匹送回来。我祝你们一切顺利，如果你们还有机会沿这条路回来，我的大门随时为你们敞开。"

大家当然对他表示了感谢，他们鞠了好多次躬，脱了好多次帽子，说了好多遍"宽阔的木厅主人，愿意听候您差遣！"但大家的情绪却因为他凝重的话语而变得有点低落，他们都觉得即将开始的冒险比之前所想的还要危险，而且就算他们通过了一路上种种危险的考验，恶龙还是在最后等着他们。

整个早上大家都在忙着作出发的准备，中午一过，他们就最后一次和贝奥恩一起吃饭，午餐用完后他们就跨上贝奥恩借给他们的马，和他道了好几次别之后，就策马扬鞭奔出了门外。

他们从东面离开了贝奥恩那用高高的篱笆围起来的领地，出来之后立刻转向北方，然后就朝着西北方向前进。根据他的建议，他们不再按原先打算的那样，从贝奥恩领地的南面踏上通往森林的大道，因为如果走那条路的话，最后将必须渡过从山脉中流下的一条小河，这条小河会在卡尔岩以南几哩的地方汇入大河。在两条河流的交汇点，会有一片河水相对较深的河滩，如果他们还有小马的话，或许可以渡过。过了河之后，会有一条路通往森林的边缘，来到老林路的入口。但贝奥恩警告他们，半兽人现在经常会踏上这条道路。而且他也听说，老林路本身的东端已经因长久弃置不用而为树木所覆盖，硬走下去的话，便会来到无路可走也无法穿越的沼泽地。再说，就算他们勉强走到了森林的另一边，黑森林东端的出口也一直是离孤山南方距离最远的一个，他们还必须往北经历一段十分漫长而又艰辛的路程，才能够到达孤山。卡尔岩北边的黑森林边缘更靠近大河，虽然这里离迷雾山脉也更近些，但贝奥恩建议他们不妨走这条路，因为从这边往北骑几天，就会来到黑森林一条鲜为人知的道路入口，那条道路穿越森林，几乎直直地通向孤山。

“那些半兽人，”贝奥恩说，“是不敢越过大河来到卡尔岩以北一百哩的范围内，更不敢靠近我的住所——这里在晚间可是警备森严！——不过，换作是我，我会尽快策马前进，因为如果他们不久就发动攻击的话，那么他们将会渡河南下，扫荡森林所有的边缘地区，将你们截住，而座狼跑得可是比你们的小马快多了。所以其实还是朝北走更安全，虽然看起来好像是离他们的根据地更近了，因为那里是他们最想不到的地方，他们反而要兜更大的圈子才能抓到你们。现在就出发吧，能走多快就走多快！”

正因为如此，他们这会儿才在不出声地策马疾行。只要地面上有了草，道路变得平坦，他们就会纵马飞奔。黑黢黢的大山矗立在他们的左侧，远处，细细的一线河流挟带着两岸的树木正在不断逼近。他们出发的时候，太阳才刚刚往西方移去，到晚上之前太阳都将在他们身边的土地上洒下万道金光。此情此景实在让人很难想像身后会有半兽人的追兵。当他们离开贝奥恩的居所许多哩之后，大伙儿又开始有说有笑起来，并且有点忘记了前面还有森林中黑暗的道路在等着他们。但等到夜幕降临，大山的座座山峰在落日的映衬下露出狰狞的面目时，他们扎下营来，并且安排了轮班守夜。即便如此，大多数人还是睡得很不踏实，梦中出现了座狼的狂嗥与半兽人的怪叫。

第二天天亮后，依旧是一派风和日丽的景象。一层仿佛秋日的白雾淡淡地笼罩着地面，空气微微有些凉意，不过没多久，火红的太阳从东方升起，薄雾随即消散，地上的影子还很长时他们便动身了。他们又这样骑了整整两天，一路上什么都没有看到，除了草地、花朵、飞鸟和稀疏的树木，偶尔会有一小群一小群的马鹿在午后的树荫下吃草或坐着休憩。有时，比尔博可以看见公鹿的鹿角从草丛中伸出来，刚开始的时候，他还以为这是干枯的树枝呢。到了第三天的晚上，因为贝奥恩曾经说过他们第四天一早应该就可以到达森林的入口处，所以他们急着赶路，夜幕降临以后也不停马蹄，一走就走到了月光照耀下的黑夜。当月光褪去的时候，比尔博觉得在四周的树林中，忽而好像在右边，忽而又好像在左边，自己看见了一头大熊沿着与他们相同的方向在潜行。但如果他鼓起勇气跟甘道夫提起这事儿，巫师却只是说："嘘！别管那么多！"

虽然晚上没休息多少时间，但第二天他们还是天没亮就出发了。等到天刚亮的时候，他们就看见森林向着他们迎了过来，或者说是像一座皱着眉头的黑色高墙一样等待着他们。地势渐渐变得陡了起来，霍比特人觉得有一种沉默之势在向他们逼来。鸟儿的歌唱越来越听不到了，野鹿不再出现了，连兔子都看不见了。到了下午的时候，他们已经抵达了黑森林的边缘，几乎就在它最外端树木伸出的巨大枝条下方歇脚。这些树的树干十分粗大，上面长满了树瘤，树枝扭曲着，树叶狭长而深色。藤蔓攀附在它们身上，又一路顺着地面延伸。

"好啦，这就是黑森林了！"甘道夫说，"北方世界中最广大的森林。我希望你们喜欢它的样子。现在，你们得把借来的这些出色的小马给送回去了。"

矮人们看样子想要对此发一点牢骚，但巫师告诉他们这样的想法是愚蠢的。"贝奥恩离你们的距离比你们想像的要近，你们最好不要失信，他可是一个惹不起的对手。巴金斯先生的眼力比你们要好很多，因为你们没看见，每天晚上夜幕降临之后都有一头大熊跟着我们，或是在月光下远远地守护着我们的营地。他不只是为了保护你们、指引你们，也是为了看着他的小马。贝奥恩把你们当朋友，可他把动物当成是自己的孩子。你们想像不到，贝奥恩肯让矮人们把马骑得这么远这么快，这其中蕴含着多么大的善意；你们也想像不到，如是你们把小马带进森林里，会有什么样的后果发生。”

“那你骑的马呢？”梭林说，“你怎么没提到要把它送回去？”

“我是没提，因为我不准备把它送回去。”

“那**你的**承诺又该怎么办呢？”

“这我自然会处理，我不把马送回去的原因是我还要骑！”

这时，他们才知道甘道夫准备在黑森林边和他们分手，大家的情绪一下子陷入了低谷。不过，无论他们好说歹说，就是无法改变他的心意。

“关于这一点，我们之前到达卡尔岩的时候就已经说好了的，”他说，“再吵也没有意义。我之前跟你们说过，我在南方有些更急迫的事情要去办。我为了照顾你们，事实上已经迟到了。在一切都结束以前，我们或许还会见面，也有可能就此无缘再见。这要取决于你们的运气、勇气和判断力。而且，我还派了巴金斯先生和你们一起去。我早就跟你们说过，人不可貌相，你们要不了多久就会明白这一点的。比尔博，高兴起来，不要苦着一张脸。高兴起来，梭林和大家伙儿！毕竟这是你们的冒险。想想最终可以获得的财宝吧，至少在明天早上之前，先忘记这森林和恶龙吧。”

等第二天早上来了，他依然这么说。因此，大家别无选择，只能在森林入口前一条清澈的小溪里把他们的皮囊都装满水，把小马背上的行李都卸下来。他们将行李尽可能地平均分摊，不过比尔博还是觉得他那份重得要命。想到要背着这么多东西在森林里长途跋涉，他就不免忧心忡忡。

“别担心！”梭林说，“不用多久它就会变轻的。我估计等食物开始短缺的时候，我们很快就会巴不得当初的包袱能更重一些才好了。”

最后，他们向小马道了别，让它们掉头回家。它们高兴地小跑起来，看来似乎对于能够把黑森林抛在身后感到非常高兴。在它们离开的时候，比尔博可以发誓他看见了一只像大熊的东西离开了林中的暗影，跟着它们一跃一跃地奔回去了。

现在轮到甘道夫跟大家说再见了。比尔博坐在地上，心中非常难过，真希望自己和巫师一起坐在那匹高大的骏马上。他在刚吃完早餐（相当寒酸）后，曾经往森林中进去了一点点稍稍探了探，发现那森林在白天也似乎和晚上没什么两样，而且给人一种极为隐秘的感觉——“好像有什么东西在暗中观察着你，等待着你！”他自言自语道。

“再见啦！”甘道夫对梭林说，“也和你们大家道别了，再会！你们应该直直地穿过森林，千万别走岔了路！——一旦迷了路的话，那你们重新找到路并且走出黑森林的机会只有千分之一。那样的话，我，或者是别的任何人，恐怕都再也看不到你们了！”

“我们真的一定要过去吗？”霍比特人抱怨道。

“是的，一定要！”巫师说，“如果你们想要到森林的另一边去的话。要么穿过去，要么就放弃。巴金斯先生，我可不想让你临阵退缩，光是想到这点就让我替你觉得丢脸，你得要替我照顾这些矮人啊！”他笑着说。

“不是！不是！”比尔博说，“我不是那个意思，我是想说，难道没有别的路可以绕过去吗？”

“有，如果你想要往北走上两百哩，然后再往南走上两倍距离的话。可即便那样，道路也不见得安全，这一带根本就没有什么安全的道路。记得，你们已经越过了大荒野边缘，所以不管你去到哪里，都不会缺少‘乐子’的。在你能够从北边绕过黑森林之前，你会一头撞进灰色山脉的各种山坡，那里到处都是半兽人、大半兽人，还有其他让人难以形容的可怕奥克。在你从南边绕过黑森林之前，你们将会踏入死灵法师的领土。比尔博，即使是你，也不需要我来告诉你这位黑色死灵法师的故事了吧。我建议你们最好不要靠近任何属于他那黑色势力范围内的地方！还是铁了心走森林这条路吧，抖擞精神，抱着最好的期望，只要再加上一份大大的运气，定会有一天能走出森林，看见长沼泽在你们的脚下。越过这片沼泽，兀然矗立在东边的，就是老斯毛格所住的孤山了，希望他不会预料到你们的出现。”

“你可真会安慰人哪，”梭林低吼道，“再会了！既然你不跟我们来，那就别再多废话了，快上路吧！”

“那就再会啦，真的告别了！”甘道夫拨转马头，朝着西方奔驰而去。但他实在忍不住还要最后叮咛几句。于是在他奔出众人的视野之前，他又转过头来，双手拢在嘴前对他们喊了起来。他们听见他的声音依稀传来：“再会！多保重——**千万不要离开正路！**”

然后他就策马疾驰，很快消失在众人的视野外了。“哦，再见啦，快走吧！”矮人们咕哝道，心中更加生气了，因为他们真的为失去了他而感到郁闷。现在，全部旅程中最危险的部分开始了。每个人都背起了属于自己的那份沉重背包和水囊，离开了播洒在外面世界的光明，一头钻进了黑森林。

第八章

苍蝇与蜘蛛

Flies and Spiders

他们排成一路纵队行进着。小径的入口是两棵彼此靠向一起的大树，看起来像是通往某个黑暗隧道的拱门。两棵树老态龙钟，又缠满了藤蔓，附满了苔藓，因此只剩了寥寥几片黑黢黢的树叶。小径本身十分狭窄，在树木之间穿来绕去。很快，入口的亮光就变成了身后远处的一个小亮洞，四周一片死寂，让他们的脚步声成了沉重的鼓声，似乎所有的树木都朝着他们凑了过来，凝神倾听。

随着眼睛渐渐适应了昏暗，他们看见所走道路的两旁各有一条小路，散发着有点像是墨绿色的暗光。有时，会有一缕细细的阳光通过最上方浓密树叶间的某个缺口，幸运地溜了进来，又凭着更大的幸运没有被下面交错的树枝给拦截，在他们面前刺下一道极细的光线。但这样的情况很罕见，而且马上就完全消失了。

森林中有黑色的松鼠，在比尔博锐利的双眼经过适应能看清东西之后，他可以瞥见它们飞快地掠过小径，慌慌张张地躲到了树干后面。在矮树丛中还有许多奇怪的声响，闷哼声、搔抓声以及快速跑动的声音。这类声响也会出现在地上

堆得厚厚的腐叶堆中，但是究竟是什么生物弄出这些声响来的他却看不见。他们见到的最恶心的东西就是蜘蛛网了：这些黑暗浓密的网由特别粗的蛛丝织成，往往从一棵树延伸到另一棵树，或是悬挂在道路两侧的低矮树枝上。没有哪张蛛网是拦在道路中央的，但究竟是由于某种魔法还是其他原因才使得道路保持清通的，他们想不出来。

不久之后，他们就对这座森林产生了厌恶感，其强烈与真挚，一如他们讨厌半兽人的隧道。而且，森林比隧道还更让人盼不到头。他们早就极度渴望能见到阳光和天空的景象，向往凉风拂过脸庞的感觉，但是没办法，他们只能不停地走啊走。在森林的穹盖之下空气没有任何流动，似乎永远就是那么静止、黑暗与窒闷。即使是习惯了长期在地底挖隧道，经常会有很长一段时间见不到日光的矮人，也感受到了这种压迫感。霍比特人虽然喜欢把家安在地底的洞里，但到了夏天也喜欢离家到外面透气，所以这会儿他觉得自己正在慢慢地窒息而死。

夜晚是最糟糕的时段，森林中会变得漆黑一团——这可不是一般人所谓的漆黑，而是真的黑到了极致：黑得你连任何东西都看不见。比尔博试着在鼻子前摆了摆手，根本什么都看不见。不过，也许说什么都看不见不能算是很精确，因为他们可以看见眼睛。他们睡觉的时候全都挤在一起，然后大家轮流守夜。在轮到比尔博值班的时候，他会看见四周的黑暗中有许多微光闪烁，有时候，一双双黄色、红色或是绿色的眼睛，会从不远的地方瞪着他们，然后，那些光芒会慢慢地黯淡并消失，然后又慢慢地在另一个地方再度亮起。有时候，这些光芒会在他们头顶的树枝间向下闪着光，这是最让人害怕的景象。不过，比尔博最讨厌的是那种可怕的、苍白而又突出的眼睛。“那是昆虫的眼睛，”他想，“不是动物的眼睛，只是稍微有点嫌太大了。”

虽然天气还不是很冷，他们还是试着想在晚上生起警戒用的篝火，不过他们很快就放弃了。火焰似乎会把成百上千的眼睛吸引到他们的身边来，尽管这些神秘的生物，不管它们到底是什么，总是小心翼翼地不让自己的身躯曝露在微弱火光的照耀之下。更糟糕的是，它会吸引来成千上万深灰色和黑色的蛾子，有些几乎有人的手掌那么大，在他们的耳边不停飞舞，让他们难以忍受。同样让他们受不了的还有那些漆黑得如同高筒礼帽的巨型蝙蝠。于是他们只好放弃了生火，整晚都坐着，在巨大而又诡异的黑暗中渐渐睡去。

对霍比特人来说，这一切仿佛有好几年那么久；由于他们一直严格执行食物定额制，所以他总是觉得饿。即便如此，随着时间慢慢流逝，而森林依然一成不变，他们开始感到紧张起来。食物不会永远吃不完，实际上，已经开始有点不够了。他们试着射杀松鼠，在浪费了许多支箭之后好不容易在小径上射到一只。但等他们烤来一吃，发现味道糟糕得简直难以入口，于是他们便再也不射松鼠了。

他们也十分口渴，因为他们没有多少水了，而在这一段时间内，他们既没见到过泉水，也没见到过溪流。处在这种境况下的某一天，他们发现一道流水横贯小径。那道河水流得又急又猛，但拦掉的道路却没有多宽，河水的颜色是黑的，至少在晦暗的森林中看起来如此。幸好贝奥恩之前警告过他们，否则他们一定会不管河水是什么颜色趴上去就喝，而且还会把那些空了的水囊装满。现在，他们满脑子只想到要怎么样不弄湿手脚而渡过这条河。河上本来有座木桥，但已经烂掉落入水中了，只留下两边岸上断折的桥柱。

比尔博跪在河岸边，朝前方望去，然后叫了起来："对岸有条船！为什么它不是在我们这边呢！"

"你看看那条船离我们有多远？"梭林问道，因为现在大家都知道比尔博的眼力是他们之中最好的。

"不算太远，我估计不会超过十二码。"

"十二码！我觉得至少有三十码吧，不过，我的眼睛已经不像一百年前那么管用了。不过就算只有十二码也和一哩一样够不着。我们跳不过去，也不敢趟水或是游过去。"

"你们有谁能扔绳套过去吗？"

“那又有什么用？船一定是拴住的，就算我们能钩住也没用，更何况钩不钩得中还成问题呢。”

“我倒不认为它是拴住的，”比尔博说，“虽然我在这种光线下不能确定，但在我看来，它似乎只是靠在岸边。那边的岸特别低矮，刚好是道路和河流汇合的地方。”

“多瑞是力气最大的，菲力则是最年轻、视力最好的。”梭林说，“过来，菲力，试试看能不能看见巴金斯先生说的那条船。”

菲力认为他能看得见，因此，当他盯着看了很久，在脑子里形成了方向感之后，旁边的人给他拿来了一条粗绳。他们带着好几条绳子，现在在最长的一条上绑了一个原先用来固定背包的大铁钩。菲力握住铁钩，在手中稍微平衡了一下重量，然后将它朝着河对岸抛了过去。

“扑通——”钩子掉进了水里！“不够远！”比尔博看着对岸说，“再多扔个两三呎就能掉进小船里去了，再试一次。如果你只是碰到一点湿绳子，我想河水的魔法还没强到能伤害你。”

菲力小心翼翼地将钩子拉回来，当他拿起钩子的时候，还是有点将信将疑。这次，他用了更大的力气把钩子抛了出去。

“稳着点儿！”比尔博说，“这次你已经把它抛到另一边的树林里了。把它轻轻拉回来。”菲力慢慢地将绳子往后拉，过了一会儿之后，比尔博说：“小心！钩子就在船上了，希望能把船钩住。”

钩子的确把船钩住了，菲力使劲一拉，小舟却纹丝没动。奇力赶过来帮忙，接着是欧因和格罗因。他们拉呀拉呀，突然全都仰天摔倒在地上。比尔博是在旁边察看的，正好抓住了落下的绳子。对岸的小船顺着众人用力的余势冲了过来，比尔博连忙用一根棍子把船挡开。“快帮忙！”他大喊着，巴林及时赶到，一把抓住了小船，不然小小船又要顺流漂走了。

“原来它还是拴住的！”他看着手中扯断的船缆说道，“大伙儿的力气可真是大，也幸好我们的绳子比它的更结实。”

“谁先过？”比尔博问道。

“我先吧，”梭林说，“你和我一起过，还有菲力和巴林。这船一次就只能装这么些人了。在那之后是奇力、欧因、格罗因和多瑞；再下一批是欧瑞、诺瑞、比弗和波弗；最后是杜瓦林和邦伯。”

“我讨厌每次都殿后，”邦伯说，“也该换换人了吧。”

“谁叫你长这么胖呢。既然你这么胖，你就应该最后过来，在船载重最少的时候。不要有对命令嘀嘀咕咕的苗头，否则你会遇上厄运的。”

“可是没有桨啊，我们要怎样才能把船送回对岸呢？”霍比特人问道。

“再给我一段绳子和另一个铁钩，”菲力说，等大家都准备好的时候，他就将绳子往前方的黑暗中用力朝高处一扔。由于绳子和钩子没有再落下来，大家认为它一定已经挂在树枝上了。“上船吧！”菲力说，“你们要有一个人用力拉这根卡在对岸树上的绳子，还得有一个人必须抓住我们先前用过的铁钩，等我们都安全地到达对岸时，就可以把钩子钩上，让这边的人再把船拉回去。”

凭借着这个方法，他们很快就都安全地渡过了这条被施了魔法的小溪。杜瓦林胳膊上卷着绳子，刚刚爬出小船，邦伯（嘴里依旧在嘟囔着）正准备要跟上去，就在此时，糟糕的事情发生了。前方的路上传来一阵飞驰的蹄声，接着，从黑暗中突然蹿出一个像是飞奔着的野鹿的身影，只见它冲进矮人群中，将大家撞开，然后奋力跃向对岸。它蹦得很高，以有力的一跃掠过水面，然而它却没能安然抵达对岸。在野鹿一撞之下，梭林是惟一站稳了脚步又保持了冷静头脑的人。一踏上对岸，他便立刻弯弓搭箭，以防有任何隐藏着的看守小船的生物出现。这时，他迅捷而又稳准地向那纵跃的野兽射出了一箭。当它跳落到对岸的时候，脚步变得蹒跚了。黑暗吞没了它的身影，但大家可以听出蹄声马上踉跄起来，然后就归于安静了。

还没等他们来得及大声赞美梭林这精准的一射，比尔博的一声尖叫就把大家脑子里关于吃鹿肉的想头给赶没影儿了。“邦伯落水啦！邦伯要淹死啦！”他一点都没开玩笑，邦伯刚才只有一只脚踏上地面，就被那头鹿一头撞倒，还从他身上跳了过去。他踉跄倒地的时候，手一搭船帮，把小船推离了岸边，于是就跌进了黑暗的水中。他的手慌乱地去抓岸边滑溜溜的草根，结果怎么也抓不住，而小船又慢慢地打着转消失在了黑暗之中。

大家跑到河边的时候，还可以看见他的帽子漂在水面上。他们赶紧朝着那方向扔去了带着钩子的粗绳。邦伯伸手抓住了绳子，大伙儿合力把他拉到了岸上。他当然从头到脚都湿透了，但这还不是最糟糕的。大伙儿把他放到岸上时，他已经沉沉地睡了过去，一只手还死抓着绳子不放，大家怎么拽都拽不下来。大伙儿使出了各种招数想把他弄醒，可他还是睡得跟死猪一样。

大家依旧围在他身边，骂骂咧咧地抱怨着他们的霉运，怪邦伯笨手笨脚，又为小船漂走了而感到惋惜，因为这下他们没办法回到对岸去找那只被射中的野鹿了。这时，他们听见林子里隐约传来了号角之声，还有似乎是猎犬在远处的吠叫。大家全都不作声了，在地上坐了下来，他们似乎听见小径北方传来了大规模狩猎的声音，但却看不见任何的迹象。

他们在那儿坐了好久，不敢轻举妄动。邦伯的胖脸上挂着微笑，甜甜地睡着，似乎对困扰着大家的麻烦再也不在乎了。突然，前方的小径上出现了几只白色的野鹿，有一只高大的雌鹿和几只幼鹿，它们毛皮的纯白和之前那只雄鹿的漆黑恰成强烈的对比。它们在暗影中放出微微的光芒。还没等梭林发声阻止，就有三个矮人一跃而起，张弓搭箭向白鹿射去，但似乎无一命中。群鹿掉过头去，就像来时一样无声无息地消失在了森林中，矮人们又追着射出一蓬箭矢，但全都是徒劳。

“住手！住手！”梭林大喊道，但一切都太迟了，兴奋的

矮人们已经浪费掉了最后一些箭矢，使得贝奥恩送给他们的弓箭变得毫无用处了。

那天晚上，大家情绪低落，而在稍后几天中情绪更是一路走低。他们虽然已经越过了被施了魔法的小溪，但那之后的小径似乎依然漫无尽头，而森林也看不出有任何变化。然而如果对黑森林能有更多一点的了解，并且思考一下那场狩猎和白鹿出现的意义，他们就会知道终于靠近了森林的东部边缘了。要不了多久，只要他们继续保有勇气和希望，就能来到树木越来越稀疏的地方，重新见到阳光。

可惜他们并不知道，而且他们还必须带着邦伯那沉重的身体一起前进。他们为此使出了全力，由四个人一组轮流承担这项累人的工作，其他人则分担了那四个人携带的背包。如果不是因为背包的重量到了最后几天已经大幅减轻的话，他们根本无法完成这个任务。然而相对于一个沉睡中露着傻笑的大胖子邦伯来说，可能人们还宁愿去背装得满满的食物背包呢。又过了几天，这样的一刻终于来临了，他们完全陷入了没有粮食和饮水的窘境。森林中放眼望去，他们看不到任何可以让人放心吃的食物，只有蕈类和长着苍白叶子发出难闻味道的野草。

在越过魔法小溪四天之后，他们来到了森林中一片大都是山毛榉的区域。一开始，他们对于这改变有点感到高兴，因为脚底下不再有灌木丛，阴影也变得不那么浓了。他们四周有了些绿莹莹的光，在某些地方，甚至可以看见小径两边一定距离内的东西。但是，借着这种绿光他们能看见的还是一排排永无止尽的树木，它们灰色的树干全都笔直，宛如熹微晨光中某个巨型大厅里的柱子。这里有了空气的流动和风的声响，但这声响听在耳朵里却给人带来忧伤的感觉。一些树叶簌簌地掉落下来，提醒他们外面已是秋意渐浓了。他们的脚踩踏着无数个过往的秋天累积下的落叶，这些枯叶已经为森林铺上了一层深红色的地毯，还越过小径的边缘，漂泊到了小径之上。

邦伯依旧沉睡着，而大伙儿已经无比疲惫了。有时，他们会听见让人不安的笑声，有时还能听到远方传来唱歌的声音。那笑声是由相当悦耳的声音发出的，绝不是半兽人；那唱歌声很优美，但听起来却有些诡异陌生，一点也不让他们觉得安心。他们积聚起所剩的最后一点力气，只想尽快远离这个地方。

两天之后，他们发现小径开始往下倾斜，不久之后，他们就来到了一座长满了橡树的山谷。

“这该死的森林难道永远都没有尽头吗？”梭林说，“得找某个人爬到树上，看看能不能把脑袋从树顶伸出去，看看周围的情况。惟一的办法是挑一棵长在小径边的最高的树。”

这“某个人”当然指的就是比尔博了。他们之所以选择他，是因为如果要达到侦察的目的，爬树的人一定得把头伸出最高处的树叶才行，所以他必须要足够轻，能让最高处的最细的树枝承受得起他的重量。可怜的巴金斯先生以前根本没怎么爬过树，但大家不由分说地将他托上了路边一棵大橡树最下面的树枝，接下来他只能好自为之了。他在拨开交错的树枝奋力上行的过程中，眼睛周围好几次都被树枝弹到；老橡树上那些大一点的树枝很快就把他搞得浑身又黑又绿；他还不止一次从树上滑落，于千钧一发之际才抓住了下面的树枝；最后，在一个似乎没有合适的树枝可供踩踏的不上不下的地方，他经过了一番令人心惊胆寒的拼搏，终于接近了树顶。在这一路上，他不停地在担心树上会不会有蜘蛛，以及过会儿他该怎么原路下去（除了掉下去）。

最后，他终于把头伸出了树叶的冠顶，也的确发现了蜘蛛。不过这些都是普通大小的蜘蛛，它们想抓的也只是蝴蝶而已。比尔博的眼睛差点被阳光给炫盲了，他可以听见矮人在底下性急地叫喊，但他没办法回答，只能拼命眨眼睛，把这段适应期给熬过去。阳光异常明亮，他过了好一阵子才能够渐渐忍受。等他能睁开眼之后，他发现四周是一片深绿色的树海，微风过处，在“海面”上弄出星星点点的褶皱。满天都是飞舞的蝴蝶。我想，它们多半是一种叫作“紫色帝王蝶”的蝴蝶，那是种喜欢在橡树顶端栖息的蝴蝶，不过，这些可不是紫色的，它们身上是一种极深极深的紫黑色，看不到任何的斑纹。

他盯着这些“黑色帝王蝶”看了很久，同时享受着微风吹过发梢和脸庞的怡人感觉。不过到头来，还是底下开始跺脚咆哮的矮人，才让他想起了自己还有正事要办。情况不妙。

他向四周极目望去，都看不到树与叶的尽头。他因为阳光与微风的怡人感觉而变得轻快起来的心情，重新又往下沉到了脚趾头：没有什么喜讯可以回去报给下面的人听。

其实，如我之前告诉过你们的，他们离森林的边缘并不远。如果比尔博有眼光的话，他会发现自己所在的树木虽然本身很高，其实是位于一个宽阔山谷的底部，因此，从这棵树的树顶看去，周围的树都像一只大碗的碗边一样在向外延伸，所以他根本就看不见森林的尽头究竟在哪里。但他并不明白这一点，所以他满怀失望地爬下树来。等他好不容易回到地面上时，身上多处擦伤，热得一头是汗，一副惨兮兮的模样，而且乍一回到底下幽暗的环境中，他又什么都看不见了。等他把所见报告完，大伙儿也都变得跟他同样沮丧起来。

“这座森林往所有的方向都没有尽头！我们到底该怎么办啊？派个霍比特人来又有什么用！”他们嚷嚷着，仿佛这是他的错。他们根本不在乎蝴蝶这种无关紧要的小东西，而当比尔博跟他们描述怡人的轻风时，他们就更来气了，因为矮人们身体都太笨重，根本没办法爬到那么高去感受轻风。

那天晚上，他们吃完了最后一点点食物的碎屑，第二天早晨一醒来，他们注意到的第一件事就是他们依旧饥饿难耐。他们接下来注意到的是天上正在下着大雨，雨滴这里那里地密密地滴落到地面上来。然而这除了提醒他们不仅腹中空空，连口唇也是干得要命之外，却并不能帮他们解渴：要想浇灭他们如火烧般的干渴，可不能站在橡树下，呆呆地等着有哪滴水碰巧滴落到舌头上。结果惟一的一小点安慰竟然出人意料地来自于邦伯。

他突然间醒了过来，坐起身子，用手搔着脑袋。他不知道自己身在何处，或是为什么会觉得这么饥饿，因为他已经把从许久以前那个五月早晨出发以来的所有事情都给忘记了。他记得的最后一件事情，就是在霍比特人家中所举行的派对。大伙儿费了好一番口舌，才让他相信了他们自那以后的种种冒险经历。

当他听说已经没东西可吃了之后，不禁坐在地上哭了起来，因为他觉得自己非常虚弱，双腿软得直打颤。“我干吗要醒过来啊！”他嚎道，“我刚刚正在做着美梦呢。我梦到我走在一个和这里挺像的森林里，不过那儿可亮堂啦，树上有火把，树枝上挂着油灯，地上还点着篝火。那儿正在办一场大宴会，永远不停的盛大宴会。一个森林之王戴着树叶缀成的皇冠，大家都在快乐地唱着歌，那儿吃喝的东西多得我数不过来，好吃得我都说不明白！”

“说不明白就别说！”梭林没好气儿地说道，“如果你没别的好说的话，干脆就给我闭嘴。我们之前就已经受够你了，你要是再不醒过来，我们就准备把你扔在森林里发你的白痴梦去了。你这家伙，就算好几个礼拜不吃不喝，扛起来也重得要命。”

除了勒紧裤带之外，大伙儿也别无对策。他们扛着空荡荡的背包和袋子，迈着沉重的脚步在小径上走着，心中甚是绝望，觉得自己不等走到头就会先倒下饿死了。他们就这样走了一整天，走得又慢又累，邦伯还一个劲儿地哭闹，说他的两条腿再也撑不住了，他想要躺倒睡觉。

“不行，不可以！”大家都说，“你的腿也该走它们那份路了，我们抬你抬得够远了。”

可他把大伙儿的话当做了耳旁风，突然一步也不肯走了，一屁股坐到了地上。“你们要走你们走，”他说，“反正也没办法弄到吃的，我宁愿躺在这里睡一觉，在梦里多吃点儿。我真希望自己永远也不要再醒来了。”

就在这时，走在稍微前面一点的巴林喊了起来：“那是什么？我想我看见森林里面有火光在闪。”

大家全都朝前看去，在挺远的地方，好像能看见黑暗中有一点红光在闪动，接着，在它旁边又冒出了另一点火花，然后是另一点。连邦伯都爬了起来，大家全都快步往前飞奔，根本不在乎那是食人妖或是半兽人。那点光亮在他们前方，位于小径的左边，当他们终于与那点火光齐平的时候，可以很明显地看到那是在树下燃烧着的火把和篝火，只是离他们的小径还颇有一段距离。

“看来我的梦想要成真了！”邦伯呼哧呼哧地从后面赶了上来，一边上气不接下气地说道。他直接就想要冲到林子里去追逐那些火光，但其他人对于巫师和贝奥恩的警告却谨记在心。

“如果得把命搭上的话，宴席再好吃都没用。”梭林说。

“可如果没东西吃，我们不也快没命了吗！”邦伯说，这话可说到比尔博的心坎儿里去了。他们翻来覆去地争了半天，最后同意派出几名探子，悄悄地靠近那些光亮，把那里的情况给摸清楚。但接下来大家又为该派谁去而争执不休了，因为似乎没谁热衷于去冒迷失方向，再也见不到朋友们的危险。最后，饥饿压倒了警告，由于邦伯一直不停地描述他在梦里的林中宴会上吃到的种种美食，矮人们全部离开小径，冲向了森林深处。

在经过了好一番匍匐前进之后，他们终于摸到了火光附近。从树干后面探出脑袋望去，他们看见一块树木被砍倒、土地被铲平后清理出来的空地。空地上有许多人，看起来像是精灵，全都穿着绿色和褐色的衣物，坐在锯倒的圆木墩子上，围成了一个大圈。圈子正中有一团营火，四周的树上则插着许多火把，但最令人心动不已的景象却是，他们正在大吃大喝，一边发出欢快的笑声。

烤肉的香气是如此诱人，众人等不及相互商量一下便从树后走了出来，争先恐后地朝圈子里跑去，一心想着问人讨点酒肉吃。然而第一个人的脚刚一踏上空地，所有的火光就仿佛被施了魔法一样同时熄灭。有人对着篝火踢了一脚，它就炸成无数个火花，然后便消失无踪了。他们陷入彻底的黑暗中，连彼此都找不见，好在时间还不算太长。他们在黑暗中跌跌撞撞，被圆木绊倒，迎头撞上树干，又是吼又是叫的，几乎吵醒了森林中方圆几哩内所有的生物，最后大家终于又聚拢在一起，通过触摸清点了人数。到这时，他们当然早就已经忘记了小径的方向，彻彻底底地迷了路，至少到天亮前是如此。

他们在黑暗中无事可做，只能就地坐下。他们甚至不敢到地上去摸索食物的碎屑，惟恐互相间又走散了。但他们没躺多久，比尔博刚开始觉得瞌睡上来的时候，排第一个值夜的多瑞就用大家都能听见的声音低声道：

“火光又在那边出现了，这次数量比刚才还多！”

大家全都跳了起来。没错儿，在不远的地方有几十点闪烁的火光，他们清楚地听见了笑语声。大家又悄悄地朝火光摸过去，这次大家学乖了，排成了一路纵队，每个人都摸着前面人的背。等他们走近的时候，梭林说：“这次别再急着冲过去了！我没说话，谁也别从隐蔽的地方跳出来。我先派巴金斯先生一个人过去和他们谈谈，他们不会被他吓到的——（“那我被他们吓到了怎么办？”比尔博心想）——我希望他们不会对他怎么样。”

当他们来到火光构成的圆圈边缘时，众人猛然从背后推了比尔博一把。他还没来得及戴上戒指，就跌跌撞撞地冲进了明晃晃的火光之中。结果还是没用——所有的光亮全都熄灭，四周重又变得一团漆黑。

如果说之前在黑暗中集合已经算得上困难了，那么这次的情况还要糟糕得多。他们怎么找也找不到霍比特人，每次点数都只有十三个。他们大声喊着："比尔博·巴金斯！霍比特人！你这个该死的霍比特人！喂！霍比特人，你这个该挨棍子的家伙，你在哪里啊？"以及诸如此类的东西，只是得不到一点回音。

就在他们快要放弃希望时，多瑞却意外地绊到了他。他在黑暗中摔了一跤，还以为自己绊到了一根木头，结果却发现那是蜷成一团、陷入熟睡的霍比特人。他们一通猛摇才把他摇醒，而他在醒来之后还满心的不高兴。

"我正在做一个好梦，"他嘟囔道，"梦见我在吃一顿超级丰盛的大餐。"

"老天爷啊！他变得和邦伯一样了，"他们说，"不用跟我们说你梦见什么了，梦里边吃得再好也没用，我们又分享不到。"

"在这种鬼地方，我恐怕只有靠做梦来填肚子了。"他咕哝着在矮人身边躺下，想把刚才的美梦再续下去。

但是，森林中的怪光还没完呢。又过了一阵，夜半的天气转冷之后，当值的奇力又把所有的人给叫醒了：

"跟刚才一样的亮光又在不远的地方亮起来了，有几百支火把和好多堆营火，肯定是被魔法突然点着的。听，那是他们唱歌和弹竖琴的声音！"

在躺下去仔细聆听了一会儿之后，他们发现自己无法抵御走近去再作一次求救尝试的诱惑。于是他们又爬了起来，没想到这次的结果更加灾难性。这次他们看到的宴会比之前的更盛大、更诱人，在一长列宴饮者的上首坐着一名森林之王，金黄的头发上戴着树叶缀成的皇冠，活脱脱就是邦伯描述过的梦中人物。这些像是精灵的生物彼此递着大碗，有些弹着竖琴，许多人都在唱着歌。他们闪亮的头发中都点缀着鲜花，领口和腰带上闪耀着绿色和白色宝石的光华，他们的表情和歌声都充满了欢乐。他们唱的歌响亮、清晰而又悦耳，听得梭林不由得又踏入他们之中。

一瞬间，森林又陷入死寂，所有的光芒全都消失，火焰化成黑烟，矮人的眼中只能看见余烬和灰屑，森林中再度充斥着他们的喧哗与喊叫。

比尔博发现自己是在绕着圈子跑（他这样以为），口中不停地喊着："多瑞、诺瑞、欧瑞、欧因、格罗因、菲力、奇力、邦伯、比弗、波弗、杜瓦林、巴林，梭林·橡木盾。"而他看不见也摸不着的人，也在他身边做着同样的事情（冷不丁会有人喊上一声"比尔博！"）。但其他人的叫喊声变得越来越远，虽然过了一阵之后，他觉得那些声音变成了遥远的呼救声，所有的声音最终都归于了沉寂，只留下他一个人孤单地处在一片寂静与黑暗中。

这是他这辈子最悲惨的时刻之一，但他很快就拿定主意，直到天亮了有一点点微光之前都不要轻举妄动，而且，因为不会有早餐来补充体力，他丝毫不想在黑暗中摸来摸去，徒然消耗体力。于是他靠着一棵树坐了下来，再次思念起遥远故乡那拥有美丽餐点室的霍比特洞府来。他正想到火腿、鸡蛋、吐司面包和黄油时，忽然感到有什么东西在碰他。有种又黏又韧的线缠住了他的左手，当他想要站起身来的时候，发现自己的双腿已经被同样的东西给裹住了，因此他刚一站起来就倒了下来。

然后，那只趁着他发呆时一直在忙着把他缠起来的大蜘蛛从他身后现身，冲他跑了过来。他只能看见那东西的双眼，却能在蜘蛛拼命用恶心的蛛丝一圈又一圈地往他身上缠时，感受到它那些毛茸茸的腿。算他运气，总算还能及时回过神来，再晚一些的话，他就根本不能动了。他进行了一番名副其实的殊死搏斗才得以脱身。他一开始只是不停地用手赶开蜘蛛——而它正像小蜘蛛对付苍蝇一样，想要在他身上注入毒液让他消停下来——打了半天才想起来自己还带着剑，马上将它拔了出来。蜘蛛立刻往后跳开，他赶紧趁此机会挥剑令蜘蛛松开了腿。接下来就轮到他反攻了。蜘蛛显然很不习惯对付这种身边带着刺的生物，否则它逃得还会更快些。比尔博不等它逃开就冲了上去，拔剑正刺中它的眼睛。它开始发狂般地跳跃、扭动，所有的脚都可怕地抽搐着，直到比尔博给它补了一剑才一命呜呼。比尔博经过这番折腾后也一头栽倒，好长时间都不省人事。

当他醒来的时候，身边已落满森林中白天常见的黯淡灰光，死蜘蛛躺在它身边，宝剑剑刃上沾染了黑血。对巴金斯先生来说，不靠巫师或是矮人们或是任何人的帮助，全凭自己一己之力在黑暗中杀死了巨型蜘蛛，这件事使他发生了巨大的变化。当他在草地上擦拭宝剑，归剑入鞘时，他觉得自己脱胎换骨，变成了另外一个人，比过去更为凶猛，更为勇敢，尽管腹中依然空空。

“我帮你取个名字，”他对着宝剑说，“就叫你**刺叮**好了！”

在那之后，他开始了对周围的探索。森林中阴冷而又静谧，但显然他必须先去寻找自己的朋友们，他们应该离得不会太远，除非他们已经落入了精灵（或是更糟糕的东西）之手。比尔博觉得大喊大叫并不安全，因此他呆立了好一阵子，思考着小径到底在何方，他又应该先往哪个方向去寻找矮人们。

“唉！我们为什么不牢记甘道夫和贝奥恩的忠告！”他懊悔地叹道，“看看我们现在落到了怎样的窘境啊！我们？！我真希望现在还能说**我们**：孤单一人实在是好恐怖啊。”

到了最后，他勉强猜了一个昨天晚上传来呼救声的方向，凭着运气（他生来就有很多好运），他居然猜了个八九不离十，这一点大家到时候就知道了。下定决心后，他便迈着机敏的步伐走了起来。霍比特人擅长于无声无息地行动，特别是在森林中，关于这一点之前跟大家提到过，而且比尔博在出发前已经戴上了戒指，这也是为什么蜘蛛们完全没看见也没听见他的到来。

他蹑手蹑脚地走了一段距离后，注意到前方有块地方的黑影特别黑，即便在黑森林里也算黑了，仿佛一团不曾褪去过的夜色。他走到近前，发现那里层层叠叠、纵横交错的全都是蜘蛛网。突然间，他还看见了体型巨大、样貌狰狞的蜘蛛盘踞在他头顶的树枝上。不管戴没戴着戒指，他都因恐惧而发起抖来，生怕被蜘蛛们发现。他躲在树后面，盯着一伙蜘蛛看了会儿，然后，在森林中极度静谧的衬托下，他意识到这些讨厌的怪物原来正在相互交谈。它们的声音乍一听像是微弱的嘶声和摩擦声，但细听之下他可以听清楚它们说的大部分内容。它们居然正在谈论矮人！

“真是好一场挣扎啊，不过相当值得，”一只说，“他们的外皮肯定又脏又厚，不过我敢打赌里面一定有甜美的汁液！”

“啊，把他们挂一阵子之后就会好吃多了！”另一只说道。

“别挂太久了，”第三只说，“他们不像应该有的那么胖，我猜多半是最近没吃啥东西。”

“叫我说杀了算了，”第四只蜘蛛嘶嘶地说道，“现在把他们杀了，然后把死的挂上一会儿。”

“我敢保证他们现在已经死了。”第一只说。

“应该还没死，我刚才还看到有一个在挣扎来着。我想他们多半刚从美梦中醒来，我来弄给你们看。”

话一说完，一只肥大的蜘蛛就沿着蛛丝跑了下去，来到一根高处树枝上并排挂着的十几捆东西边。比尔博现在才注意到树上挂着这些东西，不禁觉得非常害怕。他看见有些蛛丝捆的底部伸出了一只矮人的脚，还有些蛛丝捆里这儿那儿地露出一只鼻子，一撮胡子或是兜帽的一角。

蜘蛛走到最大的一捆旁边——“我打赌那一定是可怜的老邦伯。”比尔博想——然后，对着凸在外面的鼻子狠狠咬了一口。蛛丝捆里传来了闷声惨叫，一只脚趾头猛地伸了出来，重重地踢在了蜘蛛身上。看来邦伯还活着。随着一声踢在瘪掉的足球上的声音，恼羞成怒的蜘蛛从树枝上摔了下去，幸亏它及时放出自己的蛛丝，才没有直接摔到地上。

其他的蜘蛛都哈哈大笑起来。“你说得很对！”他们说，“咱们的嘴边肉还活蹦乱跳着呢！”

“我马上就会让他蹦跶不起来了！”那只恼怒的蜘蛛发着嘶嘶的声音重新又爬回到了树枝上。

比尔博见此情景，就知道是该他做些什么的时候了。他没办法与这些怪物正面对抗，手上也没有东西可以投掷。不过，在经过一番搜寻之后，他发现附近有条似乎已干涸了的水道，那里有许多小石头。比尔博在扔石头方面可是个高手，他没有花多少时间就找到了一颗鸡蛋大小、十分称手的石头。小时候，他曾经练过扔石头，练到后来，兔子、松鼠，甚至是飞鸟，只要一看见他弯下腰来，就会迅速地逃之夭夭。即便是他长大以后，他依然在掷铁环、扔飞镖、射箭、滚木球、九柱地滚球等需要瞄准和投掷的、不太剧烈的游戏上花费不少时间。事实上，除了吐烟圈、猜谜语和烹饪之外，他还有很多拿手的事情，只是之前没时间详细告诉大家罢了。现在也没时间。在他捡石头的当口，蜘蛛已经来到了邦伯跟前，邦伯的性命已经危在旦夕。正在这千钧一发之际，比尔博出手了，他扔出的石头咚的一声正中蜘蛛的脑袋，蜘蛛应声便从树上落下，扑通坠地，八条腿全都蜷缩了起来。

第二颗石头嗖的一声穿过一张大蛛网，扯断了蛛丝，把盘踞在蛛网中央的蜘蛛带了下来，啪嗒掉在地上，一命呜呼。接下来，蜘蛛们的领地内掀起了一场大骚乱，让它们暂时有点顾不上矮人们了。它们虽然看不见比尔博，却大致能猜测到石头飞来的方向。于是它们立刻以闪电般的速度摇摇晃晃地冲向霍比特人，并将蛛丝撒向四面八方，使得天空中似乎到处都是舞动的罗网。

不过，比尔博早就溜到别的地方去了。他灵机一动，想要把这些愤怒的蜘蛛引得离矮人越远越好，要让它们既好奇、激动，同时又愤怒。等大约有五十只蜘蛛冲到他之前所站的位置时，他又朝它们扔了几颗石头，还朝后面那些停下了脚步的其他蜘蛛也丢了几颗石头。接着，他一边在树林间跳着舞步，一边还唱起歌来，为的是要激怒这些蜘蛛，让它们全都跟过来追自己，同时，也让矮人们能够听见他的声音。

他唱道：

老胖蜘蛛在树上织网！
它看不见我呀，它又老又胖！
　　笨蜘蛛啊！笨蜘蛛！

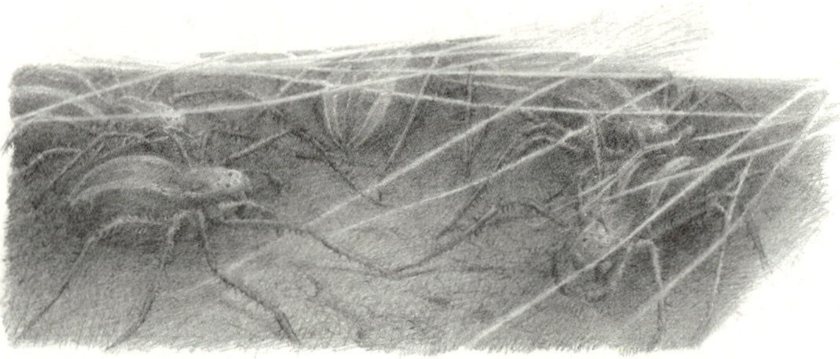

快停下，来找我吧，
别再织你的破网啦！

老笨蜘蛛胖又胖，
想找我，没方向！
笨蜘蛛啊！笨蜘蛛！
快从树上下来吧！
在树上可没法把我抓！

这首歌听起来也许不怎么样，不过大家得知道，那可是他在火烧眉毛的情势下现编的，而且再怎么说，它也的确达到了目的。他一边唱一边扔出了更多的石头，还用力跺脚，几乎把附近所有的蜘蛛都引出来追他了：有些蜘蛛拽着蛛丝垂到地上，有些在树枝上快跑，从一棵树摆荡到另一棵树上，或是对着黑暗的空间抛出新的蛛丝。它们辨认他声音方向的速度比他想像的快多了，这些蜘蛛生起气来是非常可怕的。除了被扔石头之外，蜘蛛也从来不喜欢有人骂它们长得胖，而“笨”更是对所有人来说都是一种侮辱。

比尔博又动作敏捷地来到了一个新的藏身之处，不过，这时有几只蜘蛛已经分别冲到了林中空地（这里平时就是它们生活的地方）的各处，开始在树干与树干之间织起网来。要不了多久，霍比特人就会被密密的蛛网给团团包围住了——至少蜘蛛是这么打算的。比尔博站在这群正忙于织网围捕的昆虫之间，鼓起勇气，唱起了又一首歌：

懒罗伯，疯卡伯，
织起网子想缠我。
我的肉儿甜又香，
可惜你们没口福！

我在这儿，顽皮小苍蝇；
你们真是胖又懒！
别看网儿织得欢，
休想让我往里钻。

唱到这儿他一转身，就发现两棵大树之间最后的空间被蛛网给封闭了，幸好那还不是已经完工的蛛网，只是仓促在树干与树干之间用双股的蛛丝来回扯出的几大条。他拔出短剑，将蛛网砍成碎片，唱着歌儿走出了包围圈。

蜘蛛们看得见宝剑（不过我估计它们并不知道那是什么东西），立刻便全体分地面和树枝上两路，杀气腾腾地朝着霍比特人奔来。它们毛茸茸的脚上下舞动，螯爪与丝囊啪啪作响，眼珠突出着，口边冒着白色的泡沫，一副怒气冲冲的样子。它们跟着比尔博一路追进森林，比尔博一直走到不敢走了为止，然后，他又用比老鼠更加无声无息的脚步偷偷溜了回来。

他知道，在蜘蛛们追烦了，回到悬挂矮人的树这里来之前，他只有非常宝贵的一点点时间，他必须在这点时间里把矮人们救出来。这个任务中最令人头痛的部分，就是要爬到那挂着许多矮人蛛丝捆的长长的树枝上去。如果不是有个蜘蛛碰巧留了一条蛛丝垂落下来，他可能根本就上不去。尽管蛛丝粘在了他的手上，还把他的手勒得生疼，他还是凭借着蛛丝的帮助，勉强爬了上去。可上去之后才发现，上面竟然有一只老态龙钟、体态肥胖的恶蜘蛛，它是被留下来看守这些俘虏的，此刻它正忙碌地东按按西戳戳，看看哪个俘虏最汁多味美，准备趁其他蜘蛛都不在的时候好好抢先一步享受美味大餐。不过比尔博急着办正事，没空与它多纠缠，因此，它还没回过神来，便觉得身上一记刺痛，随即掉落树枝丧了命。

比尔博接下来要做的是先松开一个矮人的束缚。他该怎么做呢？如果他切断蛛丝，可怜的矮人一定会扑通一声摔落到很下面的地面去。他小心翼翼地在树枝上爬着（这让所有可怜的矮人像成熟的果实一样晃动起来），来到了第一个蛛丝捆的跟前。

"不是菲力就是奇力。"他从蛛网边缘冒出来的蓝色帽尖推测。接着，根据从错综的蛛丝间伸出的长鼻子，他进一步判断道："应该是菲力吧！"他把身子凑了上去，把缠住他的大部分又黏又韧的蛛丝割断，然后，果然，一踢一挣之后，菲力从蛛丝捆里探出了大半个身子。菲力伸展蹬动着麻木的双臂与双腿，拼命从胳肢窝下的蛛丝中挣脱着，估计比尔博看见这番景象一定笑了出来，因为这实在是太像用线提着的木偶娃娃在跳滑稽舞了。

经过一番折腾后，菲力终于爬上了树枝，然后尽力协助霍比特人解救伙伴，尽管他的身体状况其实很不好。他身上还残留着蜘蛛的毒液，昨晚一晚上和今天一天都被挂在树枝上，身体被蛛丝缠得密密匝匝，只露出一个鼻子呼吸，因此这会儿感到有点头晕目眩。他花了好一会儿才把那些恶心的蛛丝从眼睛和眉毛上弄掉，至于胡子，则只能大部分都割掉了。两人开始携手把矮人们一个个拽上来，砍断蛛丝，将他们解救出来。这些人当中没有一个情况好过菲力的，有些甚至相当糟糕。有些人几乎连呼吸都停止了（大家看到了吧，长鼻子有时还是很有用的），有些人则是毒中得比较深。

他们就以这种方式救出了奇力、比弗、波弗、多瑞和诺瑞。可怜的老邦伯体虚乏力——因为他是矮人中最胖的一个，所以一直都被蜘蛛们按来戳去的——他只能一滚从树枝上滚了下去，扑通落到地上，躺倒不动了。所幸地上有厚厚的树叶，他并没有性命危险。可是，当蜘蛛们比之前更加怒火中烧地陆续回来时，树上还挂着五名矮人没来得及救下来。

比尔博立刻冲到最靠近主干的树枝旁，抵挡那些向上爬来的蜘蛛。他在救菲力的时候把戒指取了下来，后来就忘记再戴上了，所以蜘蛛们开始带着嘶嘶声恶狠狠地对着他说道："现在我们可看见你了，你这个可恶的小家伙！我们会吃掉你，把你的骨头和皮挂在树上。啊！他还有根刺哪，对不对？没问题，我们一样能抓到他的，到时候我们要把他脑袋冲下好好挂个一两天。”

这边战斗在进行的过程中，那边其他的矮人正在用小刀割断蛛丝，解救其余的俘虏。过不了多久，大家就能重获自由了，只是还不知道在那之后又会怎样。昨天晚上，蜘蛛们很轻易地就抓住了他们，但那是因为他们没有防备，而且又是在一片黑暗中，而这次看来双方要有一场恶战了。

突然间，比尔博注意到有些蜘蛛聚拢到了躺在地上的邦伯身边，又将他捆了起来，准备把他拖走。他大喝一声，对着眼前的蜘蛛挥剑砍去。它们快速向后退去，他趁机连爬带跌地下了树，正好落在那群蜘蛛的中间。他的宝剑对它们来说是一种以前从没见到过的刺，只见宝剑上下翻飞，当刺到蜘蛛们的时候，它发出了兴奋的闪光。片刻工夫，便有五六只蜘蛛在剑下丧命，其他的蜘蛛仓皇逃遁，把邦伯留给了比尔博。

“快下来！快下来！”他对着树枝上的矮人们喊道，“不要停在上面，再陷入蛛网！”因为他发现有许多蜘蛛聚集到了所有周边的树上，然后沿着树枝爬到了矮人们的头上。

矮人们或爬、或跳、或掉地从树上下来了，十一个人凑到了一堆，大多数人都摇摇欲坠的，两条腿派不上什么用场。算上可怜的老邦伯的话，十二名矮人终于团聚到了一起。老邦伯一边一个被人扶着，左边的是他的表弟比弗，右边的是他的亲弟弟波弗。比尔博在他们身边绕来绕去，挥舞着宝剑不停地砍杀，数百只愤怒的蜘蛛从四面八方瞪着他们，形势实在让人感到相当绝望。

斯杀开始了。有些矮人有刀，有些手里有棍子，所有的人都能拿得到石块，比尔博的手上则是精灵宝剑。蜘蛛们的攻击被一次次地打退，留下了许多尸体。但这样的局面维持不了多久了，比尔博已经几乎精疲力竭，而矮人之中只有四个能勉强站稳，不用多久他们就会像垂死挣扎的苍蝇一样因气力不支而被杀。蜘蛛们已经又开始在一棵棵树之间织起了天罗地网。

最后，比尔博别无选择，只能与矮人们分享有关他戒指的秘密。他对此觉得心有不甘，但这已经是形势所迫了。

“我马上就要消失了，”他说，“我会尽力把蜘蛛引开的，你们必须要聚在一起，朝相反的方向跑。最好是往那里的左边跑，那里大约能通向我们最后一次看到精灵营火的地方。”

矮人们的脑袋晕晕乎乎的，周围是一片叫喊声、棍棒挥舞声和投掷石头的声音，在这样的一团混乱中，实在是很难让矮人们理解他说的话。但比尔博觉得再也不能拖延下去了——蜘蛛们步步紧逼，不断缩小着包围圈。他突然戴上了戒指，在矮人们惊讶的目光中消失了。

很快，在右边的树林里面传来了“懒蜘蛛”和“笨蜘蛛”的喊声，这使得蜘蛛们很是惊惶。它们停下了前进的脚步，有些朝着声音传来的方向冲了过去。“笨蜘蛛”的称呼让他们在愤怒之下失去了理智。这时，比其他人多领会了一点比尔博计策的巴林，带着其他人发起了一次反攻。矮人们聚拢成一团，朝着左边的蜘蛛送出一蓬石头的弹雨，然后趁势冲出了包围圈。这时，他们身后比尔博的喊叫声和歌唱声突然停了下来。

矮人们一边热切地希望比尔博没有被蜘蛛们给抓住，一边脚下不停地继续前进。不过他们走得可不够快。他们的身体又累又难过，所以即使背后有许多蜘蛛穷追不舍，他们也只能是一瘸一拐，蹒跚而行。时不时地，他们必须要回过身来，与追上来的蜘蛛搏斗一番。有一些蜘蛛已经来到了他们头顶的树上，把又长又黏的蛛丝抛了下来。

就在形势再度陷入危急的时候，比尔博突然现身，从斜刺里出其不意地杀入到蜘蛛们的包围圈中。

“快走！快走！”他大喊道，“我来断后！”

他也真的做到了，只见他前冲后突，割蛛丝，砍蛛腿，如果有蜘蛛逼近，他就刺穿它们肥胖的身体。蜘蛛们满腔怒火，发出噼里啪啦的声音，口角吐着白沫，用嘶嘶声恶毒地咒骂着。但是，它们已经知道了刺叮的厉害，因此当它重现战团之后，就不敢逼得太近。因此，不管它们再怎么咒骂，它们的猎物还是缓慢而又持续地朝包围圈外溜走。这实在是一个让人感到无比煎熬的过程，持续了似乎有几个小时之久。但到最后，正当比尔博觉得再也抬不起手来作一下劈刺的时候，蜘蛛们突然放弃了，不再紧追不舍，而是满怀失望地回它们黑暗的领地去了。

矮人们这才注意到，他们已经来到了一个圈子的边缘，这里就是精灵营火曾经出现过的地方。不过，他们不能确定这是否就是他们昨晚见到的营火。不管怎样，这些地方似乎残留着一些善良的魔法，令蜘蛛们颇有忌惮。这里的天光更显翠绿，树枝也不那么浓密，少了些威胁的意味。他们终于有机会可以坐下来喘口气了。

他们在那里躺了一会儿，呼哧呼哧地喘着大气。但他们马上就开始好奇地提问了。他们让比尔博详细解释凭空消失是怎么回事，他找到戒指的经过让他们非常感兴趣，以至于让他们一时间忘记了自己的麻烦。巴林对此尤其有兴趣，缠着比尔博要他把咕噜的故事，包括猜谜语的详情和关于戒指的细节都再讲一遍。但过了一会儿之后，身边的绿光开始转暗，这时他们才想起问一些别的问题：这里到底是哪儿？原先的小径在何处？该到哪里去找些食物？接下来又该怎么办？他们一遍遍地问着这些问题，似乎期待着能从小比尔博那里得到回答。从这一点上你们就可以看出来，矮人们对于巴金斯先生的看法已经完全改变了，开始对他表现出了极大的尊敬（甘道夫早就说过会有这一天的）。他们真的认为他会想出好的计划来帮他们脱离困境，而不是窝在这里一味抱怨。他们心里明白得很，要不是霍比特人舍命相救，他们撑不了多久就没命了。他们对他谢了又谢，有几个矮人甚至站起身来，要给他来个九十度的鞠躬，结果因为腿软而倒在地上，一时之间爬不起来。尽管他们知道了神秘消失的真相，却一点也没有减少对比尔博的敬意，因为他们都明白，比尔博不仅

有好运气和一枚魔法戒指，还相当有急智——这三样可都是非常有用的东西。事实上，他们对于比尔博的称赞，让他也开始觉得自己真是个伟大的冒险者，尽管如果能有点东西吃的话，他还能变得更勇敢些。

可吃的东西真的没有，一点点都没有。众人之中没有一个适合去找食物，或是探路的。唉，那迷失的小径啊！比尔博疲倦的脑子里只想着这几个字。他坐在地上，望着眼前无穷无尽的树木发呆。没过多久，大家都不出声了，只有巴林例外。在其他人都已经停止了说话，闭上眼睛休息之后，他还在自言自语，自得其乐地笑着。

“咕噜！我的个乖乖！原来他是这样偷偷从我身边溜过去的？我总算知道了！巴金斯先生，你是戴着隐身戒指悄悄溜进来的？纽扣在门前的台阶上撒了一地！可爱的老比尔博——比尔博——比尔博——博——博——博——”然后他就睡着了，四周陷入了长长的死寂。

突然间，杜瓦林睁开了一只眼睛，朝周围的伙伴们扫了一圈。“梭林到哪儿去了？”他问道。

大伙儿感到无比震惊。对啊，这里只有十三个人：十二名矮人和霍比特人。梭林到底跑哪儿去了？他们开始幻想着梭林到底遭遇到什么样的厄运，究竟是着了魔法，还是遇上了邪恶的怪物呢？大家失神地躺在树林里打着寒战。随着傍晚渐渐变成黑夜，他们就这样一个接一个地睡着了。他们睡得都很不好，每个人都噩梦连篇的。由于病痛和疲惫，他们根本无力设置哨兵或是轮班守夜。我们暂时把他们放到一边，先来看看另一边的情形吧。

梭林被抓其实要比他们早得多。大家还记得比尔博在踏进精灵营火圈后倒头死睡的那一次吧？在接下来的那一次，轮到梭林第一个冲进去，因此在火光熄灭后，他也着了魔法，陷入了死睡。飘散在夜色中的矮人们的喧闹声，他们被蜘蛛抓住并捆起来时发出的叫喊，第二天战斗中的厮杀声，所有这一切他全都没有听见。然后，森林精灵们便找到了他，把他捆起来带走了。

当然，在林中宴饮的正是这些精灵。他们并不是什么坏家伙，如果说他们有什么缺点的话，那就是不信任陌生人。即便拥有很强的魔法，可在这些日子里他们还是非常小心翼翼。他们和西方的高等精灵不同，更具危险性，也没那么聪明。他们之中的大多数（加上他们散居于大小山脉间的亲族），都是从没有去过西方圣土的那些古老部族传承下来的。那些光明精灵、渊博精灵和海洋精灵，都去过西方圣土，并在那儿住了很多年，变得更美丽、更智慧、更博学，并且发明出他们自己的魔法，研究出如何制造美丽和神奇东西的技术，然后他们之中的一部分才重新回到这个世界来。在这个世界中，森林精灵在太阳和月亮的光华间游走，但他们最爱的还是星辰。他们会在今日早已绝迹的壮阔森林中漫游，且大多数居住在森林的边缘，在那里，他们有时进入森林狩猎，有时则在月光或是星光下驰骋于平原之上。在人类到来之后，他们越来越不喜欢光天化日了，不过，他们依旧是精灵，是善良的种族。

在距黑森林的东部边缘几哩之处有一座巨大的洞穴，此时里面居住着他们最伟大的国王。在他巨大的石门前，一道来自森林高地的河流蜿蜒而下，流进林木葱茏的平原旁的湿地。这个巨大的洞穴，在其每一边都有着数不尽的小洞穴，一直绵延到远处的地下，里面有许多通道和宽阔的厅堂。这地底世界远比半兽人居住的地方要亮堂、干净，没有那么幽深，也没那么危险。事实上，国王的臣民大多在森林中居住狩猎，他们居住的屋子多半在地面上或树枝间。山毛榉是他们最喜欢的树。国王的洞穴是他的宫殿，也是他收藏宝物的地方，更是他的同胞们对抗外敌的堡垒。

这里也是他们关押囚犯的地牢。因此，他们将梭林拖来了此处——态度不算太客气，因为他们不喜欢矮人，并且认为他是敌人。在古代，他们曾经指控有些矮人偷盗他们的宝藏，并且与他们进行了战争。不过这事儿要是不听听矮人们给出的不同说法便算不上公平。据他们的说法他们只是拿回了他们应得的东西，因为精灵国王和他们谈好了工钱，要求他们帮他打造金银器，可过后却拒绝付给他们报酬。如果说精灵国王有什么弱点的话，那一定是对财宝的贪恋，尤其是对白银和白色的宝石。虽然他已经收藏了许多的宝物，但他还是永不满足，因为他的宝藏还比不上其他远古精灵贵族那样丰富。他的子民不会开矿，也不会铸造金属或是打造珠宝，更懒得花工夫去做买卖或是种地。每个矮人都知道精灵与矮人的这段过节，虽然梭林的祖先与之一点关系也没有。因此，当身上的魔法被解除，梭林苏醒过来之后，他对于精灵们的态度很是气愤，他拿定主意，他们休想从他口中获得关于金子或珠宝的一个字儿。

在梭林被带到国王面前之后，国王严肃地看着他，问了他许多问题，但梭林只是一个劲儿地说他饿得要死。

"我的同胞们在欢宴时，你和你的同伙为何三次试图发起攻击？"国王问。

"我们没有攻击他们，"梭林回答，"我们是想来讨点吃的，因为我们饿了很久。"

"你的朋友们到哪儿去了，现在在干什么？"

"我不知道，不过我估计他们大概还在森林里挨饿呢。"

"你们在森林里面干什么？"

"找食物和饮水，因为我们饿了很久。"

"可你们当初为什么会进森林？"国王愤怒地问道。

对于这个问题，梭林闭上嘴，一个字也不愿回答了。

"好极了！"国王说，"把他带走，好好看管，等他到愿意说实话为止，哪怕等上一百年。"

精灵们用皮带将他绑起，把他关进了装有结实木门的最幽深的洞穴之一，然后就走了。他们留给了他很多吃的喝的，虽然不见得有多好，但数量却很多。森林精灵们毕竟不是半兽人，即便是对待成为阶下囚的死敌，也还保持得体的举止。

惟一会让他们毫不留情的就只有那些大蜘蛛了。

梭林就这么躺在国王的地牢中。在他心存感谢地用过了面包、肉和水之后，他开始担心起那些不幸的朋友们的处境来。过不了多久，他就能知道了，不过，这是发生在下一章的事情，那是又一场冒险的开端，霍比特人将再次让人领略到他的大用处。

第九章

乘桶而逃

Barrels Out of Bond

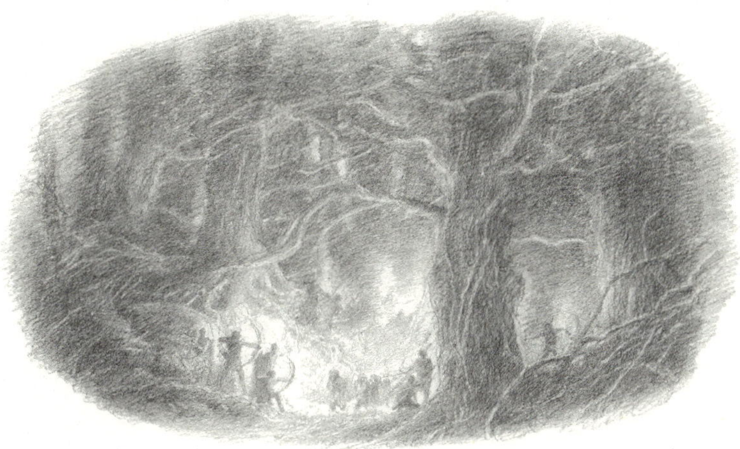

在与蜘蛛大战的第二天，比尔博和矮人们决定拼尽最后的力气，在饿死或渴死之前，再探一次出去的路。他们爬起身来，朝着以八票对五票被认定是小径的方向踉踉跄跄地前进，但是他们一直也没能发现自己是不是走对了。森林中一如既往的那种昏暗的白天又缓缓地蜕变成了漆黑的黑夜，然而正在此时，许多火把的光突然出现在他们周围，如同几百颗红色的星星。森林精灵们拿着弓箭和长矛跳了出来，命令矮人们停下。

他们根本就没想过要抵抗。即使矮人们不是身处这种筋疲力尽的状态，他们其实也很高兴被抓，因为，他们身上惟一的武器就是小刀，这和精灵们能在黑暗里射中小鸟眼睛的弓箭根本无法对抗。于是他们老老实实地停了下来，坐在地上等着——只有比尔博是例外，他飞快地戴上戒指，躲到了一边。也正是因为这样，当精灵们将矮人们绑成一长串，一个挨一个，整队清点的时候，他们没有发现，也没有点到霍比特人。

精灵们擎着火把，领着他们的俘虏在森林中行进，一点也没有听见或感到比尔博随着火光跟在他们的身后。每个矮人都被蒙住了眼睛，不过其实蒙不蒙也没什么两样，因为即使是睁着眼睛的比尔博也弄不清他们是在朝什么方向行走，况且，他和矮人们连出发地点的方位也还一无所知呢。比尔博使尽全力方能勉强跟着火把前进。矮人们虽然又病又累，但精灵们还是毫不客气地赶着他们用最快的速度前进，因为国王命令过他们要尽快赶回。突然，火把停了下来，霍比特人在他们开始过桥之前刚好赶上了他们。这就是越过宫殿门口河流的桥梁，桥下的水又黑又深又急，桥对面是几道门，门后是一个巨大洞穴的入口，洞穴直通向一面覆满苍翠树木的山坡。坡上的山毛榉一直延伸到河岸边，直到把树根伸进河水中。

精灵们推着俘虏走过桥，跟在后面的比尔博却迟疑了。他一点儿也不喜欢山洞洞口的样子。他在心中挣扎了好久，才决定不能抛下朋友们，并赶在最后一名精灵身后走进洞去。他刚一进洞，大门就当的一声关上了。

洞穴里的通道点着红红的火把，精灵卫兵们边走边唱，通道蜿蜒曲折，回响着卫兵们的歌声。这些通道和半兽人城市中的不同，比他们的要小，没有那么深入地下，空气也清新一些。精灵国王坐在大厅中，大厅的廊柱都是从石头中砍削出来的，国王的宝座是一把雕花的木椅。由于时序已来到秋天，所以国王头顶戴的是一顶野莓和红叶编成的王冠。在春天，他会戴由林中花朵编成的花冠。他手中拿着的是一根橡木雕成的权杖。

俘虏们被带到国王面前。虽然他板起脸来望着他们，但看见他们衣衫褴褛，身心疲惫，还是命令手下给他们松了绑。“反正在这里也不需要绳索，”他说，“人只要带了进来，就绝对无法从我的魔法大门逃脱。”

他花了很长时间，仔仔细细地盘问了矮人们，问他们在做什么，要到哪儿去，又是从哪儿来的，不过并没有能得到多过从梭林那里得来的信息。矮人们个个犟头倔脑、怒气冲冲，连面子上的礼貌都不想装。

“国王啊，我们到底做了什么？”剩下这些人中最年长的巴林问道，“在森林中迷路，又饥又渴，还堕入了蜘蛛的陷阱，这难道犯了罪吗？这些蜘蛛难道是您豢养的野兽或宠物，杀死它们便触怒了您吗？”

这样的质问当然使国王恼怒无比，他回答道：“未经许可在我的领地里闲逛就是犯了法。你难道忘记了，你们是在我的国度里，使用我的同胞所铺设的道路吗？你们难道不是三次在森林中追逐、骚扰我的同胞，并以你们的骚动与喧哗惊醒了森林中的蜘蛛吗？在你们惹下这么多麻烦之后，我自然有权知道你们的来意，如果你们现在不愿意说，我就把你们关进牢里，一直关到你们学会讲道理和礼貌为止！”

然后，他就命令将每个矮人都关进单独的牢房，给他们食物和饮水，但严禁他们走出牢门一步，直到他们之中至少有一个肯告诉他他想要知道的事情为止。不过，他并没有告诉众人梭林也被他关了起来，这是稍后才由比尔博发现的。

可怜的巴金斯先生——这可真是一段漫长而又难熬的时间啊！他独自一人住在那个洞穴中，躲躲藏藏，一直不敢拿下戒指，即使是躲在最黑暗、最偏远的角落时，也几乎不敢睡觉。为了打发时间，他开始在精灵国王的宫殿中到处转悠。大门虽然被魔法封锁了，但只要他速度够快，有时候还是能出得去的。大群的森林精灵，有时在国王的带领下，会骑马出去打猎，或是去森林中和东方的平原那里办事。只要比尔博身手够灵活，他可以跟在他们身后偷溜出去，尽管这是很危险的。不止一次，他差点在最后一名精灵走出去的时候被大门夹住。但他不敢走到精灵们中间，因为他的影子（虽然在火把照耀下显得很细，而且摇摆不定）会在光线下现形。而且，他也害怕因为被撞而遭发现。在不多几次的出门经验中，他也没有什么新发现。他不愿意舍弃这些矮人，事实上，如果没有他们，他也不知道该往何处去。他不可能徒步跟上狩猎的精灵，因此从来也没能找到离开森林的路。每当他偷溜出洞穴的时候，都只能孤苦无依地在森林里面来回转悠，担心会迷路，苦苦地守候回去的机会。他不会狩猎，因此在洞外只能挨饿，而在洞里倒还能趁人不注意，靠着从仓库或桌上偷来的食物维生。

“我就像一名永远逃不走的飞贼，只能日复一日地在同一间屋子里面偷东西！”他想，“在这场倒霉、疲惫而又难过的冒险中，这真是最无聊、最难熬的一段了！我真希望能回到自己的霍比特洞府，坐在温暖的炉边，沐浴在油灯的光芒里！”他也经常希望能想办法给巫师送去求救的信息，但这当然是完全不可能的。他不久就意识到，如果必须要做点什么的话，只能靠巴金斯先生自己来做，而且是单枪匹马、独立无援地来做。

最后，在过了一两个星期偷偷摸摸的日子之后，他通过对卫兵的监视与跟踪，利用一切能得到的机会，终于查出了所有矮人被囚禁的地方。他发现了位于宫殿中十二处不同地点的关押他们的牢房，而且在经过一段时间之后，也摸熟了整个宫殿的地形与方位。出乎他意料的是，有一天，他从偷听守卫之间的交谈发现，还有另外一个矮人被关在一处特别幽深、特别黑暗的牢房里，他当然立刻就猜到这个矮人是梭林，而且不久就发现自己的猜测是正确的。最后，在经历了许多困难之后，他终于在四下无人的时候找到了那处地方，和矮人首领说上了话。

梭林情绪沮丧，已经连对自己的不幸发怒的劲头儿都没有了，甚至已经开始考虑要把宝藏和探险的事对国王和盘托出了（由此可见他的情绪有多低落），而就在这时，他从钥匙孔里听见了比尔博细小的声音。他简直不敢相信自己的耳朵，然而没过多久他就确定了自己没有弄错。他走到门口，用压低的声音与门另一边的霍比特人说了半天的话。

比尔博秘密地把梭林的讯息传递给了每个被单独囚禁的矮人，告诉他们梭林也被囚禁在附近，叫大家不要把他们此行的目的告诉国王，而大家在梭林的讯息传到之前，也没有一个人招供的。这是因为，梭林在听了霍比特人是如何从蜘蛛手中救出他的伙伴之后，重新振作了起来，决定顶住压力，不靠许诺给国王分一份财宝来换取自己的自由，除非所有逃跑的希望都已破灭，或是了不起的隐形人巴金斯先生（此时他已经对霍比特人敬佩有加了）彻底想不出聪明的计划来了。

其他的矮人在接到讯息后都对此表示同意。他们都觉得，如果被森林精灵占去一部分的话，自己的那一份宝藏（虽然他们此时身处困境，而且还有恶龙等着要征服，但他们已经认定宝藏是属于自己的了）一定会大幅缩水，再说他们全都十分信任比尔博。瞧，甘道夫所预言的果然发生了吧！或许这也正是他离开他们的原因所在。

比尔博呢，他一点儿也没有矮人们那样对未来充满希望。他并不喜欢被所有人倚赖的感觉，他希望巫师能在身边。不过，这样想是没用的，他们之间说不定隔了有一整片黑森林呢！他坐下来想了又想，脑袋都快想爆了也没想出什么好主意来。一枚隐形戒指的确是件不错的宝物，但要靠它救出十四个人就有点不够用了。不过话又说回来了，你们肯定已经猜到了，他最后肯定救出了所有的同伴。没错，下面就是他怎么办到的过程。

有一天，比尔博正在四处探看的时候，发现了一件非常有趣的事情：施了魔法的大门**并非**是洞穴的惟一入口。在宫殿地势最低的地方有一条河流流过，最后越过入口处的斜坡，在东方和密林河汇流，而在这道地下水流出洞穴的地方有个水门。那里的洞顶十分低矮，和水面挨得很近，在那儿装了可以直落河床的铁闸门，以防有任何人从这里进出宫殿。不过，这道铁闸门经常是开着的，因为这里是他们的交通要道。如果有任何人从这一边进来，他会发现自己身处在一段黑暗粗糙、直通地底的隧道。不过在隧道经过洞穴下方的某处，隧道的顶上被凿开，装了结实的橡木活板门，一直向上通到国王的酒窖，那里放的除了酒桶还是酒桶。因为森林精灵们，尤其是他们的国王非常喜欢喝葡萄酒，而他们住的这一地区没有种植任何葡萄，葡萄酒和其他的货物，都是从很远的地方运来的，来自他们南方的同胞，或是遥远平原上的人类酒庄。

比尔博躲在一个最大号的桶后面，发现了这些活板门的存在和它们的用处。从国王仆人们之间的交谈，他知道了葡萄酒等货物，都是从长湖沿着河流逆流而上或是走陆路运过来的。听起来，那里还有一座相当繁华的人类城镇，这座城镇建在湖中，靠着桥梁对外交通，以此保护小镇免受各种敌人（尤其是来自山中的恶龙）的攻击。这些桶子就是从长湖沿着密林河运上来的。这些桶子常常被绑在一起组成大木筏，用篙或桨划上来；有时则装在平底船上运来。

等桶子卸空以后，精灵们会将其从活板门丢下来，打开水门，桶子就会浮在水面上，沿河水一直流到下游一个河岸突出之处，靠近黑森林的最东缘。那里，有人会把桶子收拢，将它们绑到一起，漂回湖心小镇，即靠近密林河流入长湖的入口。

比尔博坐在地上，盘算着这道水门是否能用来供他的朋友们逃脱。最后，他脑子里渐渐有了一个铤而走险的计策的雏形。

晚餐已经送到了囚犯们那里，守卫们沿着隧道离开，把火把的光芒也一起带走，把一切都重新抛回到黑暗中。比尔博听见国王的总管在向守卫队长道晚安。

"跟我来吧，"他说，"尝尝刚送来的新酒。今天晚上我有得忙了，要把酒窖里的空木桶都清理掉，所以我们俩先喝一杯，好有力气干活儿。"

"好嘞！"守卫队长笑着答应道，"我和你一起去尝尝，看看这酒够不够格上国王的餐桌。今晚上有场宴会，要是送上的是烂酒可不行！"

闻听此言，比尔博不由得心头一阵猛跳，因为他发现好运果然还是跟着他的，他马上就有机会来试一试他那个铤而走险的计划了。他跟着这两名精灵，看到他们走进一个地窖，在桌边坐了下来，桌上放着两个大杯子。很快，两个人就有说有笑地喝起酒来。当时跟着比尔博的运气还不是一般的好，因为只有非常有劲的酒才能够让森林精灵喝醉，而这桶酒看来是产自多温尼安大酒庄的葡萄酒，很容易上头，不是平常给仆人和士兵喝的淡酒，而是专供国王宴会上用的，需用小杯啜饮，不能用总管的大杯牛饮。

没过多久，守卫队长就开始耷头耷脑了，最后趴在桌上睡死过去了。总管根本没注意到对方，继续在那里说着笑着，但不久他的脑袋也耷拉到了桌上，后来他也睡着了，靠在他朋友身边打起鼾来。霍比特人悄悄溜了进去，队长身上的钥匙立刻就到了他手里，比尔博沿着过道飞快地朝各处牢房奔去。这一大堆钥匙坠得他胳膊沉甸甸的，即使比尔博戴着戒指，他还是感到提心吊胆的，因为钥匙时不时地会不可避免地互相撞击，发出“叮铃当啷”的声响，每次都把比尔博吓得浑身一震。

他首先打开了巴林的门，等矮人一出来，他又小心翼翼地把门重新锁好。巴林有多吃惊你完全可以想像得到，但得以离开狭小而又令人厌倦的石牢让他很是高兴。他想要停下来问些问题，了解一下比尔博想做什么，以及整个的计划。

“现在没时间！”霍比特人说，“你只管跟着我就行了！我们一定要集合在一起，绝对不能冒险分散。要么不走，要走就得大家一起逃出去，这是我们最后的机会了。如果我们被发现了，天知道国王接下来会把你们关到哪里去，而且我估计还得给你们戴上手铐脚镣。别争了，听话！”

然后，他就一个接一个地把伙伴们救了出来，最后，他的身后聚齐了十二个人——大家的动作都有点木，那是因为他们置身黑暗，长期处于监禁之中。每当他们之中有人在黑暗中撞到了别人，或是咕哝和小声说话，比尔博的心就怦怦直跳。“这些爱吵吵的死矮人！”他自言自语道。不过一切进行顺利，一路上没有遇到任何守卫。事实上，那天晚上在外面的森林和上面的大厅里都在举行盛大的宴会，国王几乎所有的手下都在饮酒作乐。

踉踉跄跄地走了好一阵之后，他们终于来到了梭林的牢房，它位于宫殿的最深处，幸好离酒窖还不算太远。

“真的！”当比尔博低声请他离开牢房与伙伴们会合时，梭林说，“甘道夫果然又说对了，在时机到来的时候，你的确成为了一个出色的飞贼。不管今后会发生什么事，我们永远都会乐意为你效劳的。接下来要怎么做？”

比尔博认为到了该向大家说明计划的时候了，但他吃不准矮人们是否能接受这个计划。他的担心不是没有道理的，矮人们果然一点也不喜欢这个计划，开始大声抱怨起来，也不管此刻正身处险地。

“我们一定会碰撞得全身散架，还会淹死，一定的！”他们嘀咕道，“看你拿到了钥匙，我们还以为你想出了理智的计划来呢。这个主意实在太疯狂了！”

“好吧！”比尔博觉得非常丧气和恼怒，“全都给我回到你们舒适的牢房里去吧，我会替你们锁上门，你们就舒舒服服地坐在那里，慢慢想一个更好的计划吧——不过我觉得我可不一定能再拿到钥匙了，就算我还愿意再尝试的话。”

这可是他们所不能接受的，因此他们全都冷静了下来。最后，他们当然还是只能遵照比尔博的建议去做，因为要想从上面的宫殿里逃脱显然是不可能的，从用魔法封印的大门杀出去也不可能。在通道里抱怨个不停，然后被人再抓回去，这对谁都没好处。所以，他们就跟着霍比特人，悄悄地潜入最底下的酒窖。他们经过一扇门，从门缝朝里看去，依旧可以看见总管和队长挂着微笑，开心地打着鼾熟睡着。多温尼安的葡萄酒给他们带来了深深的好梦。不过估计守卫队长的脸上到了第二天就会挂上截然不同的表情了，尽管比尔博在离开之前好心地偷溜回去，把钥匙挂回了队长的腰带。

“这至少会让他陷入的麻烦稍微减少一些。”巴金斯先生自言自语道，“他不是个坏人，对囚犯也很过得去。这会让他们摸不着头脑的。他们会以为我们拥有极强的魔法，能够穿过那些紧锁的大门而消失。消失！要真想消失的话，我们可必须要加紧了！”

巴林被安排盯着守卫队长和总管，如果对方醒过来了，就向大家发出警报。其他人则进入装有活板门的酒窖内。时间非常紧，比尔博知道，过不了多久就会有精灵奉命下来，协助总管把空木桶通过活板门丢入河水中。这些木桶其实已经排成排放在了地板中央，就等人来将它们推下去了。有些桶是装葡萄酒的，这些桶没多大用处，因为要想从两头打开的话非得折腾上半天，还得弄出很大的响动，而且也很难再关上。不过，这些桶当中还有一些是用来装运送往王宫的其他货物的，比如奶油、苹果之类的。

他们很快就找到了十三个能装得下矮人的木桶。事实上，有些桶还稍嫌大了些，矮人们爬进去之后就开始担心接下来要承受的晃荡与撞击。因此，比尔博还费尽心思找来了稻草之类的东西填进去，让他们在短时间里尽可能的舒服一点。最后，十二名矮人都装进了桶里。梭林的麻烦最多，他在木桶里扭来转去，抱怨个不停，就像是被关在小笼子里面的大狗。最后一个进来的巴林为通风孔的事烦了半天，盖子都还没关上，就开始说他透不过气来了。比尔博尽自己所能地帮大家塞好木桶边上的洞，确保所有的盖子安全地盖紧。现在他又只有一个人了，跑过来跑过去地进行着扫尾工作，希望自己的计划能够成功实施。

他的工作完成得刚好及时。在巴林的盖子盖上仅仅一两分钟之后，就传来了精灵们的说话声和火把的光芒。几个精灵说笑着走进酒窖，哼着断断续续的歌。他们是从上面的欢宴中走出来的，一心想着要快点回去。

“总管老加理安到哪儿去了？”一个人说，“今晚我没在餐桌上看到他。他应该到这儿来指点我们该干些什么才对。”

“如果那个老磨蹭鬼迟到的话，我可要生气的。”另一个人说，“我可不想在歌儿唱得欢的时候，跑到下边来浪费时间！”

“哈哈！”有人大喊道，“老混蛋在这儿呢，枕着酒壶睡着啦！看来他和他的朋友队长两个在这儿举办自己的小宴会呢。”

“摇他！把他弄醒！”其他人不耐烦地喊道。

被摇醒的加理安很不高兴，而被人嘲笑更是让他受不了。“你们都来迟了，”他嘀咕着，“我在这边等了又等，你们在上面又吃又喝，只顾玩乐，把要干的活儿都给忘了，我因为太累而睡着了，这不是很正常吗！”

“正常，”他们调侃道，“看你手边有个酒杯就知道有多正常了！在我们开始干活儿之前让我们也尝尝那让你睡着的东西吧！不用叫醒那边的那个看守啦，看他那样子，准是也喝了不少。”

于是他们全都喝了一轮，情绪也突然变得高亢起来。不过，他们还没醉到失去理智的程度。“拜托啊，加理安！”有些人大喊道，“你大概早就开始喝了吧，都喝糊涂了！你怎么把满桶当成空桶给堆在这儿啦，这么沉。”

“老老实实给我干！”总管吼道，“爱偷懒的醉鬼搬什么都觉得重。就是这些木桶，不会有错的，照我说的做！”

“好吧，好吧，”他们边说边把木桶滚进活板门的开口，“如果国王装黄油的满桶和他最好的酒都给推到了河里，让那些住在湖里的人不花钱就能美餐，国王怪罪下来，反正掉的是你的脑袋！”

滚——滚——滚——滚，
桶子往洞里滚！
用力推！扑通掉！
掉下水，沿河一路往下跑！

随着他们的歌声，第一个桶，接着又是一个桶滚过活板门，掉进了几呎下面冰冷的水中。有些木桶真是空的，而有些则巧妙地装了矮人。它们全都一个接一个地落到下面，发出扑通扑通的声音，砸出一朵朵的水花，掉落到水里，与隧道的壁碰擦着，彼此撞击着，顺着水流上下起伏着朝下游漂去。

就在此时，比尔博突然发现了自己计划中的缺陷。大家很可能在更早一点之前就已经发现了，并且一直在笑他，不过，如果大家换到他的处境，只怕还做不到他一半那么好。这个缺陷就是他自己不在桶里，而且即使有机会，也没有人来把他装进桶里去。看来这次他真的要失去所有的朋友了（大部分的木桶已经穿过漆黑的活板门消失了），他被孤零零地撇了下来，以后只能东躲西藏，成为精灵洞穴中永远的飞贼。即使他现在能够马上从大门逃出去，再找到矮人们的机会也十分渺茫。他不知道要怎样才能从陆路前往收集桶子的地方，也不知道这些家伙少了他之后会发生什么样的事情，遭逢什么样的厄运，因为他还没来得及告诉矮人们他所发现的情报，以及等他们出了森林之后他计划要做的事。

在所有这些想法闪过他脑际时，心情愉快的精灵们已经来到了通往河水的门边，开始唱起歌来。早就有人拉起了水门的铁闸，好让木桶漂下来的时候直接出洞。

朝着那片曾经熟悉的土地
沿着湍急的黑水一路漂！
离开深山中的厅堂和洞穴，
离开北方的山脉陡如刀削，
那里的森林宽广昏晦，
整日被阴冷的暗影笼罩！
漂啊漂，漂过树的世界，
漂进微风，听它低声絮叨，
越过灯芯草，越过芦苇，
越过湿地中摇曳的野草，
穿过迷离的白雾，
升起自那夜晚的池沼！
紧紧跟随那跃上天际的星辰，
夜空如此清冷，如此陡峭；
在曙色降临大地时转弯，
越过急流，再把沙洲身后抛，
一路向南，一路向南！
要把太阳和白昼来寻找，
回到牧场，回到绿原，

去看牛群安详地吃草！
回到山坡上的花园，
浆果正在膨胀，把浆汁灌饱，
可爱的阳光啊，可爱的白昼，
我们向着南方漂，向着南方漂！
朝着那片曾经熟悉的土地
沿着湍急的黑水一路漂！

现在，最后一个桶也已经滚到活板门口！可怜的比尔博在绝望和无奈之下抓住了木桶，和木桶一起被推下了活板门。扑通一声，他掉进了冰冷而又黑暗的水中，木桶一转，变成压在了他身上。

一通折腾后他又冒出头来，像老鼠一样攀住了木桶，可不管他怎么努力，就是无法爬到桶上面去。每次他刚一开始用力，木桶就滚动起来，又把他压到了水里。这只桶真的是空的，因此像只软木塞一样浮在水面上。虽然他的耳朵里都是水，但还是可以听见精灵们在上面的酒窖中唱着歌。接着，那门轰的一声朝下打开，歌声随即消失。他置身黑暗的隧道之中，漂浮在冰冷的河水中，孤单单的一个人——之所以没把他的朋友们算在内，是因为他们全都是待在桶里的，比他要好过许多。

不久，前方的黑暗中出现了一块灰色的亮光，他听见水门吱吱嘎嘎升起的声音，同时也发现自己正身处在一大堆翻滚

跳跃着的各式木桶之间，这些木桶挤在一起，要经过出口处的拱形门，这样才能来到外面露天的河面上。他竭尽全力地躲闪着，不让自己被这些桶给撞成碎片。但到最后，拥挤的一大堆开始散开，一个一个地经过石头拱门朝外漂去。这时，他才发现，即使自己刚刚爬上了木桶也只是白费力气，因为隧道的高度到了拱门处突然降得很低，在它和木桶的顶端之间根本没有多少空间，哪怕是身材瘦小的霍比特人也过不去。

出了拱门之后，他们在两岸低拂的树枝底下漂流。比尔博不知道其他的矮人此刻感觉如何，是不是有很多水渗进他们的木桶里头？有些漂近他身边的木桶看来吃水相当深，他猜这多半是装着矮人的桶。

“希望我把盖子盖得够牢！”他想，但不久之后，他就自身难保，没空再去顾及这些矮人了。他勉强把头保持在水面上，但冰凉的河水让他全身发抖。他不知道在运气转好之前自己是否就会被冻死，自己还能像这样再支撑多久，又应不应该冒险放掉木桶，然后游到岸上去。

运气没过多久就转好了：打着旋的水流在某个点上把几个木桶冲到靠近岸边的地方，有那么一会儿它们被藏在水下的树根给抵住了。这时，比尔博瞅准机会，趁着木桶互相顶在一起比较稳定的时候，爬到了木桶上面。他浑身湿透地趴在桶上，手脚伸开，尽力保持着平衡。微风虽然也有点凛冽，但总比河水好多了。他希望自己在木桶重新开始航程的时候，不会突然又滚下去。

不一会儿，木桶相互散开，打了几个转以后，又开始沿河而下，并且进入了主流之中。这时比尔博发现，要保持身体的平衡果然和他所想的一样困难，但他还是勉强办到了，只是身体姿势相当不舒服。幸运的是，他身体很轻，而木桶也够大，再加上有点漏，里面已经装了一点水，因此重心还算稳。这种感觉就像是在骑一匹没有马鞍和马镫又肚皮滚圆的小马，而小马还时时刻刻想要在草地上打滚儿。

就这样，巴金斯先生终于来到了一处两旁树木都比较稀疏的地方，他看见树木之间的天空比在森林里时要苍白了许多，黑暗的河流突然间变得开阔了，并且和国王洞穴大门前流出的密林河交汇到了一起。这里的河面虽然还有点黯淡，但已经不再为阴影所笼罩，光滑的水面上居然跃动着云朵和星光残缺的倒影。然后，密林河的急流又将所有木桶冲到了北岸，在那里有一整片冲积出来的沙洲，东边则是由一整块岩石作为屏障，阻挡了河水的流动。大部分木桶都被冲上了这个沙滩，只有几只继续向着巨岩撞去。

两边岸上都有人在守望，他们很快用杆子将木桶收拢到一处，点完数后用绳子扎起来，然后等明天早上再来处理。可怜的矮人们啊！比尔博现在的境况已经比之前好多了。他从木桶上溜下来，涉水来到岸上，又偷偷来到了岸边的屋子，那是他在水边就能看到的。只要有机会，他会毫不犹豫、不邀自来地吃上一顿晚餐。他处于这种难以忍受的状态已经很久了，彻底地领教了饥饿的滋味。所以现在的他已是饥不择食，不会对食品储藏室中装得满满的美味仅仅表示出礼貌的兴趣。透过一片小树林他还发现了一堆营火，这对于穿着破衣烂衫，浑身湿答答的他来说，真是十分诱人。

这里就不需要再跟大家详细描述他当晚的经历了，因为东行的旅程已经接近尾声，冒险来到了最后也是最刺激的部分，所以我们必须加快一点讲故事的进度才行。当然，凭着戒指的帮助，他一开始进展顺利，但到了最后，由于他无论走到哪里或坐在哪里都会留下水滴和湿湿的脚印，所以他被这些印迹给出卖了。何况他又开始打喷嚏了，不管他躲到哪里，最后都会因为他那捂着的喷嚏声像爆炸一样响而被人发现。很快，这座河边的村庄就陷入了一场骚动，不过，比尔博还是带着不属于他的一条面包、一皮囊的酒和一个派逃进了森林。在夜晚剩下的时间里，他都无法再靠近任何火堆，只能湿答答地度过，不过那瓶酒帮他渡过了难关。事实上，他那晚还躺在一些干树叶上打了个瞌睡呢，尽管季节已经快来到了冬季，晚上的天气已经颇有些寒意了。

他醒过来的时候打了个超大的喷嚏。天色已经蒙蒙亮了，河边已经人声嘈杂起来。精灵们开始将木桶整理好，扎成木筏，而木筏精灵马上就会驾着它们顺流而下前往湖中的城镇。比尔博又打了个喷嚏。他身上不再湿答答了，但他觉得浑身发冷。他用冻僵的双脚拼命地奔跑，总算在出发前的一团混乱中，神不知鬼不觉地混上了木筏。所幸的是当时还没有什么太阳，不会在他身后拖下一道尴尬的影子，而且老天可怜他，让他有好一会儿没有再打喷嚏。

站在木筏上的精灵用长篙使劲撑着，而站在浅水中的精灵们则有的推有的拽，将木筏推离岸边。木桶现在全都被捆扎在一起，磨来蹭去，吱嘎作响。

“这次的木筏可真重啊！”有人抱怨道，“它们吃水太深了，有些木桶肯定不是空的。如果是白天漂过来的话，我们说不定还能有空打开看看。”他们说。

“现在反正没时间啦！”撑篙的人说，“快推吧！”

木筏终于漂离了岸边，一开始很慢，直到来到那块巨岩旁，站在那里的精灵们用长竿将木筏推开，然后木筏就进入了主航道，越走越快，向着河下游的长湖漂去。

他们终于逃出了国王的地牢，也走出了森林，但他们的生死究竟如何，还得接着往下看才能知道。

第十章

热情的欢迎

A Warm Welcome

一路漂去，天色越来越亮，天气也越来越暖和。过了一阵子之后，在他们的左侧出现了一个陡峭的山肩，在它那如同内陆悬崖一般的岩脚下，那里的河水最深，不停打着旋，冒出白色的泡沫。然后突然间，山崖就消失了，河岸向下沉去，树木也不见了。这时，比尔博看到了这样一幅景象：

地势变得一片开阔，河流的水向四周散开，沿着百多条蜿蜒的路径流向旁边的陆地，在有些地方蓄积成了沼泽与池塘，小小的岛屿在其间星罗棋布。不过在正中的地方，依旧有条粗壮的主流持续地往下奔流。在遥远的地方，河水黑黑的尽头直插进云堆中的地方，隐隐现出了那座山的身影！它的西北方向与其毗邻的地区，以及将大山与这一地区连接起来的低地你都无法看见。它孤傲地矗立着，隔着沼泽远望着黑森林。那就是孤山！比尔博走过了迢迢长路，经历了重重艰险才见到了它，但他却一点儿也不喜欢它的样子。

他倾听着驾木筏的精灵们的谈话，把从他们那儿听来的只言片语拼凑起来，他很快就明白了，他能够看到孤山的全貌是多么幸运，即便是从这么远的距离。尽管困在精灵洞穴中令他身心疲惫，而他此刻所处的位置也不太舒服（位于他脚下的矮人们就更别提了），但他其实要比自己所认为的幸运得多。对方谈论的都是在水路上往来的贸易，以及这条河上日益增加的交通，因为从东方通往黑森林的道路早已荒废，不复使用了；他们还谈到了长湖上的人类和森林精灵们对密林河和两岸的维护。自从矮人离开孤山之后，这一片地区已经有了很大的变动，那个年代对于目前的人们来说只是一个非常模糊的传说。即便在最近这些年里，从甘道夫上次听到这片地区的消息以来，这里也已经有了变化。洪水和大雨让往东的河流变得更加汹涌，其间还有一两次地震（有些人会将此归咎于恶龙——他们在提到它的时候往往以一句骂人话来指代，或者对着孤山的方向不怀好意地点点头）。河道两旁的沼泽和泥塘不停地扩张，道路就这样消失了，路上的骑马者和漫步者也少了很多，如今几乎没多少人想要来寻找消失的路径了。贝奥恩之前所建议的那条精灵道路，到了森林东边也很少有人走了，通不通都很成问题。如今想从北边的黑森林边缘到达孤山脚下的平原，就只有这条河流还算是一条安全的通路，由森林精灵的国王派人守卫着。

因此，大家看到了，比尔博最后踏上的其实是惟一可行的道路。关于道路荒废与变动的消息已经传到了甘道夫耳朵里，他听了之后很是不安。他此刻正在忙着办完其他的工作（具体内容与本故事无关），然后就准备来寻找梭林和伙伴们。对于躲在桶子上浑身发抖的巴金斯先生来说，这或许能给他带来一些安慰，但可惜的是，他当时并不知道这一点。

他只知道这条河似乎不停地向前延伸，永远没个头。他很饿，鼻子因为受凉被堵住了，而且他越靠近孤山，就越觉得那座山脉似乎在对他皱眉，威胁着他。不过，过了一阵子之后，河水略往南边偏转，孤山又朝后退了下去。到了那天稍晚些时候，河岸渐渐变成了岩石，大河也把它漫流向四周的河水给收了回来，变成了一股又深又急的洪流，令他们朝着目标高速航行。

当密林河又往东急弯，流入长湖的时候，太阳已经落山了。那里有一个宽阔的湖口，两边有着像石崖一样的大门，大门脚下堆满了鹅卵石。这就是长湖啊！比尔博之前从来没想到过，除了大海之外，还会有这么壮阔的水。湖面如此开阔，令对岸看上去又小又遥远，但它又是如此的长，其指向孤山方向的最北端甚至根本看不见。比尔博只是从地图上才知道，在那里，星光已经在闪烁，奔流河从山谷中流下，和密林河一起把水灌注进了这个以前必定是深邃山谷的地方。在湖的南端，两河汇流之后又流溢而出，构成高高落下的瀑布，奔流向

未知的土地。在寂静的夜晚中，瀑布的响声如同遥远的低吼传进人们的耳朵中来。

距离密林河入湖口不远的地方，就是比尔博听精灵们在国王的酒窖里提到过的那个奇怪城镇。虽然岸边确有几栋小屋之类的建筑，但镇子却并不是建在岸上，而是坐落于湖面上。在一块巨岩的保护之下，湖中央形成了一个平静无波的小湾。一座木制的大桥通往湖心，一座繁华的城镇就建造在从森林里砍下来的大树构成的木桩之上。这里居住的不是精灵而是人类，虽然处于远方恶龙盘踞的孤山的阴影之下，他们却依然勇敢地居住在这里。这些人依旧靠着从南方河流逆流而上，再用大车经过瀑布抵达他们小镇的贸易来维持生活。不过，在古代，当北方的河谷城依旧繁荣兴盛的时候，他们曾经非常富有、非常强大。当时河面上有无数船只往来，有些装载着黄金，有些则运送着全副武装的战士。当年的战争和英雄的事迹，现在只剩下了传说。当干旱来临湖面下降的时候，人们依旧可以从朽烂的木桩窥见古镇当年更大的规模。

但人们对此已经不大记得了，虽然有些人还在唱着有关山中矮人之王，有关瑟罗尔、瑟莱因以及都林的子民，有关恶龙的到来以及河谷城如何灭亡的歌谣。有些人还在歌曲中唱到，瑟罗尔和瑟莱因有天将会重回此地，黄金将会越过山门，从山中源源流出，大地又将重新充满新的歌声与新的欢笑。不过这个美好的传说对他们每日的营生并没有产生多少影响。

木桶做成的筏子刚一进入人们的视野，镇子里就划出了许多的小船，来人向划木筏的人们打招呼。然后，他们抛出绳索，努力划桨，把木筏拉离了密林河的水流，绕过高高的岩肩，拖进了长湖镇的小港湾中。它就停靠在大桥通往岸上的那一头附近。很快，南方的人们将会过来，把有些木桶拿走，其余的则将装上货物，再送回到森林精灵的家乡去。这会儿，木桶被暂时扔在了那里，划木筏的精灵和划船的人到镇上饮酒作乐去了。

如果他们见到了在他们离开并且黑夜降临之后，岸边所发生的事情，他们一定会感到惊讶无比。比尔博先将一个木桶从筏子上割下来，将它推到岸上打开。木桶里传来一阵呻吟，然后从里面慢慢爬出一个满脸不高兴的矮人。他的胡子里挂着稻草，又湿又脏，人则浑身酸痛，动作僵硬，满是瘀青，好不容易才站起身来，蹒跚着涉过浅水，走到岸边躺下，嘴里不停地哼哼着。他的样子一看就像是饿了好久的野人，又好像是被拴上了链子，然后关在狗窝里一个星期忘了喂的狗。此人就是梭林，但你只能从他的黄金项链，从满是污迹、破破烂烂的天蓝色兜帽和失去了光泽的银流苏中猜出来。过了好一阵子，他才勉强用比较礼貌的态度来对待霍比特人。

“我说，你究竟是活着还是死了？”比尔博相当不客气地问道。他可能已经忘记了，自己至少比矮人们多吃了一顿，舒展过了胳膊腿儿，更不用说还呼吸到了更多更好的空气。“你是还在监狱里呢，还是已经获得了自由？如果你想要吃东西，如果你想要继续这场愚蠢的冒险——这毕竟是你的冒险，不是我的——！就请你甩甩胳膊揉揉腿，趁着还有机会，帮我把其他人都给放出来！”

梭林当然知道事情的紧迫性，因此，在又哼哼了几声之后，他爬了起来，尽可能地给霍比特人帮手。天色已是一片黑暗，要想在冰冷的湖水里摸索出哪些是装着人的木桶的确是非常困难的工作。他们在木桶外面又敲又喊的，最后只找到了六个还有力气回应的矮人。这些矮人被救了出来，弄到岸上，他们同样坐在那里哀嚎抱怨起来。他们浑身湿透，身上到处是擦伤和瘀青，所以一时间还没有意识到自己已经重获了自由，要对此心存感激。

杜瓦林和巴林是怨气最大的，请他们俩帮忙肯定要讨没趣。比弗和波弗受到的撞击少一点，身上也更干一些，但他们躺在地上耍赖，什么也不愿干。至于奇力和菲力，他们年纪比较轻（相对矮人而言的），又被塞在比较小的、稻草比较多的桶里面，因此出来时脸上还或多或少地挂着笑容，身上只有一两道瘀青，僵麻的四肢也很快恢复了。

“希望我这辈子再也不要闻到苹果的味道了！”菲力说，“我的桶里面全是那股味道。人不能动弹，又冷又难过，肚子饿得发慌，在这种情况下一直闻苹果的味道简直要让人发疯！现在在这个广阔天地里我什么都吃得下去，而且能一口气吃上几个小时——就是苹果例外！”

在菲力和奇力自愿的帮助之下，梭林和比尔博终于找到了其余的同伴，将他们救了出来。可怜的胖邦伯不是睡着了，就是失去了知觉；多瑞、诺瑞、欧瑞、欧因和格罗因都被水泡着，看起来半死不活的。他们只能被一个一个地抱上岸，上来之后就无力地躺倒在地上一动不动。

“哇！终于到了！”梭林说，“我想我们该感谢主宰我们命运的星座和巴金斯先生。我想他有权期待得到我们的感谢，尽管我希望他要是能把我们的旅程安排得更舒服一点就好了。即便如此，巴金斯先生，我们又欠你个大人情了。等我们吃饱喝足之后，我们肯定会感到由衷感激的。不过这会儿，我们接下来该怎么办？”

“我建议去长湖镇，”比尔博说，“不然还能去哪儿？”

的确，除此之外也没有别的选择了。于是，梭林、菲力、奇力和比尔博就把其他人先放在一边，沿着河岸来到大桥边。桥头上有守卫，但他们的看守十分松懈，因为已经有好一段时间他们的看守都没派上过什么用场了。除了偶尔为了河上的通行费有些小争议外，他们和森林精灵其实是不错的朋友。其他的人类都居住在很远的地方，镇上有些年轻人根本不相信山中有恶龙，甚至会嘲笑那些声称在自己年轻时见过恶龙在空中飞翔的老头儿老太太。因为如此，所以守卫们会忙着在小屋内围着火堆喝酒谈笑，根本没听见矮人们从桶里出来的响动以及四人侦察小分队的脚步声，就不足为奇了。当梭林·橡木盾从门口走进来的时候，守卫们个个都感到了震惊。

“你是谁，想干什么？”他们一边喊着，一边跳起来，伸手去摸武器。

“我是梭林，孤山下的瑟罗尔王之孙，瑟莱因王之子！”矮人朗声说道。虽然他衣着破烂，兜帽湿答答的，但他看上去的确有国王子孙的气派。他的脖子上和腰间都挂着闪耀的黄金，双眼幽黑而深邃。“我回来了。我想见你们的镇长！”

一时间众人都变得非常兴奋，有些比较笨的家伙立刻跑出屋外，似乎以为大山会在夜里就变成黄金，所有的湖水也会立刻变成金黄色。守卫的队长走上前来。

“这几位是？”他指着菲力、奇力和比尔博问道。

“他们都是我的外甥，”梭林回答，“菲力和奇力都是都林一族的，巴金斯先生是和我们一起从西方来的伙伴。”

“如果你们为了和平的目的而来，就请放下武器！”队长说。

“我们根本没有武器，”梭林回答，这话一点不假，他们的小刀都被森林精灵收走了，连那把奥克锐斯特剑也不例外。比尔博的短剑在身上，像平常一样是藏起来的，但他什么也没多说。“我们不需要武器，我们就像老话预言的那样，终于回到了我们的故土。而且我们也没办法与这么多人为敌。带我们去见你们的镇长吧！”

“他正在参加宴会呢。”队长说。

“那就更要带我们去见他了。”菲力突然插嘴道，他对这些客套早就已经觉得不耐烦了，“我们赶了很长的路，又累又饿，还有伙伴生了病。赶快带我们过去，不要再让我们费口舌了，否则你们的首领怪罪下来，你就要负全责。”

“那就跟我来吧，”队长带着六名部下，护送着他们走过大桥，穿过镇门，来到市集所在的地方。这是很大一圈宁静的水面，周围被高大的木桩所包围，镇上大一些的房子都是建在这圈木桩上的，然后有长长的木头码头通过许多台阶和梯子可以下到水面。其中一栋大屋内透出许多光亮和鼎沸的人声。他们通过大门，在刺目的亮光中眨了一会儿眼睛，看着坐满了人的长桌。

“我是梭林，孤山下的瑟罗尔王之孙，瑟莱因王之子！我回来了！”还不等队长来得及开口介绍，梭林就在门边用响亮的声音喊了起来。

所有的人都跳了起来，镇长也从他的大椅子里弹了起来。但是，最惊讶的还得数那些划木筏过来的精灵们，他们坐在大厅比较低的那头。他们挤到镇长的桌边叫道：

“这些是从我们国王手中逃出来的犯人，这些矮人四处游荡，讲不清楚自己的来历，在森林里面鬼鬼祟祟，还骚扰我们的同胞！”

“这是真的吗？”镇长问道。事实上，镇长自己也觉得这个说法比较像回事，至少比什么孤山下的国王回归要靠谱，他连有没有这么一号人物都吃不准。

“在我们回乡的路上，的确是遭到了精灵国王的无端阻拦和拘禁。”梭林回答，“但是，无论是锁链还是铁栏都无法阻止回乡的预言。况且，这座城镇也不在森林精灵的疆域之内，我是在跟长湖镇的人类镇长说话，而不是在跟精灵国王手下的木筏精灵说话。”

镇长犹豫了，目光从一方又转到另一方身上。精灵国王在这一带拥有相当的势力，镇长不想与他为敌，而且他是颇不以那些古老的歌谣为然的，因为他脑子里整天想的都是贸易和通行费，货物和金子，而他也是因为想法实际的习惯才爬上镇长这个位子的。然而其他人思考问题的方式都与他不同，所以这件事最后跳过他而决定了下来。消息很快就出了大门，如同野火一般传遍了整个镇子，人们在大屋内外兴奋地叫喊着，码头上到处都是快步跑来跑去的脚。有些人开始唱起了山下之王回归歌的零星片断，至于回来的是瑟罗尔的孙子而非瑟罗尔本人则对他们来说毫不重要。其他人渐渐也应和着唱了起来，歌声越来越响，高高地飘荡在湖面上。

大山之下的国王，
　　雕刻岩石的国王，
银色喷泉的君王，
　　将回到他的故乡！

他的王冠将得到万人拥戴，
　　他的竖琴重新响起清音嘹亮，
往昔的歌曲再度唱起，

在他的大厅中激起金色回响。

山上树木将迎风摆舞，
　　绿草将沐浴阳光；
他的财富在山中奔流
　　将河水染成金黄。

山泉欢乐地流淌，
　　湖光闪烁粼粼波光，
别了，所有的痛苦与哀伤，
　　山下之王已回到故乡！

他们就是这样唱的，内容应该八九不离十吧，只是歌曲的数量比这要多得多，不仅有人们吼得响亮的歌声，其中也混杂着竖琴和小提琴的乐声。事实上，就连镇中最老的老爷爷，在其一生的记忆中都没见到过这样的狂欢场面。森林精灵心中也开始大大动摇起来，甚至感到了害怕。他们当然不知道梭林是怎么逃出来的，开始担心国王也许犯了个大错。至于镇长，看到除了遵照民意别无选择，至少眼前如此，便假装相信了梭林的说法。于是，他把自己的大座椅让给了梭林，把菲力和奇力让在了自己旁边的贵宾席。就连比尔博也问都没问他的来历便在主桌上给他安排了一个座位。由于没有哪首歌哪怕以最曲折间接的方式提到过他，所以人们都七嘴八舌地探问着他的来头。

很快，其他的矮人也在一片令人吃惊的热情欢迎场面中被带进了镇子。他们都以最令人愉快和满意的方式得到了医治和款待。梭林和伙伴们被请进一所大房子居住，船只和桨手被安排在门外随时听候差遣。人们坐在他们门外整日唱着歌，只要有哪个矮人哪怕仅仅在窗口露出鼻子，就会招来阵阵的欢呼。

在人们所唱的歌中，有些是老歌，不过有些则是新编的，里面信心十足地预言了恶龙的突然死亡，以及一批批的宝物顺河而下流到长湖镇。这些歌曲很大部分都是在镇长的授意下编出来的，矮人们听了不是很高兴，但这段时间他们的生活还是相当令人满意，众人很快就恢复了之前的体重和精力。的确，在一个星期之内，他们就完全康复，穿上了颜色合适的好布做的衣服，胡子经过了梳理与修剪，步履中开始透露出自豪。梭林的外表和他走路的样子看起来似乎他已经收复了他的王国，恶龙斯毛格也早已被剁成了碎片。

然后，就像他说过的那样，矮人们对于霍比特人的好感与日俱增。他们不再抱怨和嘀咕，每次喝酒都会向他敬酒祝他健康，他们会亲热地拍拍他的后背，每次见了他都要和他说上好些话。这一点倒是很有用处，因为比尔博这阵的心情并不是很好。他并没有忘记孤山那狰狞的样子，脑子里也一刻没有把恶龙放下过，而且他还经历了一场十分严重的感冒。整整三天他又是打喷嚏又是咳嗽的，哪里都去不了，即便

是三天之后，他在宴会上也只能跟别人瓮声瓮气地说上一句“谢谢，谢谢。”

这时，森林精灵们已经带着货物沿密林河而上，踏上归途了，而国王的宫殿里也乱翻了天。再也没有人听说过守卫队长和总管后来到底怎样了。矮人们逗留在长湖镇期间，当然一句话也没有提到过钥匙或是木桶的事情，而比尔博也十分小心，从来没有用过隐身的本事。不过，虽然巴金斯先生在外人眼中无疑还是相当神秘的，但我想人们多多少少还是能猜到一点的。至少，国王就已经知道了矮人们的使命，或者说他自以为已经知道了。因此，他对自己说：

“好极了！我们走着瞧！这事儿要是没我的份，他们休想经过黑森林把宝物运出去。反正我估计他们也不会有什么好下场，那就算他们活该！”他无论如何都不相信矮人们可以通过正面的战斗杀了斯毛格这样的恶龙，他估计他们充其量也只能从恶龙那里偷走点什么——这表明他是个相当聪明的精灵，比镇上的人类要聪明得多。其实他也没完全猜对，这一点我们到最后就知道了。他派出了探子前往湖畔地区，甚至命令他们尽可能往北靠近孤山，静观事态的变化。

两周之后，梭林开始考虑要离开这里了。趁镇中的狂热还在持续，正是获得帮助的好时候。如果再拖下去，等人们的热情冷却下来，就一切都来不及了。于是他找镇长和他的参议们面谈，说他和同伴们不久之后就必须重新上路前往孤山了。

镇长第一次感到吃惊，甚至有了一点点害怕。他不由得开始怀疑梭林别真的是古代国王的后裔。他之前从来没想过矮人们会真的冒险去接近斯毛格，心里只当他们是一帮骗吃骗喝的家伙，早晚会露馅儿，然后被赶出去。可他错了。梭林真的是山下之王的后代，而对于真正的矮人来说，还从来没听说过有哪个会不敢复仇和夺回属于自己的东西。

但是对于让他们走，镇长一点也不感到有什么愧疚。养这么一大帮人是很花钱的，而自他们来后，镇上仿佛进入了长长的假期，所有的生意都停顿了下来。“就让他们去叨扰斯毛格吧，且看他会怎样款待他们！`”他心中暗想道。“当然了，伟大的瑟罗尔之孙，瑟莱因之子梭林！”这是他说出来的话，“你们必须拿回属于你们的东西，古老预言中提到的时刻已经来到，我们会尽力给予你们帮助，相信你们在夺回王国之后，一定会知恩图报。”

于是某一天，尽管秋意已渐浓，冷风阵阵，落叶飘零，三艘大船还是离开了长湖镇，船上除了桨手外，还有矮人、巴金斯先生和许多的给养。马匹和小马会有人沿着环湖的道路提前帮他们送到指定的会合处。镇长和他的参议们站在从镇上的大屋通往湖面的宽大阶梯上向他们道别。人们或站在码头上，或从窗户中探出头来唱歌欢送他们。白色的大桨落入水中溅起水花，他们沿着大湖北上而去，踏上了漫长旅程的最后一段。只有一个人一点儿都不高兴，那就是比尔博。

第十一章

来到门口

On the Doorstep

他们沿着长湖朝北划了两天之后，就出湖来到了奔流河。现在，他们可以看见孤山阴沉地高耸在眼前。水流很急，他们走得很慢。第三天快结束的时候，他们在溯河而上几哩之后，在左岸或者说西岸靠边上岸了。在这里，他们将与载着其他给养和必需品的马匹以及供他们自己乘用的小马会合。他们尽可能地将物资打包，让小马驮上，剩下的则搭了个帐篷存放了起来，但镇上来的人类没有一个愿意和他们待在一起，哪怕只是过一夜，因为这里离恐怖的孤山太近了。

"在歌里唱的成真之前我们绝对不敢！"他们说。在这种荒凉的地方，他们更容易相信恶龙的传说，也更不容易相信梭林。事实上，他们的补给物资根本不需要有人看守，因为周围毫无人烟。于是他们的随从就离开了他们，分别从陆路和水路踏上了归程，虽然此时夜色已经开始渐浓了。

他们度过了寒冷而又孤独的一夜，情绪也随之低落下来。第二天，他们再度上路了。巴林和比尔博骑马走在最后面，每人身边都另外牵了一匹满满载着行李的小马。其他人则在前面走着一条低洼的路，因为这里其实根本无路可走。他们向西北前进，稍稍离开奔流河，越来越靠近孤山朝南对着他们延伸出来的一个支脉。

旅程相当令人困乏，他们一路上不敢说话，只敢悄悄前进。没有了笑语欢歌，没有了琴声悠扬，在湖边时唱着古老的歌曲而在心中激起的骄傲与希望，渐渐地蜕变成了沉重的郁闷。他们知道旅程就要来到终点了，而这可能是非常恐怖的终点。周围的大地变得越来越荒凉，尽管梭林告诉他们，这里一度是一片充满绿色的美丽世界。这里几乎没有什么草，而且不久也没了灌木或树，只有一些断折焦黑的树桩，令人想起那久已消逝的林木葱茏。他们已经来到了恶龙造成的荒废之地，而他们赶上的又正好是万物凋落的季节。

虽然郁闷，可他们还是来到了山脚下，一路上既没有碰到任何危险，也没有见到任何恶龙的迹象，除了它在自己的巢穴边造就的一派荒凉。孤山阴沉地矗立着，看着比以往更高大。他们在庞大的南方支脉的西边第一次扎下了营，支脉的尽头是个叫做渡鸦岭的地方，渡鸦岭上有座古老的瞭望台，但众人现在不敢冒险攀登，因为这个位置太突出太显眼了。

在开始去寻找位于孤山西边支脉那扇凝聚了他们所有希望的密门之前，梭林先派了一支侦察小分队去察看正门所在的南边。他选了巴林、奇力和菲力来担任这项使命，比尔博也跟着一起去了。他们沿着灰色沉寂的悬崖一路走到渡鸦岭脚下，奔流河在那里绕了个大圈，穿过河谷城，继续往长湖流去。河水湍急喧闹，河岸边光秃秃的都是岩石，高峻陡峭，俯瞰着河流。他们站在岩石上向远方望去，越过窄窄的、在卵石间白沫四溅的激流，看见在孤山阴影笼罩下的宽阔山谷中，有着古代房屋、高楼和城墙的灰色废墟。

“那儿就是河谷城的遗迹。”巴林说，“在镇上还有钟声响起的时候，山坡上是郁郁葱葱的树木，山谷里的生活富裕而又祥和。”他在说这些的时候表情悲伤而又凝重：在恶龙来袭的那天，他是梭林身边的伙伴之一。

他们不敢继续沿着河往大山的正门走，但他们走到了南方支脉尽头的另一边，直到躲在岩石后面，可以清楚地看见两座支脉之间一面大悬崖上黑黢黢的洞穴入口。奔流河的河水从洞中流出，同时，还有蒸汽和一缕黑烟朝外飘出。没有任何东西在移动，除了蒸汽和水流，以及时不时飞过的不祥的乌鸦。能听到的仅是流水撞击岩石的声音，以及乌鸦偶尔的一声沙哑鸣叫。巴林对此景象不由得打了个寒战。

“我们回头吧！”他说，“我们在这儿也没有什么用！我不喜欢这些黑鸟，他们看起来像是邪恶的密探。”

“恶龙还活着，就在大山底下的洞穴里——我是从黑烟作出的推测。”霍比特人说。

“这可说明不了问题，”巴林说，“不过，我倒不怀疑你是对的。但它可能暂时离开了，或者有可能躲在山边偷看着。反正我觉得有烟和蒸汽从门里冒出来是意料之中的，山底下的大厅里一定充满了它的臭气。”

带着这种令人沮丧的想法，一路又被头顶嘎嘎叫的乌鸦跟着，他们拖着疲惫的步伐回到了营地。就在不久前的六月，他们还是埃尔隆德漂亮居所的座上宾；虽说现在秋天是在慢慢向冬天走去，可那段欢乐时光却仿佛已是多年前的旧事了。他们孤零零地身处在荒野之中，已经无望再得到更多的帮助了。这虽然是他们旅程的最后一段，但冒险的终点似乎与以前一样遥不可及。他们之中已经没有一个人还保持着高昂的斗志了。

然而巴金斯先生的精气神却比其他人多一点，这说来其实是蛮奇怪的。他经常会向梭林借来地图，一看就是半天，思索着关于上面的如尼文和埃尔隆德所说的月亮文字所记载的谜团。正是在他的坚持下，矮人们才开始对西坡进行了十分危险的搜索以找寻那道密门。他们那时把营地搬到了一个狭长的山谷中，这里要比南边那个奔流河流出的正门所在的河谷要狭窄，被大山较低的一些支脉所包围。有两条支脉在这里与主脉分开，以绵长而又陡峭的山脊往西延伸插入平原。

恶龙的足迹在西边更为少见，这里甚至还有一些青草可以供小马吃。这个营地整天都在悬崖阴影笼罩之下，只有太阳开始朝着森林落下的时候才会被阳光照亮。他们就从这里一次又一次地分成小队搜寻上山的路。如果地图正确的话，那么在山谷出口处高高的悬崖上，一定就是那密门的所在。日复一日，他们回到营地时都一无所获。

但最后，他们却于无意中找到了他们要找的目标。菲力、奇力和比尔博有一天从山谷那边回来，在南边角上的一堆碎石中磕磕绊绊地走着。大约在中午时分，比尔博在绕过一座像柱子一样孤零零矗立着的巨岩时，发现了一道似乎是往上的简陋阶梯。他和两个矮人同伴兴奋地拾级而上，找到了一条狭窄小道的痕迹。痕迹忽隐忽现，一直蜿蜒曲折地来到了南岭的顶端，终于把他们送上了另一道更狭窄经过山的正面朝北转去的岩架。他们往下看去，发现自己正在谷口的悬崖顶端，俯瞰着自己的营地。他们静悄悄地靠着右边的山壁，排成一路纵队沿着岩架朝前走，直到山壁消失，他们拐进了一个被悬崖环抱着的，遍地青草，阒寂无声的山坳。由于这个山坳的入口四周被悬崖挡住，因此从下面根本看不见，而从远处也很难发现，因为它小得看起来只像是一道黑暗的裂缝。这不是一个洞穴，而是一个露天的空间，但在它的最里端则竖着一面扁平的石壁，其下端靠近地面的地方光滑而又平直，简直如同经过石匠之手，但上面却见不到一点雕凿加工的痕迹。那里没有任何门柱、门枢或是门槛的痕迹，也没有门栏、门闩或是钥匙孔的痕迹，然而他们却毫不怀疑，他们终于找到了进入山洞的密门。

他们对着山壁又拍又打，又推又拉，他们唠里唠叨地恳求它动起来，又念诵着支离破碎、七拼八凑的开门咒语，然而一切都没有发生。折腾了半天后他们精疲力竭了，便坐倒在石壁跟前的草地上休息，等到了晚上才开始慢慢地朝山下走去。

当天晚上大家都很兴奋，到了早上，大家再次整装待发，只有波弗和邦伯被留在营区，看管小马和从水路带来的补给物资。其他的人先沿着山谷往下，然后再顺着新发现的小径来到那道狭窄的山脊。由于小路又窄又险，一边是一百五十呎的峭壁，所以根本无法携带任何的行李或背包，但每个人都带了一大卷绳索绑在腰际，因此最后都安全地来到了长满青草的小山坳。

他们在这里扎下了第三个营地，用绳子把他们要用到的东西从底下吊了上来。用同样的方法，他们偶尔也会把身手比较敏捷的矮人，比如奇力，给送下去，与下面互通信息，或者是在波弗被拉到上面的营地时到下面去分担守卫工作。邦伯则不管是利用绳索还是走小径，都不愿意上来。

“我太胖了，这种半空中的行走我应付不了。”他说，“我会头晕，然后就会绊到自己的胡子，这样你们就又会变成只有十三个人了。这些打了结的绳子也太细，不能承载我的体重。”他运气不错，这话说得并不对，等下你们就会知道了。

与此同时，有些人已经开始探索入口后面的山脊，发现有条小径通往大山的更高处。但他们不敢沿着这条路往前探得太远，而且就算去了那边也没有多大用处。在那片高地上万籁俱寂，连鸟叫也听不到，只有风吹过岩石缝隙的声音。他们压低声音说话，不敢大声喊叫或是唱歌，因为每一块岩石中都孕育着危险。其他忙着探索门的秘密的人也没有丝毫的进展。他们太过心急，根本懒得去推敲如尼文或是月亮文字的记载，只是一个劲儿地想在那块平滑的山壁上找到隐藏的门。他们从长湖镇带来了钢钎等各种各样的工具，一开始他们先试着利用这些工具，但钢钎往石头上一敲，不是把手断裂，就是把他们的胳膊震得生疼，钢铁的尖端要么断裂，要么弯曲，简直就像是铅一样。很明显，用采矿那套手法来对付封印密门的魔法是行不通的，而且，对于敲击钢钎引起的阵阵回声也令他们心里越来越发慌。

比尔博坐在门阶上，觉得孤单而又疲惫——当然，这里并没有真的台阶或是门槛之类的东西，只是他们都习惯把山壁和山坳入口之间的草地叫做“门阶”。这样叫是出于打趣，因为他们都还记得，在他们第一次拜访比尔博的时候，他叫他们在想到好点子之前可以先坐在门口的台阶上。他们的确坐在这边沉思了很久，或是漫无目的地转来转去，大伙儿变得越来越闷闷不乐了。

发现小径的时候，他们的士气的确有所提升，但现在又跌落到谷底了。不过，他们并不肯放弃。霍比特人也不再比别人兴致高出许多了，他经常会什么事也不干，定定地背靠山壁坐着，目光穿过山坳的开口，向着遥远的西面，越过悬崖，越过广阔的土地，落到黑墙般的黑森林上。他继续朝前望去，觉得自己有时甚至能瞥见一眼迷雾山脉那遥远而渺小的影子。如果矮人们问他在干什么，他会回答：

“你们不是说坐在门口想办法是我的工作吗，更不用说还要进去呢，所以我正坐在这里想办法呀。”不过，恐怕他脑子里在想的并非是眼前的工作，而是在想着遥远的那片西部陆地，那座小丘，以及小丘下属于他的洞府。

在草地中央有一块很大的灰色石头，他会闷闷不乐地一直盯着那块石头，或是看大蜗牛爬。这些大蜗牛似乎很喜欢这个封闭在大山深处的山坳和冰凉的岩石，许多体型巨大的蜗牛聚集在此，沿着山坳的边沿慢腾腾、黏乎乎地爬来爬去。

“明天就是秋天的最后一周了，”有一天梭林如此说道。

“秋天之后就是冬天了。”比弗接口道。

“然后就是明年了。”杜瓦林说，“我们的胡子会越来越长，还不等这里有任何事情发生，我们的胡子就能沿着悬崖一直长到山谷里去了。我们的飞贼帮上我们什么忙了吗？既然他手上有那么一个隐形戒指，现在正应该大显身手才对。我都有点觉得他应该从正门进去，替我们打探一下状况了！”

比尔博听见了——矮人们所在的那片岩石正好就在他坐的地方的头上——“天哪！”他想道，“原来他们开始有了这样的念头啊！每回有了麻烦，总是指望我来替他们脱离困境，至少在巫师离开之后一直是这样。我究竟该怎么办呢？我看到头来别会有什么可怕的事情落到我头上呢。我觉得，我可忍受不了再看到那个悲惨的河谷城，也再不想见到那个冒着蒸汽的大门了！！！”

那天晚上，他越想心里越不是滋味，翻来覆去地怎么也睡不着。第二天，矮人们散到四面八方去闲逛了，有的到下面去遛小马，有的则沿着山坡瞎转悠。比尔博整天都坐在长着青草的山坳里看石头，或是通过山坳的入口朝西方远眺。他有一种奇怪的感觉，觉得自己正在等待着什么东西。“或许巫师会在今天突然回来吧。”他想。

如果他抬起头来，就会瞥见远方的森林。太阳西坠的时候，森林的顶端会泛起一片金光，如同太阳光照射在最后一些浅色的树叶上。很快他就可以看见橘色的火球落到了与他视线齐平的高度。他走到山坳的入口，看见一轮淡淡的新月出现在地平面上。

就在这一刻，他听见身后传来一记尖利的咔嗒声，一只巨大的画眉鸟落在草地上的灰色岩石上，它几乎是全黑的，就连浅黄色的胸脯上都布满黑点。咔嗒！它抓到了一只蜗牛，正在岩石上试图敲破它的壳。咔嗒！咔嗒！

比尔博突然间明白了。他忘记了所有的危险，站在山脊上招呼矮人们，对着他们又是喊叫，又是挥手。离他最近的人立刻用最快的速度攀着岩石沿着山脊向他赶来，心中纳闷究竟会是什么重要的事情；其他人则高声喊着叫上面放绳子把他们吊上来（只有邦伯例外：他睡着了）。

比尔博很快对众人作了解释，他们全都一声不吭地听着。霍比特人静静地站在灰岩旁，矮人们的胡子飘来飘去，不耐烦地看着他。太阳越落越低，他们的希望也在跌落。最后，它沉入一圈火红的晚霞，消失了。矮人们发着牢骚，但比尔博依旧几乎是纹丝不动地站着。新月与地平线还有一丝粘连，夜色正在降临。突然，就在他们最灰心的时候，一缕红色的阳光像一根手指捅破帐篷一样，从云层中逃了出来，一道光线直直地穿过山坳的入口，落在了光滑的岩壁上。那只老画眉鸟之前一直瞪着亮晶晶的小眼睛，脑袋高高翘起侧向一边，停在高处观察着，此时只听它猛地叫了一声！接着是很响的一声“咔嗒！”一片薄薄的岩石从岩壁上裂开又落下，离地三呎的地方突然出现了一个小洞。

矮人们反应倒是很快，担心机会稍纵即逝，纷纷冲到岩石跟前，想把小洞推开——然而却只是徒劳。

“钥匙！钥匙！”比尔博大喊，“梭林在哪儿？”

梭林急忙跑了过来。

“钥匙！”比尔博吼道，“和那张地图一起的钥匙！趁还有时间赶紧试试！”

梭林走上前，把连在链子上的钥匙从脖子上摘了下来，插到了洞里。洞孔与钥匙很吻合，跟着钥匙转动了起来！嗒！光线消失，太阳落下，月亮也不见了，夜色布满了天空。

这时，众人一起发力推动大门，慢慢地，岩壁的一部分向后退去，狭长的缝隙出现了，并且越来越大，渐渐现出一道五呎高，三呎宽的大门，缓慢而又无声地向内转去。黑暗如同蒸汽一般从山壁上的黑洞往外流出来，在他们的眼前是一个伸手不见五指的漆黑洞穴，如同一张张开的大嘴，直通入孤山的深腹。

第十二章

来自内部的消息

Inside Information

矮人们在洞口的黑暗中站了很久，争辩不休，最后梭林开了口：

"现在，该是我们受人尊敬的巴金斯先生，他在我们的漫长旅程中已经证明了自己是我们的好伙伴，是一个充满着与他的身量不相称的勇气与智慧的霍比特人，而且，如果我可以这么说的话，他还拥有远远超出常人的好运——现在，该是他执行他的使命的时候了，他正是为了这一使命才加入我们队伍的，现在该是他赚取他应得报酬的时候了。"

你们都很明白梭林在重要时刻的讲话风格，所以我就不再详细告诉大家他说话的内容了，虽然他又啰里吧嗦说了一大通。这当然是一个很重要的时刻，但比尔博已经有点不耐烦了。经过这段时间的相处，他也已经对梭林很熟悉了，所以他知道这家伙真正想说的是什么。

"哦，瑟莱因之子梭林·橡木盾，如果你是想说，你觉得第一个走进这条密道是我该做的事，"他不客气地打断道，"那就请你马上直说！我可以拒绝。我已经两次把你们从麻烦中解救出来了，这可不在原先谈妥的条件之内，所以我想，我已经有一些应得的报酬了。不过，我老爸常说，‘凡事三次才圆满’，而且我也不觉得我会拒绝。或许，我对于自己的好运已经比过去要更信任了些。”——他指的是在刚刚过去的春天他离开自己的住所之前，但这给人的感觉却仿佛已经是好几世纪以前的事情了——“反正我想我会马上去看一看，把事情作个了断的。好了，有谁要和我一起去？”

他本来就不指望会有很多人异口同声地抢着要去，所以对于大家的冷漠反应并不感到有多失望。菲力和奇力看起来还有些不好意思，身体随着重心从一条腿换到另一条腿而轻微摇晃着，但其他人连装装样子都不愿意——惟一的例外是负责站岗的巴林，他对比尔博相当有好感。说他至少愿意和比尔博一起进门，或许还能陪着走上一小段距离，如果有必要的话，他可以出来求援。

矮人们的心态其实是这样的：他们准备为了比尔博的服务而付给他可观的报酬；他们让他为他们完成一桩特别危险的活儿，如果这个可怜的小家伙愿意干的话，他们并不介意让他去干；但如果他遇到了什么麻烦的话，他们会竭尽全力帮他脱离险境，就像他们在冒险刚开始的时候遇到食人妖那次出手相救那样，而当时他们还并没有什么特别的理由要对比尔博感恩图报。事实就是：矮人们并不是什么英雄，而是善于算计的、把钱看得很重的家伙。矮人一族中有些人是精明狡猾的奸恶之徒，而梭林和他的伙伴们则不是，只要你对他们不要期望太高的话，他们也完全可以算得上是正派人。

当霍比特人慢慢进入施了魔法的密门，偷偷迈向大山的腹地时，在他身后，涂抹上了黑色的黯淡天空中已经开始出现了星辰。进山洞的过程远比他想像的要容易。这不是半兽人的洞穴，也不是森林精灵的简陋隧道，而是在矮人的财富和技艺都达到鼎盛的时期建造的通道：笔直得像把尺，地面和两边都很平整光滑，沿着一个平缓而又不变的坡度向前延伸——伸向下面的黑暗中某个遥远的尽头。

过了一会儿之后，巴林对比尔博说了句“祝好运！”就停住了脚步，这里还可以看见大门的依稀轮廓，而且凭借着洞穴的回音作用，还可以模模糊糊地听见门外其他矮人低声说话的声音。巴林走了之后，霍比特人戴上戒指，由于知道了洞穴会有回音效果，他加倍小心地不弄出任何声音，无声无息地一直向下、向下、向下，朝着无尽的黑暗走去。他害怕得浑身发抖，但小脸上的表情则是凝重而又坚毅的。此时的他和许久前刚上路时慌得忘记带手帕的那个霍比特人早已判若两人，而且他也已经很久没用过手帕了。他松开腰间的短剑，勒紧腰带，继续前进。

“比尔博·巴金斯，现在你可终于要吃苦头了。那天晚上聚会的时候，你自己一脚踏入这趟浑水，现在就只能自己想办法把脚拔出来啦！天哪！我那会儿和现在都是多么大的大傻瓜啊！”他在自言自语，而说这些话的是他身体里面图克血统最稀薄的那部分，“恶龙守护的宝藏对我来说一点用都没有，管它宝藏有多少，就让它永远留在这里好了，我只求这会儿能突然醒过来，发现这可怕的隧道就是自己家的客厅，那该有多好啊！”

他当然没有醒过来，还是继续往前走啊走，直到身后的石门连一点影子都看不到了。他现在完全是孤身一人了。很快他就开始觉得这里越来越暖了。“我在前面正下方隐约看见的难道是什么东西在发光吗？”他想。

的确如此。随着他继续朝前走，光芒变得越来越强，直到最后变得确凿无疑为止。那是一种越来越红的光芒，而且隧道里面也不仅是温暖，而是肯定称得上热了。一缕一缕的蒸汽从他身边飘过，让他开始冒汗。一个声音也开始钻进他的耳中跃动，听起来像是架在火上的一口大锅里在沸腾冒泡，还夹杂着一种类似超级大猫发出的咕噜声。再听下去，这声音渐渐明确地变成了某种巨大的动物在睡觉时的鼾声，它就睡在前方下面那红色的闪光里。

比尔博就在这个时候停了下来。继续走下去成了他这辈子做过的最勇敢的事情。之后发生的任何惊天动地的事情都无法与之相比。真正的战斗，是他孤身一人在隧道中，甚至还没见到等待着他的巨大危险的时候所发生的。不管怎样，他在经过一段短暂的停顿后又继续走了下去，你们可以想像他来到隧道尽头时的紧张心情。那里是一个和入口差不多大小的开口处，霍比特人把小脑袋伸了出去，在他眼前是古代矮人在山中所挖掘洞穴的最底部，以前这里要么是用作酒窖，要么是用作地牢。这里几乎是一片漆黑，比尔博只能粗略估计这里空间的宽阔，但是在岩石地面靠近他的这一端升起了一团炽热的红光——那正是恶龙斯毛格所发出的光芒！

一条金红色的巨龙就躺在那里熟睡着，从他的下颌和鼻孔中传出呼噜噜的声音，冒出一缕缕的黑烟，但他在睡眠时喷出的火焰并不很旺盛。在他的四肢和盘起来的巨大尾巴之下，以及身体周围整个看不清的洞穴地面上，到处都是一堆堆珍贵的宝物，铸造过和尚未铸造过的黄金、宝石和珠宝，以及被恶龙发出的红光染成了红色的白银。

斯毛格的双翼收拢着，像是一只极其巨大的蝙蝠一样躺在地上，身体微微偏向一侧，因此霍比特人得以看见它那颀长而又苍白的肚子，因为长时间躺在价值连城的珍宝之床上，它的肚子上粘了许多宝石和金块。在斯毛格身后的墙壁上，依稀可以看见挂着盔甲、头盔、斧头、剑和长矛等东西。墙边还立着一排排的大瓮，里面满装着的宝物价值难以估量。

如果说比尔博看见宝物忘记了呼吸，真不算是过分的形容。人类的语言相对贫乏，所以没有什么词可以用来形容比尔博当时目眩神迷的心灵震撼。人类的语言本来就是从精灵那里学来的，而精灵的语言跟他们当时所处的世界一样，是绚丽多彩的，人类学来后作了改变，因此表达就越来越贫乏了。比尔博以前听人们或说或唱过关于恶龙的财宝，却从未面对面领略过财富如此辉煌的景象、如此强烈的欲望和如此璀璨的荣耀。他怔怔地望着这些价值无法估量的金银财宝，几乎完全忘记了那恐怖的守卫，心中满是迷乱，并深深感受到了矮人们所怀的渴望。

他盯着财宝看了仿佛整整一个世纪，然后，他不由自主地从门口的阴影中偷偷走了出来，来到了最靠近他的宝山边沿。恶龙依旧沉睡着，但即便是睡着的恶龙也是一种巨大的威胁。他拿起了一个很大的双耳金杯，重得几乎是他所能负担的极限，同时满怀恐惧地朝上瞄了一眼。斯毛格的翅膀动了一下，张开了一只爪子，鼾声的音调也跟着改变了。

比尔博朝外逃去，但恶龙并没有醒来——还不到醒的时候——它依旧躺在这个从矮人们手里偷来的大厅里，只是转换到了另一个充满贪婪和暴力的梦境而已。霍比特人则紧张万分地沿着狭长的隧道往回跑着。他的心扑通扑通直跳，双腿比刚才下来的时候更加激动地颤抖着，但他依旧紧紧抓着金杯不放，脑子里只有一个念头："我做到了！这个金杯就是证明。说我不像飞贼，倒更像杂货店老板，哼！看以后谁还敢说出这种话来！”

他的确再也没有听到这种说法了。巴林看到霍比特人安全地回来，不禁欣喜若狂，同时也感到非常惊讶。他一把抱起比尔博来到外面的空地上。这时还是半夜，云朵遮住了星星，可比尔博闭着眼躺在地上，大口地喘着气，感受着新鲜空气带来的快感。他几乎没有注意到矮人们的兴奋反应，或是他们如何称赞自己，拍打他的肩膀，还答应不仅矮人们自己，而且还有他们全家、全族的好几代都愿意为他效劳。

矮人们还在轮流传看着金杯，兴高采烈地讨论着重新找到了他们的财宝，突然间山中深处传来了一阵巨大的隆隆声，仿佛有哪座古老的火山决定要再度喷发一般。他们身后的密门几乎要全关上了，矮人们用一块石头卡在那里不让它关上。但是，从长长的隧道里传来了可怕的回声，回声来自遥远的地底，是低吼和粗重的脚步声，令他们脚下的大地也为之震动。

这时，矮人们完全忘记了不久之前他们还在兴高采烈，还在自信满满地说着大话，纷纷害怕得趴倒在地上。斯毛格还等着他们去对付呢。如果你住在一头活蹦乱跳的恶龙附近，却忘记把他估算在计划内，这可实在有点不像话。恶龙们或许不太能把宝藏派上真正的用场，但一般说来，它们对宝藏的数量是非常清楚的，甚至能精确到一盎司，这一点在占据这些宝藏多年后就更是如此，斯毛格也不例外。他刚刚从一个噩梦（梦里有个战士，虽然身材一点都不起眼，却有一把锋利的宝剑和满腔的勇气，让他看了觉得十分不舒服）中醒来，正处于半梦半醒之间，然后又完全醒了过来。洞里有一股奇怪的味道，那难道是从那个小洞吹来的风吗？他对那个小洞一直觉得很不舒服，尽管那个洞是那么小。现在他满腹怀疑地瞪着小洞的方向，心中在想自己为什么一直没有把这个洞堵上呢？近来，他经常觉得从小洞那里传来隐隐约约的敲打声，声音从遥远的上方一路直传进他的巢穴。他惊醒起来，伸长脖子，用力地嗅了嗅。这时，他终于发现金杯不见了！

失窃！失火！杀人！自从他来到这座大山之后，这种事情还从来没发生过！他的狂怒难以形容——就好比某个有钱人，他拥有的财富超出了能实际享受的程度，突然间他发现少了一样宝物，这样东西他以前从来没用到过，也没有想到过要用，但他还是会愤怒无比。恶龙吐出高温的火焰，整个大厅浓烟滚滚，令大山从根底处都摇动起来。他想要把脑袋朝小洞那里伸，却根本伸不进去；然后他把身体蜷起来，在地底发出雷鸣般的暴吼，接着从他那幽深的巢穴中腾身而起，飞出大门，飞进山中宫殿的宽敞隧道，朝着大山的前门飞去。

这时恶龙脑中惟一的念头只有搜遍整座山，把这个该死的小贼找出来，撕碎，踩烂！他从大门冲出，流水瞬间呼啸着腾起蒸汽，他振翅跃上空中，翱翔了一会儿后落到山顶，周身被包裹在一团糅合了红绿两种颜色的火焰中。矮人们早就听到过恶龙如何飞翔的可怕传言，全都紧贴着草地边沿的石壁，缩在大石头下面，希望多少能逃过四处搜索的巨龙那可怕的眼睛。

如果不是再次多亏了比尔博的话，他们可能全都要难逃这一劫了。“快！快！”他上气不接下气地喊道，“进门！走隧道！躲这儿没用！”

听见这些话，他们才如梦方醒，开始悄悄朝隧道中转移。这时，比弗惊呼起来：“还有我的表兄弟们呢！邦伯和波弗——我们把他们给忘了，他们还在下面的山谷里！”

“他们会被杀的，还有我们所有的小马，那些补给品也全都完了。”其他的人哀嚎道，“我们什么忙也帮不上了。”

“胡说！”梭林终于恢复了尊严，“我们不能抛下他们。巴金斯先生和巴林先进去，还有奇力、菲力你们俩——不能让恶龙把我们一锅端了！其他人，绳子在哪儿？快！”

这可能是他们迄今为止遇到过的最严峻的时刻。斯毛格愤怒的吼声在远方高处的山谷中回响，他随时都有可能吐着烈焰冲下来，或是在天空盘旋时找到他们，发现他们死死攀着绳子，挂在危险的悬崖边缘。波弗爬上来了，总算还平安无事。邦伯也爬上来了，呼哧呼哧地喘着粗气，把绳子坠得吱吱直响，也还平安无事。接着又拉上来了一些工具和几捆行李，也就在这时，危险降临了。

耳畔传来一阵呼呼的翅翼扇动的声音，一道红光射到他们站着的岩石上。恶龙来了！

他们刚刚飞奔着跑进隧道，把行李也又拖又拽地弄进去，斯毛格就从北面扇动着翅膀杀到了，他口中喷出的火苗舔过山坡，拍动大翅膀的声音如狂风呼啸。他那灼热的呼吸烤焦了门前的草地，并从他们留着的门缝里钻了进来，令躲在门后的人觉得灼热不堪。只见火苗上下跳动闪烁，岩石的黑影在火光映衬下舞蹈。接着，当他再次飞过的时候，周围被完全笼罩在了黑暗里。小马惊恐地嘶鸣，挣脱了绳索，四下乱跑。恶龙俯冲下来，又掉过头追猎它们，然后就飞走了。

"我们那些可怜的小马肯定完蛋了！"梭林说，"只要被斯毛格看见了，就休想逃掉。我们现在躲在这里，也只能躲在这里，除非有人想在斯毛格的眼皮底下走过长长的开阔地回到河边去！"

这个主意听听就让人害怕！他们又沿着隧道往下走了一点，然后躺下来，浑身发着抖，虽然这里已经温暖乃至闷热了。最后，苍白的曙光从门缝中照了进来。在刚刚过去的这个夜晚，他们时不时地听见飞翔的恶龙的吼声渐渐靠近，掠过，又渐渐远去，斯毛格显然正围着这边的山坡在打着转转搜寻。

他从那些小马和它发现的扎营痕迹中推测，这些人是从河到湖一路过来的，然后又从小马驻足的那个山谷爬上了这一侧的山坡，但他的眼睛找了半天也没有找到密门的所在，那片被岩壁围住的小山坳也没有受到烈火的攻击。他白费力气地搜寻了很久，直到黎明冷却了他的怒火，他才回他的黄金睡榻去睡觉，好恢复力气。他绝不会忘记，更不会原谅偷窃的行为，即使一千年的时光令对方变成了余烬中的石头，他也不会轻饶了他。但是他可以等，也等得起。于是他慢慢地、静静地爬回洞中，半闭上了眼睛。

天亮了之后，矮人们的恐惧渐渐减少了，他们明白到，要对付这样一个宝藏守卫者，此类危险是不可避免的，就算现在放弃冒险也为时已晚。梭林指出，他们现在逃不出去了，他们的小马不是逃掉，就是被杀掉了。他们必须要等上一段时间，等斯毛格放松戒心到一定程度，他们才敢以长途步行的方式逃出去。幸运的是，他们抢救出来的物资还够他们撑上一阵子的。

对于接下来该做什么，他们争论了很久，却完全想不出要怎样才能除掉斯毛格——比尔博一直有点想跟他们指出，这自始至终就是他们计划的一大弱点。然后，由于他们头脑一片混乱，因此矮人们出于天性就开始抱怨起比尔博来，当初他们对比尔博偷来金杯大感兴奋，赞许有加，现在却怪他过早暴露了目标，引发了恶龙的暴怒。

“你们觉得飞贼不偷东西该干什么？”比尔博生气地反问，“我可不是来干杀死恶龙这种事的，那是战士的工作，我的责任只是偷走宝物，我开了个我能开的最好的头。难道你们还指望我把所有瑟罗尔的宝物都背上然后走回来吗？如果要抱怨的话，我也有可以抱怨的。你们应该带来五百个飞贼，而不是只有我一个！我知道这些宝藏反映了你们祖父的功绩，但你们别装得好像跟我说过这笔财富有多大似的。就算我的个头是现在的五十倍，而斯毛格又驯顺得像只小兔子一样，那些财宝我也得花上好几百年才能搬完。”

他一说这些话，矮人们自然只能请求他原谅。“巴金斯先生，那你看我们该怎么办呢？”梭林彬彬有礼地请教道。

“如果你是指怎样运走宝物，那我暂时还没想到办法。很明显，这必须要靠一点新的运气才行，而且斯毛格必须得除掉。除掉恶龙绝对不是我所擅长的，不过我会尽力想想办法的。就个人而言，我对此并不存奢望，只想能平安回家就行了。”

“现在先别管那么多了！那么今天，就是眼前，我们该做什么呢？”

“好吧，如果你们真心想听我的建议，我认为我们除了待在这里别无选择。白天的时候，我们毫无疑问能在保证安全的前提下偷偷溜出去呼吸点新鲜空气，或许过不了多久，就可以挑一两个人回到河边放物资的地方去补充给养了。不过，在这段时间中，每个人到了晚上都应该乖乖地待在洞里。

“我可以主动答应你们一件事。今天中午我会戴上戒指，偷偷溜下去看看斯毛格在干吗——估计应该是在打盹儿。也许可以发现些什么。我父亲常说：‘每只虫都有他的弱点。’不过，我很肯定这不是他的亲身体验。”

矮人们自然高兴地接受了比尔博的提议，他们已经开始尊敬起小比尔博了。他现在已经真正成为了这次冒险的领队，开始有了自己的点子和计划。到了中午，他准备好了要再次下到山腹中去。当然，他并不喜欢这种冒险，不过，因为他已

经知道了自己要面对的是什么，所以也就不再像以前一样害怕了。如果他对恶龙多一些了解，知道它们有多狡猾的话，他也许就会对自己如此冒冒失失地利用恶龙午睡的机会感到更多的害怕，不那么充满希望了。

出发的时候，外面阳光灿烂，隧道中却暗如黑夜。石门几乎是全关的，从缝里漏进来的那点光在他往下走不了几步后便马上消失殆尽了。他走得无声无息，简直都快赶上微风中飘荡的烟雾了。当他越来越靠近下面的那个门时，他也禁不住对自己有点感到自豪了。从那扇门里只透出一点非常微弱的光芒。

"老斯毛格一定累得睡着了。"他想，"他看不见我，也听不见我的声音。比尔博，打起精神来！"他已经忘记了或者索性根本没听说过恶龙的嗅觉很厉害。而且还有一个要命的事实是，当它们起疑心的时候，是可以半闭着眼睛睡觉的。

比尔博再次从入口往内张望的时候，斯毛格的样子的确像是睡熟了，几乎一动不动，呼噜也很轻，只从鼻孔里喷出一点点难以察觉到的蒸汽。当他正准备迈步踏进去的时候，突然注意到斯毛格左眼耷拉着的眼皮下射出一丝细细的红光——他是在装睡！他正在紧盯着隧道的入口！比尔博赶紧缩回了脚步，心想多亏自己戴着能隐身的戒指，还不至于被发现，没料到斯毛格突然开口说话了。

"听着，小偷！我闻到你了，而且感受到了你的气息。我听见了你的呼吸。过来吧！想拿就尽管拿吧，这儿有的是，分你点儿也无所谓！”

但比尔博对恶龙的了解还不至于浅薄到会上这种当的地步，如果斯毛格希望用这种方法就能骗得他走过来，那么他只能失望了。“不啦，谢谢，大块头斯毛格先生！”他回答道，“我不是冲着礼物来的，我只是想来看看你，看你有没有传说中的那么伟大。我不相信别人的说法。”

“那你现在相信了吗？”恶龙听了这话多少有些受宠若惊，尽管他一个字儿也不相信比尔博的话。

“噢，斯毛格，你是所有能给人带来祸害的东西中最具威力的，那些歌曲和传说根本不及事实的万分之一啊！”比尔博回答道。

“对一个小偷和骗子来说，你倒还蛮有礼貌的！”恶龙说，“你似乎对我很熟悉啊，但我好像不记得以前闻到过你的味道。可以问问你是谁，又是从哪儿来的吗？”

“当然可以！我是从山下来的，我的道路穿过山脉，越过山丘。我还能在空中飞翔，我是个来无影去无踪的人。”

“这我相信，”斯毛格说，“但这恐怕不是你平常用的名字吧！”

“我是能发现蛛丝马迹的人，是能砍破蛛网的人，是能用螫刺刺人的苍蝇。我是被选来凑足幸运数字的。”

“这些名头可真可爱啊！”恶龙冷笑着说道，“但幸运数字可不见得每次都管用哦！”

“我是把朋友活埋，把他们丢进水里，然后又能让他们从水中活生生离开的人。我是从袋子的底端来的，但从来没被袋子套上过。”

“这些话听着可不太能令人相信。”斯毛格嘲讽道。

“我是熊之友、鹰之客，我是赢得戒指并幸运佩戴的人，我也是木桶骑士。”比尔博一路说下去，开始为自己编的谜语感到来劲了。

“这个更棒了！”斯毛格说，“不过，可别把想像游戏玩儿得太过头了！”

如果你不想泄露你的真名实姓（这是聪明的做法），也不想因为直截了当地拒绝而惹恼了他们（这也很聪明），那么你当然就只能这样跟恶龙说话。没有哪条恶龙能抵御充满谜语的谈话和花时间来解谜的诱惑。比尔博刚才的这番话里，斯毛格有许多是一点都弄不明白的（不过我想你们是应该明白的，因为他指的是他这一路历险的过程，而你们对此是再清楚不过了），但他自以为自己已经了解得够多了，因此不禁在他那邪恶的内心中窃笑不已。

“我昨晚就猜到了！”他微笑着在心中想道，“这一定是湖上的那些人类，就是那些卖桶子的可怜家伙弄出来的计策，不然我就是条蜥蜴。我已经有好几年没有去过那个地方了，不过我很快就会改变这种情况的！”

“好极了，木桶骑士！”这次他大声说了出来，“或许木桶就是你坐骑的名字，或许不是，它作为坐骑可是太胖了点。你或许可以来无影去无踪，但你绝对不可能一路都是走来的。让我告诉你吧，我昨天晚上吃了六匹小马，过不了多久，我会把别的小马也都吃掉。为了回报这顿美餐，我愿意给你一个忠告：这事儿准跟矮人有关！”

“矮人！”比尔博故作惊讶地喊了一句。

“别跟我装了！”斯毛格说，“我很清楚矮人的气息（还有滋味），没有人比我更熟悉了。别跟我说我吃了矮人骑过的小马还闻不出是谁骑的！如果你交上这样的朋友，木桶骑士小偷，你的下场会很惨的！啊，我不介意你回去告诉他们，就说这是我说的。”不过，他并没有告诉比尔博的是，其中有种味道是他根本分辨不出的，那就是霍比特人的味道。这种味道不在他的经验范围之内，令他大感迷惑。

“我想，昨天晚上的那个金杯，让你得了个好价钱吧？”他继续说道，“说嘛，是不是？什么都没得到！哈，这倒正是他们的风格。我想他们一定是偷偷摸摸地躲在外面，而你是专干危险工作的，那就是趁我不注意的时候能偷多少就偷多少。你替他们卖命？会分给你一大票吗？别信他们的鬼话！你能活着离开就算幸运了！”

比尔博现在开始觉得很不安了。斯毛格正用眼睛在暗影中寻找着他，每当他那巡视的目光扫过他身体的时候，他就禁不住浑身发抖，有种解释不清的冲动会攫住他，让他想要冲出去把自己显露出来，并把所有的实情都告诉斯毛格。事实上，他已经陷入了被恶龙魔法攫住的危险边缘。但他还是鼓起勇气大声说道：

“哦，了不起的斯毛格，你并没有知道所有事情，我们到这儿来可并不单单是为了黄金的。”

“哈！哈！你承认有‘我们’了，”斯毛格大笑着说，“为什么不索性爽爽快快地说‘我们十四个’呢，幸运数字先生？我很高兴地知道，你们到这里来除了我的黄金还另有所图。如果那样的话，或许你们就不会是在白白浪费时间。

“我不知道你是否曾经想过，就算你可以一点一点地偷走我的黄金——那大概得花上个一百多年左右——你又能带着黄金跑多远？躲在山边一点用也没有，躲在森林里面就行吗？天啊！你难道从来没想过自己能分到多少吗？十四分之一吧，我想，或者多点少点，这就是你们定好的吧，嗯？那么运送的成本呢？车辆的费用呢？武装护卫和过路费呢？”斯毛格大笑了起来。他不仅心地邪恶，也诡计多端，他知道自己猜了个八九不离十。不过，他怀疑在这一计划背后操纵一切的是长湖边的人类，偷来的财宝大部分会最终运送到湖岸边的那个镇子上，在他年轻时那里被称作埃斯加洛斯。

你可能很难相信，但可怜的比尔博真的被这些问题问得有些慌乱了。到目前为止，他所有的心思和精力全都集中在如何到达孤山，如何找到密门上。他根本没有费心去想过怎样运走宝藏，当然更没想过该怎样把分给他的那份运回小丘下的袋底洞了。

现在，他的心中开始起了严重的疑心：这些矮人是否也忘记了这最重要的一点，还是他们一直都在背后偷偷笑他傻呢？这就是恶龙的一番话对于缺乏经验的人所具有的影响力。比尔博当然应该要保持警惕，但斯毛格的确具有令人难以抗拒的蛊惑力。

“我告诉你，”他试图继续相信自己的朋友，不让自己泄气，“黄金只是我们次要的考虑而已。我们跋山涉水，风餐露宿地来到这里是为了**复仇**！哦，财富多到无可估量的斯毛格，你一定已经意识到，你的成功会为你带来一些仇敌的吧？”

斯毛格听了发出真正的大笑，这可怕的笑声把比尔博震倒在地上，而隧道远处的矮人们也吓得抱在一起，不禁认为霍比特人会不会已经惨遭了不幸。

“复仇！”他鼻孔里哼了一声，眼中泛起的光芒如猩红的闪电将整个大厅从天花板到地板全都照亮了。“复仇！山下之王已经死了那么久，他的后代有哪个敢来复仇的？河谷邦之王吉瑞安已经死了，我吃他的子民就像狼吃羊一样，他的子子孙孙有哪一个敢靠近我的？我想杀就杀，没有人敢抵抗我。我杀死了古代的战士，而如今世上像他们那样的人根本都找不到了。那时，我还年轻纤弱；现在，我已经成熟而强大、强大、无比强大了，你这个阴影中的小偷！”他得意洋洋地继续说道，“我的鳞甲如同十层厚的钢盾，牙齿如同钢剑，利爪如同长矛，尾巴摇一摇便如同打了个雷，翅膀扇一扇便如同刮起狂风，我的呼吸就足以带来死亡！”

“我从以前就知道，”比尔博害怕得声音都在发颤了，“恶龙的肉体在表层之下是很柔软的，尤其是在——呃——胸部，但像你这样全身戒备的，肯定早已想到了这一点。”

恶龙突然停止了夸耀。“你的情报早已过时了，”他怒冲冲地说道，“我全身上下已经披满了钢铁般的鳞甲和坚硬的宝石，没有任何刀剑能穿透我了。”

“我早就应该猜到了，”比尔博说，“是啊，整个世上都找不到能够和刀枪不入的斯毛格大王匹敌的对手。您那件钻石褂子可真是美丽啊！”

“那是当然，这可是稀罕的宝物，”斯毛格听了这话有点飘飘然起来。他并不知道霍比特人上次来的时候已经瞥见过了他那件特别的护甲，这次他只是出于自己的原因，很想要近距离观察一下。恶龙把身子转了过来。“看看！”他说，“觉得怎么样？”

“耀眼夺目！太完美了！毫无缺点！让人震撼哪！”比尔博嘴上这样大声说着，但心里想的其实是：“老蠢蛋！在他左胸的凹陷处，为什么会有一大块地方像出了壳的蜗牛一样是光溜溜的呢？”

在看过想看的东西之后，巴金斯先生惟一想着的就是要开溜了。“好吧，我想我不能够再叨扰大人您，”他说，“使您无法进行必要的休息了。小马在受了长时间的惊吓后肯定不怎么好抓了吧，我想，飞贼也是一样。”这句临别的刺激话一说完，他立刻转身飞也似的顺着隧道逃跑了。

这可真是一句倒霉的话，受了刺激的恶龙立刻朝他身后吐出了可怕的火焰。虽然比尔博飞快地沿着斜坡向上跑去，但他的速度还是无法跟斯毛格相提并论，斯毛格一下子就将大脑袋塞进了他身后的洞口。对他来说幸运的是，它的整个脑袋和下巴无法完全挤进来，但他鼻孔里喷出来的火焰和蒸汽还是追了上来。他险些就要被追上了，只能在黑暗中带着极大的恐惧连滚带爬，落荒而逃。他之前还对于自己与斯毛格谈话时的机敏颇有点得意，可最后关头犯的错误终于使他清醒了过来。

“比尔博你这个笨蛋，永远不要取笑还活着的恶龙！”他对自己说道，这在以后成了他的口头禅，也慢慢变成了一句谚语。“你的冒险还远没结束呢。”他又加了一句，这话也一点没说错。

当他踉踉跄跄地从洞穴中走出来，一头栽倒在“门阶”上的时候，天色已是傍晚了。矮人们把他弄醒，尽可能地医治了他身上的烫伤，但他后脑和脚后跟上的毛发又过了好久才重新长出来：它们全都给烧成焦黄，卷了起来。在这段时间里，他的朋友们尽力想让他高兴起来，他们还急着想要从他口中知道这段故事，特别是为什么恶龙会发出那么巨大的声音，以及比尔博究竟是怎么逃出来的。

可是，霍比特人一副忧心忡忡浑身不舒服的样子，他们很难从他口中套出任何东西来。在把整个过程回想了一遍之后，他开始对自己跟恶龙说过的有些话感到后悔，因此也实在不愿意再复述一遍了。那只老画眉鸟正坐在旁边的岩石上，侧扬着脑袋，倾听着他们所有的对话。比尔博的心情实在是糟透了，只见他捡起一块石头来就对着画眉鸟扔了过去，老鸟扑闪了两下翅膀往旁边躲过，然后又回到了原处。

“该死的鸟！”比尔博生气地说，“我觉得它肯定在偷听，我看见它的样子就讨厌。”

“别管它了！”梭林说，“画眉鸟是友好和善的鸟，这也的确是只很老的鸟了，它可能是过去居住在这边的古老鸟类中仅存的硕果了，我的父亲和祖父曾经驯养过它们。这是一个长寿而又有魔法的品种，这一只甚至有可能就是当年那一批中的一只，搞不好都有几百岁了。河谷城的人类以前曾听得懂它们的语言，利用它们来和长湖边的人类以及其他地方传递讯息。”

“好吧，它会有消息可以带回长湖镇了，如果这就是它想要的东西的话。”比尔博说，“不过，那里可能不会有任何活人能听它的鸟语了！”

“为什么会有那样的事情呢？”矮人们着急地问道，“快把详情告诉我们吧！”

比尔博于是就把所有还记得的事情都告诉了矮人们，他承认自己有种不好的预感，他认为恶龙除了它自己原先发现的小马和营地外，又从他的谜语中推测出了太多的线索。“我想他一定已经知道了我们是从长湖镇来的，从那里得到过帮助。我有一种可怕的感觉，他的下一步行动会是冲着那里去的。我真希望我从来都没说过木桶骑士之类的话，在这一带就连一只瞎了眼的兔子都会联想到长湖镇的人类。”

“好吧，算了吧！这也是没办法的事情，和恶龙对话是很难不说漏嘴的，我一直都听人这么说的。”巴林急着想要安慰他，“如果你问我的看法，我觉得你已经做得很好了——你至少发现了一件非常有用的事情，而且还活着回来了，在和斯毛格谈过话的人当中你已经是做得最好的了。我们知道了这个老家伙的钻石褂子上有一块光秃的地方，这或许是我们的幸运和福气也未可知。”

众人随即改变了话题，开始讨论起了有关屠龙的各种历史的、半真半假的和流传于神话的方法，以及各种各样刺、劈和撩的刀法，以及他们已经具备了的各种技艺、装置和策略。大家达成的共识是，要想抓住恶龙打盹儿的机会并没有听上去那么容易，趁他睡着时行刺可能比从正面发起勇敢的攻击还更容易导致灾难性的结局。整个谈论过程中，那只黑鸟都在专注地听着，直到天上星辰开始出现，他才无声无息地张开翅膀飞走了。他们不停地谈着，地上的影子越拖越长，比尔博的心情也越来越糟，不祥的预感越来越强烈。

最后，他打断了大家的话。“我敢肯定我们在这里非常不安全，”他说，“而且我也看不出坐在这里有什么用。恶龙已经把所有的绿地都给烧焦了，现在已经晚上了，天气也比较冷。

我有种从骨子里发散出来的感觉，这个地方一定会再次受到攻击。斯毛格现在已经知道我是怎么进入他的洞穴，而且肯定也猜得到隧道的另一头会在什么地方。如果有必要的话，它会把山的这一面全都炸平来阻止我们进入的。如果我们能跟石头一起被炸碎，它会更加高兴的。”

“巴金斯先生，你太悲观了啦！”梭林说，“如果它这么迫切想要把我们关在外面，那为什么它还没把下边的出口封掉？它肯定还没封，不然我们会听到声音的。”

“我不知道，真的不知道——可能它想要先把我再骗进去吧，我想，又或许它准备等到今晚狩猎后再来做这件事，也有可能它想尽可能不弄坏自己的卧室——不过我希望你们不要再和我争辩了。斯毛格随时有可能出来，我们惟一的希望就是躲进隧道里面，把门关起来。”

他的态度非常恳切，矮人们最终照他说的做了，尽管他们在关门一事上拖延了一下——这个计划太铤而走险了，因为没有人知道从里面到底能不能把门打开，又该怎么打开。他们一想到自己被困的地方其惟一出口通往的是恶龙的巢穴，心中就很不是滋味。况且，一切看来都非常平静，不管是外面还是隧道里面。因此，他们久久地坐在离半开着的门不远的隧道内，继续聊着天。

话题转到了恶龙所说的关于矮人们的恶毒话。比尔博真希望自己从来没听过这些话，或者他可以相信矮人们这回的说法是绝对诚实的。他们声称自己真的从来也没有考虑过夺回宝藏之后该怎么办。“我们知道这是场九死一生的冒险，”梭林说，“我们现在还是这么想的。我依旧认为，等我们拿到宝藏之后，会有足够的时间来考虑该怎么来应付宝藏。至于你的分成，巴金斯先生，我向你保证，由于我们对你的感激实在难以用言语形容，因此只要我们有了可分的东西，会让你优先挑选属于你的那一份。如果你为运输问题而感到担心的话，我向你表示歉意。我承认困难会很大——随着时间的流逝，这片土地上非但没有越来越太平，反而越来越危险了——不过，我们会竭尽所能地帮你解决运输问题，并替你分摊运输费用的。我的话就说到这儿了，相不相信随便你！”

自那以后，话题又转到了那堆积如山的金银财宝，以及梭林和巴林还记得的一些东西。他们在想，不知道那些东西是否还完好地保存在地下的大厅里：替伟大的国王布拉多辛（他早就过世了）的部队打造的长枪，每柄长枪都拥有经过三次锻造的枪尖，柄上则镶着精雕细琢的黄金，但这些武器一直都没能送出去，当然也就没收到对方付的工钱；还有替早已亡故的战士们打造的盾牌；供瑟罗尔双手持用的巨大金杯，上面雕琢的鸟和花其眼睛与花瓣都是珠宝镶成；还有精心锻造的铠甲，镀了纯银，刀枪不入；还有河谷邦之王吉瑞安的项链，是用五百颗如同青草一般碧绿的翡翠缀成，他用这串项链为代价，替他的长子量身打造了一副铠甲，铠甲由纯银制成，上面的每一个环扣都由矮人们手工接合，强度和硬度是钢铁的三倍，堪称举世无双。不过，在这其中最美丽的，则是一枚巨大的白色宝石，这是矮人们在大山底下挖掘到的，被称为山之心，又被称作瑟莱因的阿肯宝钻。

“阿肯宝钻！阿肯宝钻！”梭林把下巴搁在双膝上，在黑暗中梦呓般地喃喃着。

“那就像是一颗拥有一千个切面的圆球，在火光中会发出银色的光芒，如同阳光下的水面，星辰下的积雪，月光下的雨珠！”

不过，那种对宝物着了魔似的渴望在比尔博身上已经降温了。矮人们在谈论的时候，他只是半心半意地听着。他坐在离门最近的地方，竖起一只耳朵来专心倾听门外的任何异响，而另一只耳朵则是用来监听门内除了矮人们低语之外的声响，任何由下面的动静造成的轻微回声。

黑暗变得越来越浓，他也越来越不安起来。“关上门！”他恳求大家道，“我从骨髓里害怕恶龙，此刻的寂静比昨夜的狂啸还要可怕。快关上门，不然一切都来不及了！”

他声音中的某种东西让矮人也有了一种不安的感觉。梭林慢慢地从对财宝的幻想中醒来，站起身，踢开了挡住门的石头。然后他们用力一推，门就先是咔嗒一声，然后哐地关上了。门的内侧没有任何钥匙孔的痕迹，他们被关在大山里面了！

真是千钧一发啊。他们刚刚迈步朝着隧道下面没走出多远，就只听见山的这一边发出一声轰天巨响，仿佛被巨人用橡木做的攻城大锤用力击中了一般。岩石轰隆隆地震动着，岩壁裂开了缝隙，碎石从洞顶落下。我真不敢想像如果门没

有关上的话会是什么样子。他们庆幸自己逃过一劫，朝着隧道深处狂奔，身后的门外传来斯毛格愤怒的吼声。他将岩石击碎成粉末，用他那巨大的尾巴甩打着岩壁与悬崖，直到他们建在高处的小小营地、洞门前被烤焦的青草、画眉鸟栖身的巨石、爬满蜗牛的岩壁、狭窄的山脊，统统在恶龙的愤怒下化成碎屑，巨大的山崩也跟着掩埋了底下的山谷。

斯毛格之前轻轻地离开了洞穴，悄悄飞上天空，然后像一只巨大的乌鸦一般沉重而又缓慢地盘旋在夜空中，乘着风滑翔向大山的西边，希望能够出其不意地抓到某些东西或某些人，同时探看一下小偷们用的那条隧道的出口在哪里。刚才的地动山摇，就是因为当他来到了他认准的出口，却什么人和东西都没发现，一怒之下采取的发泄之举。

在以这种方式发泄了心中的怒气之后，斯毛格感觉好多了，他发自内心地认为自己不会再从那个方向受到骚扰了。转过神来，他就觉得自己还有别的复仇计划要进行。“木桶骑士！”他鼻子里哼了一声说道，“你们的双脚原本是在水边的，你们毫无疑问是沿水路上来的。我虽然不知道你的气味，但就算你不是湖边人类的一份子，肯定也得到过他们的帮助。他们应该见见我了，我要让他们记起来谁才是真正的山下之王！”

它从烈焰中腾身而起，朝着南方的奔流河飞去。

第十三章

不在家

Not at Home

与此同时，矮人们坐在黑暗中，陷入了绝对的沉默。他们没怎么吃东西，也很少说话。黑暗中根本无法计算时间的流逝。他们不敢随便乱动，因为即便是他们的声音也会在隧道中激起好一阵回响。就算他们打了会儿瞌睡，醒来时面对的依旧是一片打不破的黑暗与死寂。最后，在经过了似乎好多天的等待后，他们由于缺乏空气而开始出现了气闷头晕的现象，再也无法忍受下去了。他们甚至巴不得能听到从下面传来恶龙回来的声响。在一片寂静中，他们开始担心恶龙不知会使出什么诡计来，可他们又不能一辈子都这样坐下去。

梭林开口了，“我们来试试把门打开吧！”他说，“我如果再不吹点风就要闷死了。我想我宁愿在光天化日下被斯毛格打死，也不愿意在这里活活憋死！”几个矮人听他这么一说都站了起来，往回摸到了石门原先所在的位置。但他们发现，隧道的上端已经被碎石震坍塞住了。所以，它原先所听命的魔法或是钥匙，都再也不能将其打开了。

“我们被困住了！”他们哀嚎道，“这下完蛋了。我们要死在这儿了。”

但是不知怎的，就在矮人们陷入绝望之时，比尔博的心头却奇怪地感到了放松，就好像胸口有块大石头被搬走了似的。

“好啦，好啦！”他说，“‘只要还活着，就有希望’，这是我父亲常说的话，他还老说‘事不过三’呢。我准备再下去一趟。在我知道那里有恶龙的时候，我都已经去了两次了呢，现在我吃不准他在不在了，再下去一次又有何妨。再怎么说，惟一的出路也只能是往下了。这次，我想你们最好跟我一起去吧。”

绝望中的众人同意了，梭林打头阵，一马当先地走在比尔博身边。

“小心点！”霍比特人低语道，“尽量不要出声！斯毛格或许不在下面，但它也有可能还在，所以千万别冒不必要的风险！”

他们一路往下走着。矮人们在走路不出声方面当然没法跟霍比特人比，他们的喘气声和脚步声都被隧道里面的回声放得很大。虽然比尔博时不时地因为担心而停下脚步来凝神倾听，但底下并没有被激起任何声响来。快到最底下的时候，比尔博根据自己的判断戴上了戒指，继续走了过去。但其实他并不需要用到戒指：那里一团漆黑，不管戴没戴戒指，大家谁都看不见谁。事实上，由于底下实在太黑了，比尔博竟然没料到自己已经来到了洞口，双手抓了个空，一下向前跌倒，从洞口一骨碌滚进了大厅！

他就那样脸朝下趴在地上，不敢站起来，甚至不敢呼吸。但什么动静都没有。没有一丝光亮，惟一的例外是当他抬起头来的时候，在他头顶的远方，昏暗中似乎有一点微弱的白光。但那当然不会是恶龙的火焰，尽管洞里还充满着恶龙的臭味，比尔博的舌尖上还可以尝到蒸汽的味道。

到了最后，巴金斯先生终于忍不住了："我诅咒你，斯毛格，你这只臭毛虫！"他尖声咒骂道，"别再玩捉迷藏了！给我一点光亮，来吃了我啊，如果你能抓得住我！"

轻微的回声在看不见的大厅中回响，却没有传出任何回应。

比尔博站了起来，发现自己不知道该转向哪一边。

"真不知道斯毛格在玩儿什么把戏。"他说，"不过我想它今天不在家（或是今晚，谁知道现在是白天还是黑夜呢）。如果欧因和格罗因没有弄丢火绒盒，或许我们可以弄出一点光来，趁着运气好的时候赶快四处看看。"

"来点光！"他大喊道，"有人能弄出点光来吗？"

比尔博咚的一声向前跌进大厅时，矮人们自然都大惊失色，他们一起围坐在比尔博离开他们的地方，也就是隧道的尽头处，不知如何是好。

“嘘！嘘！”当他们听见比尔博的声音时，便发出这样的声音与比尔博联络。虽然这的确帮助霍比特人得到了他们的位置，比尔博还是花了一点时间才从他们那里得到了一点别的东西。不过最后，等比尔博真的开始拼命跺脚，扯开他那尖嗓子大喊“来点光！”的时候，梭林终于让步了，派欧因和格罗因到隧道另一头去取他们的行李。

又过了一阵子，一道摇曳的微光和他们一起回来了，欧因手里拿着一个小小的松枝火把，格罗因则在腋下夹着一堆同样的火把。比尔博赶紧跑到门边接过火把，但他却无法说服其他矮人和他一样点起火把来。梭林小心翼翼地解释说，巴金斯先生依旧是队伍中名正言顺的飞贼和侦察员，如果他想要冒险点火，那是他自己的事，他们会等在隧道里面等待他回来报告。于是他们就在门边坐了下来，小心翼翼地观望着。

他们看见霍比特人小小的黑色身影高举着小火把朝大厅深处走去。在他还没走远的时候，矮人们借着一点微光和一声“当啷”，发现比尔博不小心踢到了地上某样金灿灿的东西。随着他渐渐走进幽深的大厅，光点变得越来越小，然后光点开始向上，在半空中舞动，原来比尔博正在往一大堆金银财宝上爬去。很快，他就站上了财宝堆的顶端，接着又继续向前。这时，他们看见他停住了脚步，弯下腰来检查了片刻，但他们都不知道他这样做究竟原因何在。

那是因为比尔博发现了阿肯宝钻，那颗山之心！他是从梭林的描述中作出判断的，不过事实上，即便是在这里这么一大堆让人眼花缭乱的宝藏中，不，即便是在全世界，都不可能存在两颗符合这般描述的宝石来。他不停地往上爬，一道不变的白色光芒一直在他的前方闪烁，吸引着他的脚步。慢慢地，那光芒化成了一个纯净白光的小球。他又走近了一点，宝石的表面在他手中火把的映照下，发散出一道由许多颜色构成的光晕。最后，他走到宝石跟前，屏住呼吸，细细端详。这颗无双的宝石在他的脚下由内而外地闪耀着属于它自己的光芒。但另一方面，在多年前将其从山底下挖出来的矮人们的精雕细琢下，它又能将所有落到它身上的光亮幻化成千万道白色的光线，投射出彩虹般的光芒。

突然，在它的魅力吸引下，比尔博的手臂不由自主地向它伸去，将它拿了起来。他的小手甚至没办法将它完全握住，因为这是一颗硕大而又沉重的宝石，但他还是将它捧了起来，闭上眼睛，然后将其放进了最贴身的口袋里。

“我现在可成为一个真正的飞贼了！”他想，“不过我想我应该跟矮人们说一下——等有时间吧。他们不是说过我那一份可以自己挑吗，那我就选这个，让他们分其余的吧！”不过他也多少有点不安，感到矮人们所说的自行挑选，恐怕不包括这颗璀璨夺目的宝石，自己这么拿了或许会惹上麻烦。

他又接着往前走，从宝山的另外一边爬了下去，手中火把的光亮从矮人们的视野中消失了。不过很快，他们又看到火光出现在更远的地方。比尔博正在横穿整个大厅。

他继续往前走，最后来到了远端的大门前，扑面而来的一股新鲜空气让他觉得神清气爽，却也差点将他的火把弄灭。他小心地朝外张去，看见外面有相当宽敞的走廊，还有通往上方昏暗中去的宽阔阶梯的最初几级。到目前为止，斯毛格的身影或声音还是没有出现。他正准备转身回去时，一个黑影突然向他俯冲过来，擦过他的脸飞了过去。他尖叫一声，瞪大了眼睛，向后跌倒在地，手中火把头朝地落了下去，立刻熄灭了！

“只是一只蝙蝠，我想，也希望如此！”他惨兮兮地说道，“可我现在该怎么办呢？哪里是东南，哪里又是西北啊？”

“梭林！巴林！欧因！格罗因！菲力！奇力！”他扯开喉咙拼命喊道——可在这广阔的黑暗中，他的声音显得纤细而又微弱，“火把灭了！谁过来找我一下，救救我！”他的勇气瞬间全消失了。

矮人们隐隐约约地听见了他细弱的呼喊，尽管他们能听清的只有“救救我！”

“到底发生什么了？”梭林说，“肯定不是恶龙，否则他不可能一直这样叫的。”

他们等了一小会儿或两小会儿，外面依旧没有恶龙的声音，事实上，除了比尔博远远的喊声外，根本什么声音也没有。“来，谁去拿一两个火把过来！”梭林命令道，“看来我们得去帮帮我们的飞贼了。”

“也该我们出手相助了，”巴林说，“我很愿意去，而且我觉得至少这会儿是安全的。”

格罗因又点亮了几支火把，然后他们全都一个接一个蹑手蹑脚地走了出去，沿着墙壁尽可能地快步赶过去。没过多久，他们就遇到正往回走的比尔博。他一看见他们手中的火光，很快就恢复了镇定。

“只是一只蝙蝠，火把掉了，没什么大不了的！”他回答了他们的问题。虽然他们听了大大松了口气，却也为这一场虚惊而发了几句牢骚。我不知道如果他当时就把阿肯宝钻的事情告诉了矮人们，他们会说些什么。他们向前走着，一路上瞥见的财宝重新又点燃了矮人们心中的火焰。而当矮人们的心思被黄金和珠宝唤醒后，即使原来是一个最可尊敬的人，也会突然变得胆大包天，甚至是相当凶狠起来。

矮人们的确不再需要任何鼓励了，每个人都想趁有机会好好地探索一下大厅，也都愿意相信斯毛格暂时不在家中。现在，每个人都抓着一支火把，开始左顾右盼地搜索着，浑然忘却了恐惧，甚至连谨慎也忘记了。他们大声说话，互相喊来喊去，从财宝堆中或墙边把古代的宝物举起来，托在光亮中仔细把玩着。

菲力和奇力都有点欣喜若狂了，他们发现墙上挂着许多以银线为弦的黄金竖琴，便拿下来弹弄起来。由于这些竖琴本身附有魔法（而且恶龙也没有碰过这些琴，因为他对音乐几乎毫无兴趣），因此音调都还保持得很准，黑暗的大厅中立刻充满了早已沉寂了数百年的美丽旋律。不过，大多数矮人都比较实际，他们四处捡拾着宝石，将口袋塞得满满，又随着

一声叹息把带不走的东西从指端恋恋不舍地放回去。梭林可一点也不是这样的做派，他一遍遍地找寻着他想找的东西，却一直没找到。对了，那就是山之心，矮人国王的阿肯宝钻，只是他不愿意跟任何人提起。

现在，矮人们从墙壁上取下盔甲和武器，将自己武装了起来。梭林穿上镶金的盔甲，腰间插上镶着红宝石的斧头后，看起来果然很有王者气派。

“巴金斯先生！”他喊道，“这是你的第一份报酬！来，把旧衣服脱掉，穿上这个！”

说着，他就将一件小盔甲套在比尔博身上，那是多年前替一位年轻的精灵王子打造的。盔甲用银钢铸成，也就是精灵们所称的**秘银**，与之成套的还有一条珍珠与水晶打造的腰带。霍比特人的头上则戴着一顶皮制的轻型头盔，底下有铁板护身，边缘还镶着白色的宝石。

“我觉得棒极了！”他想，“但我看起来可能有点滑稽吧。不知道家乡那些人会怎么笑话我呢！不过我还是希望这儿能有一面穿衣镜让我照一照！”

不过，面对这些宝物的诱惑，巴金斯先生依旧比矮人们更能保持头脑的清醒。在矮人们对翻看宝物觉得厌倦之前，他早就坐了下来，开始担心最后会是怎样的结局。“我宁愿用好多这样的珍贵金杯，”他想，“去换贝奥恩的木碗所装的一点提神醒脑的酒！”

“梭林！”他大声喊道，“接下来该怎么办？我们是全副

武装了，但是面对恐怖的斯毛格，任何武装又有什么用呢？我们还没有真正抢回这些宝物呢。我们要找的不是黄金，而是一条逃出去的路。我们已经依赖运气太久了！”

“你说得对！”梭林也已经恢复了理智，“我们走！我给你带路。就算过上一千年，我也不会忘记这座宫殿的道路。”然后，他把其他人召唤到一起，高举着火把走出敞开的大门，许多人一边还在恋恋不舍地回眸张望着。

他们用破旧的斗篷盖住了闪亮的盔甲，用褪色的帽子遮住明灿灿的头盔，一个一个地跟在梭林后面走着，构成一线小亮点。在黑暗中，这些小亮点常常会停下，那是矮人们在驻足倾听，确认他们听到的不是恶龙归来的声音。

虽然这里旧的装饰大多已经腐烂或被摧毁，周围的一切也因为怪物来来去去而变得脏臭与凋敝，但梭林还是记得每一条通道和每一个转角。他们爬上长长的台阶，转过弯后又往下踏上宽阔的有回声的通道，然后又转弯爬更多的台阶，然后还是更多的台阶。这些台阶十分平滑，都是从宽大平整的原生岩石上切割出来的。矮人们不停地往上，往上，一路上都没有遇到任何的生物，只有一些鬼祟的黑影，在火把的光芒靠近时慌忙逃开，翅翼扇出微微的气流。

这些阶梯并不是为了霍比特人的小腿所建造的，正当比尔博觉得再也走不动的时候，洞顶突然变高了，超出了火光能照亮的范围。可以看见顶上的开口中射进一道白色的光芒，空气闻上去也变得更加甜美了些。光线抢在他们前面穿过大门照了进去，大门的铰链已经扭曲，半被烧毁了。

“这里就是瑟罗尔王的大厅，”梭林说，“是宴饮和议事的地方。这里离正门已经不远了。”

他们走过这已成废墟的大厅，只见桌子都已朽烂不堪，长短凳椅东倒西歪，有些焦黑，有些腐烂。酒壶、大碗、摔碎的酒角和着尘土铺满了一地，其间还散布着骷髅与骸骨。他们又往远处走出了几扇门，一阵淙淙的水声便落入他们的耳中，朦胧的灰光突然间变得更完整了。

“这里就是奔流河的源头，”梭林说，“它从这里流向大门，我们跟着它走吧！”

从岩壁上一个黑暗的开口中冒出一股沸腾的水流，它沿着狭窄的渠道旋转奔流。这条渠道是古人用巧手开凿，并且弄直弄深的。渠道旁是一条石板路，宽阔得足以让许多人并排而行。他们沿着这条路飞快地往外跑去，绕过一个大大的弯角——看哪！出现在他们眼前的是一片辽阔的天光。在他们面前矗立着一道高大的拱门，上面依然有着古老雕刻的遗迹，不过，已经磨损、碎裂并被熏得焦黑了。被迷雾包裹的太阳从山岭间释放出无力的光芒，金色的光线洒落在门槛前的步道上。

一群被冒着烟的火把从睡梦中惊醒的蝙蝠从他们身边掠过。当一行人快步前行时，感觉脚下直打滑，那是因为地面被恶龙进进出出而磨得十分平滑，又沾上了它身上的黏液。河水在他们前面喧嚣着奔流直下，溅出许多晶莹的泡沫，坠入下面的山谷。他们将黯淡的火把丢到地上，用被眩迷的双眼怔怔地望着外面的景色。他们已经来到了大门，正俯瞰着河谷。

“好啊！”比尔博说，“我从没想过自己还能站在这道门里向外看，也从来没想到过重新看见阳光，感受微风吹拂脸庞是这么愉快的事。可是，哦！这风还真是冷啊！”

的确很冷。从东方吹来的寒冷微风暗示了冬季即将到来。它在山岭间打着转，最后吹进山谷中，在岩石间发出阵阵叹息。他们于恶龙肆虐的闷热地底躲了很长一段时间后骤然出来，一时难以适应，不禁在阳光中也发起抖来。

比尔博突然意识到自己不仅很累，而且也饿得不行了。“看样子现在是上午，”他说，“我想应该差不多是吃早餐的时间——如果我们有早餐的话。不过，我可不觉得斯毛格宫殿大门口的台阶上是安全用餐的地方，让我们找个可以静静坐下来吃点东西的地方吧！”

“说得对！”巴林附和道，“我想我知道该去哪里，我们应该去大山西南角那个过去的瞭望台。”

“那儿有多远？”霍比特人问道。

“我记得要走五个小时吧，路不太好走，从大门沿河流左边的道路似乎全都毁了。不过你们看那边！河流在城镇的废墟之前突然绕了个弯，那里以前有座桥，通往一条陡峭的阶梯，爬上去就是右岸，那儿有一条路直通渡鸦岭。离开大路有（或者有过）一条小径，一路向上通往瞭望台。就算过去的石级还在，爬起来也会很费力气。”

“天哪！”霍比特人嘟哝道，“还要饿着肚子走更多路爬更多山呀！我在想，不知道我们在那个没有时间的可恶洞穴里面到底错过了多少早餐，还有中餐和晚餐啊？”

事实上，自从恶龙打碎了魔法门之后，他们在里面一共才度过了一天两夜而已（中间也不是一点东西都没吃），但比尔博完全失去了对时间的概念，因此对他来说，那有可能是一夜，也有可能是整整一个星期。

“走啦，走啦！”梭林大笑着说道。他的精神已经重新振奋起来，说话的同时还摇晃着口袋中的宝石。“别把我的宫殿叫做可恶的洞穴！等着看吧，等打扫完装修好，它可漂亮了！”

“总得等到斯毛格死掉才行吧！”比尔博闷闷不乐地说，“可这会儿它到哪儿去了呢？我愿意拿一顿早餐来换答案，希望它不会在山顶俯瞰着我们！”

这个想法让矮人们听了很不安，他们很快就同意巴林和比尔博说的没错。

“我们必须离开这里。”多瑞说，“我总觉得它的目光一直在盯着我的后脑勺。”

“这是个又冷又没劲的地方，”邦伯说，“这里或许有东西喝，但我看不到有什么能吃的东西，恶龙生活在这一带应该永远都吃不饱吧。”

“走啦！走啦！”其他人也跟着喊道，“我们跟着巴林走小路吧！”

沿着山壁往右边走是没有路的，因此，他们是在河流左岸的乱石间脚步沉重地走着。荒凉的、光秃秃的环境很快就让大家严肃起来，即使梭林也不例外。他们发现巴林提到过的那座桥早就已经塌了，造桥用的石头现在成了躺在喧闹浅溪中的卵石。不过，他们还是没费多少力气就渡过了河水，顺利找到了古老的阶梯，爬上了高高的河岸。走了一小段之后，他们踏上了那条古代留下的道路，不久就来到了一处岩石围成的幽谷。他们在这里休息了一会儿，倾其所有地吃了一顿早餐，主要是**克拉姆**和水。（如果你想要知道**克拉姆**是什么东西，我只能告诉你，我也不知道它的配方，不过它吃起来有点饼干的味道，可以保存很长的时间，吃了很耐饥，味道当然不敢恭维，事实上它吃起来很没味道，像是一种纯粹的口腔咀嚼练习。长湖边的人类制作这种干粮是专供长途旅行时用的。）

之后，他们又继续赶路，道路向西偏转，离开了河边，与大山的南向支脉越来越靠近。最后，他们终于抵达了通往山丘的小径。小径陡峭地往上延伸，他们一个接一个缓步往上爬，临近傍晚才终于到达了山脊的顶端，看到冷冷的太阳落向西方。

他们在这边找到了一块平地，三面都没有遮挡，只有北面依靠着一块巨岩，上面有个像是大门一样的开口，透过这扇岩石的巨门可以俯瞰东方、西方和南方的辽阔景色。

“就是这里，”巴林说，“以前我们一直在这边安排人瞭望，后面的门则会通往一个从岩石里面开凿出来的房间，那是守卫住的地方。在大山里像这样的点还有好几处。不过，在我们繁荣兴盛的时候，瞭望似乎没有太大的用处，守卫也变得松懈了——不然，我们可以更早发出恶龙入侵的警报，一切可能就跟现在不一样了。不过现在我们还是可以在这里躲一阵子，观察到外面的情形，而不用担心自己被发现。”

“可如果我们被人看见朝这边来了，那躲在这里也没多大用处了。”多瑞一路上都不停地看着山顶，似乎在担心会看见斯毛格像小鸟一样停在那里。

“我们只能赌一把了，”梭林说，“今天实在走不了了。”

“好嘞，好嘞！”比尔博喊了一声就摊开四肢躺到了地上。

那座石室够一百个人待的，再往里还有一个更小的房间，更能遮挡住外面的寒风。在斯毛格统治期间，这里被废弃了，就连飞禽走兽似乎也没有用过这个地方。他们把背着的东西都卸了下来，有些人倒头就睡着了，另一些人则坐在外间的门边讨论着计划。在整个的谈论过程中，他们时时会回到一件事上来，那就是：斯毛格到哪里去了？他们望向西方，西方什么也没有；望向东方，东方也是一片空空如也；再望向南方，南方也丝毫没有恶龙的踪迹，不过倒是有许多飞鸟聚集在一起。他们盯着那一景象看了很久，感到十分好奇，却直到最早的一批寒星挂上了天际，也一点儿没弄明白这究竟是怎么回事。

第十四章

火与水

Fire and Water

如果你和矮人们一样，想要知道斯毛格的消息，那我们就必须把时光倒转回两天前，来到斯毛格打碎密门，气呼呼飞走的那一刻。

湖中镇埃斯加洛斯的人们大多待在屋内，因为晚间黑暗的东方会吹来十分凛冽的寒风。但也有那么一些人行走在码头上，做他们爱做的事情，那就是从平静的湖面中看倒映的闪烁星光。从他们的镇子望过去，孤山大部分都被长湖远端的小山丘给挡住了，只有从奔流河自北方而来所形成的一个缺口才能看见。只有在清朗的天气才能看见孤山的山顶，而他们很少朝孤山眺望，因为即使在晨光中，那地方也透着一股不祥与阴沉。而此刻，孤山则完全被笼罩在了黑暗里，一点踪影也见不到。

突然，他在一闪之间又出现在了众人的视野中，那是山上冒出一道短暂的闪亮，稍纵即逝。

"看哪！"有人说，"又是那种光！昨天晚上我们守夜的人看见那光从半夜一直亮到清晨，山里面一定有什么事情在发生。"

“也许是山下之王正在铸造金子。”另一个人说，“他去北方已经有好些日子了，那些歌曲的内容该要开始应验了。”

“哪个国王？”另一个人冷冷地说道，“那很有可能是恶龙劫掠时喷射的火焰，他才是我们所知道的惟一的山下之王。”

“你这个乌鸦嘴！”其他人不满地反驳他，“不是说有洪水，就是说鱼有毒，想点让人开心的事情吧！”

这时，一阵刺眼的光芒突然出现在了山丘的低处，湖的北端被染成了一片金色。“山下之王！”他们叫了起来，“他的财富如太阳，他的白银像喷泉，他的河里流黄金！河里流着山上下来的黄金！”他们喊了起来，家家户户都打开了窗子，匆匆忙忙地往外跑。

小镇再次掀起了兴奋与热烈的浪潮。但那个声音冷冷的人却飞奔着找到了镇长。“肯定是恶龙来了，否则我就是个大傻瓜！”他大喊道，“砍断桥梁！拿起武器！拿起武器！”

这时，报警的号角声突然响起，在岸边的岩石间不断回荡。欢呼声停了下来，兴奋瞬间就转为了恐惧。正因为如此，恶龙来袭时发现人们已经作好了准备。

没过多久，随着恶龙的高速飞行，人们看见它像一颗火星那样朝他们直扑而来，越变越大，越变越亮，即使是最愚笨的人也毫不怀疑古老歌谣中的预言出错了。不过他们还有一点点时间，就利用这点时间，镇上的每一个容器都装满了水，每一个战士都全副武装，严阵以待，每一把弓箭与每一支飞镖都准备妥当，通往陆地的大桥也被砍断弄倒。不一会儿，斯毛格渐渐逼近的咆哮声变得震耳欲聋，他的翅膀可怕地扇动着，在湖面上激荡起火红的涟漪。

恶龙飞过人们的上空，在人群中激起一片尖叫与嚎哭。他向着大桥冲去，却意外遭遇了挫折！桥已经没有了，他的敌人躲在一个位于深水中的岛上。水太深、太黑，也太凉了，不是他喜欢的。如果他冲进湖中，大量的蒸汽会冒上来，足够一连好几天都把这附近笼罩在浓雾中。但是湖水的力量要比他强大，没等他通过湖水，湖水就会把他的火焰熄灭。

他咆哮着再次从城镇上空掠过，一蓬黑黑的箭雨腾空而起，发出“啪啪”“簌簌”的声音，射中他的鳞甲和珠宝后，箭头折断，箭尾则被他吐出的气息点着，燃烧着落入湖中，发出一阵“嘶嘶”的声响。那夜的情景远胜过你能想像出来的任何烟火。在弓弦弹动和号角鸣响的刺耳声音中，恶龙的怒气爆发到了顶点，令他终于失去了理智。已经有许多年没有人胆敢向他挑战了，现在其实他们也不敢，若不是有那个声音冷冷的人（他的名字叫巴德）跑前跑后地鼓舞着弓箭手，并且逼迫镇长下令他们战到最后一弓一矢。

烈焰从恶龙口中喷出。他在空中高高地盘旋了一阵子，火焰照亮了整个湖面，湖边的树木都化做金黄色和血红的火柱，漆黑的阴影则在它们脚下不停舞动。接着，他一气之下冒着箭雨直直地俯冲下去，根本没有费心将自己的鳞甲朝向敌人，一心一意只想把他们的镇子变成火海。

在恶龙呼啸着俯冲而下，掠过，又绕回来的过程中，火苗从铺着茅草的屋顶和梁柱间腾起，不过，在它绕回来再度发动攻击之前，这些火焰就都被扑灭了。只要一有火星出现，就有一百双手泼水灌救。恶龙又转了过来，他尾巴一扫，镇长的大屋就被化做碎片倒塌了。无法扑灭的火焰直冲天际。他一次又一次地俯冲，屋子一栋接一栋地陷入火海，轰然倒塌。弓箭阻挡不了斯毛格，如雨的箭矢不过像是来自沼泽地的苍蝇一样，根本奈何他不得。

人们开始从城镇的各处跳入水中，女人和小孩则被集中起来，送到镇中央市集的水潭中停泊着的小船里。武器被扔了一地，到处是哀嚎与悲泣。不久前，人们还唱着歌颂矮人的古老歌谣，预言着欢乐即将到来，而现在人们则在咒骂着他们的名字。镇长已经跳上了自己贴着金箔的大船，准备趁乱划走，保住自己的性命。用不了多久，整座城镇就将被众人舍弃，被火焰焚毁，被湖面吞噬。

那正是恶龙所期望的。他巴不得人们都上船，这样他就可以好好地来一场狩猎游戏了。如果他们停住不动，那他们也会在船上饿死的。就让他们试着逃上岸去也行，反正他也已经作好了准备。很快，他就会让湖岸边所有的森林变成一片火海，让所有的田地和牧场变成焦土。此刻，他正饶有兴味地玩弄着给镇上人下圈套的游戏，这份乐趣他已经有好多年没有享受过了。

但是，在燃烧着的房屋之间，依旧有一群弓箭手坚守着阵地，率领他们的队长就是巴德，那位声音阴沉，脸色也同样阴沉的人，那个朋友们经常骂他乌鸦嘴，怪他预言了洪水和有毒的鱼，但是，他们都明白他的人品和勇气。他是河谷邦之王吉瑞安的直系后人，当年吉瑞安的妻儿从奔流河逃出了河谷城的废墟。巴德拿着一柄巨大的紫杉木弓不停地射击，最后只剩下了一支箭。此时，火焰已经从四面向他逼来，同伴们也开始弃他而去了，可他不管不顾，依然最后一次弯弓搭箭。

突然间，一个黑影从黑暗中蹿出，拍打着翅膀落到了他的肩膀上。他吃了一惊——但那只是一只老画眉鸟，它毫不畏惧地站在他耳边，给他带来了最新的消息。他惊讶地发现自己竟然可以听懂画眉鸟说的话，那是因为他是河谷邦一族嫡系的缘故。

“等等！等等！”画眉鸟对他说，“月亮正在升起，当恶龙飞回来经过你头顶的时候，注意他左胸上一块秃的地方！”在巴德停下来思索的时候，画眉鸟又把孤山上最近发生的事情和自己全部的所见所闻都告诉了他。

接着，巴德将弓弦拉满，直到耳际。恶龙又盘旋而回，低低地飞行着，当他靠近的时候，月亮升起在东边的湖岸上，将他那巨大的双翼染成了银色。

“箭啊！”射手祝祷道，“黑箭啊！我把你留到最后，你从来没有让我失望过，而我每次射出后也总是将你捡回。我从父亲手中继承了你，而他也是从先祖那里得到了你。如果你是从真正的山下之王的熔炉里来的，那么就请你速速飞去，一击中的吧！”

恶龙再次开始俯冲，高度比以前历次都低。当它翻转过来，向下滑行时，月色中它的腹部因为宝石的火焰而闪耀出白光——但只有一处例外。巨弓嗖的一响，黑色的羽箭从弓弦上激射而出，直朝恶龙左胸那块光秃秃没有遮蔽的地方飞去。恶龙前臂展开，因此这里毫无防护，黑箭来势迅疾，一下便击中，从箭尖的倒钩到箭身再到箭尾的羽毛全都没入了恶龙的胸口。斯毛格发出了一声痛苦的嘶叫，震聋了人们的耳朵，震倒了湖边的树木，震裂了岸边的石头，然后往高空奋力一冲，最后翻转身，从极高的高处向着火焰与灰烬中的长湖镇废墟摔落。

他正正地跌落在镇子上，用他最后的挣扎将镇子砸成一片飞舞着火星的空地，周围的湖水怒吼着涌了进来，大量的蒸汽腾然而起，月光下突然出现的一片黑暗瞬间便被包裹在了茫茫白烟之中。耳边先听到一阵巨大的嘶嘶声，然后是湖水喷溅旋动，最后一切都归于了沉寂。这就是斯毛格和埃斯加洛斯的末日，但不是巴德的末日。

渐盈的月亮越升越高，寒风也刮得一阵紧似一阵。它将白色的烟雾扭成弯曲的巨柱和狼奔豕突的流云，然后将其向西方驱赶，散成支离破碎的一条条，赶进黑森林前面的沼泽地里。白雾散去后，可以看到许多小船黑黢黢地分布在湖面上，随风传来了埃斯加洛斯居民的哀哭声，他们在悲悼着自己失去的小镇、财物和毁坏的房屋。不过，如果他们仔细想一想的话，他们其实还有很多值得谢天谢地的地方，虽然当时要他们想到这一点是不太可能的：小镇居民中的四分之三至少得以逃生，他们的森林、农田、牧场、牲畜以及大部分的船只没有受到破坏，而恶龙也已经死了。当时他们并没有意识到这一点意味着什么。

哀伤的人们在湖的西岸聚集起来，在寒风中瑟瑟发抖，他们最初的抱怨和怒气是针对镇长的，认为他在还有人愿意保卫城镇的时候，竟然早早地就弃镇逃跑。

“他做生意或许头脑不错，特别是他自己的生意，”有些人抱怨道，“但有重大事情发生的时候，他一点用也没有！”接着他们就称赞起巴德的勇气和他最后那有力的一箭。“如果他没被杀就好了，”他们异口同声地说，“我们会把他拥戴为王。吉瑞安的后代，射龙者巴德！真可惜他死了！”

就在他们说到一半的时候，一个高大的身影从阴影中走了出来，浑身湿透，黑发紧贴在他的肩膀和脸上，眼中闪动着锐利的光芒。

“巴德没有死！”他大喊道，“当敌人被杀死的时候，他从埃斯加洛斯跳进了水里——我就是巴德，吉瑞安的后代，我就是屠龙勇士！”

“巴德王！巴德王！”他们大喊着，镇长却磨着颤抖的牙齿表示了异议。

“吉瑞安是河谷邦之王，不是埃斯加洛斯之王。在长湖镇，我们一向从年长和睿智的人中选出镇长，从来也没有忍受过武夫的统治。让‘巴德王’回到他自己的国度去吧，河谷城已经被他的英勇给解放了，再也没有任何东西可以阻挡他的回归。任何愿意待在被孤山阴影所笼罩的冰冷石头间，而不愿留在湖畔绿地的人尽可以跟他去。聪明的人会留在这里，希望能够重建我们的家园，在不久以后重享它的祥和与富庶。”

“我们要巴德王留在这里！”附近的人们大喊着回答，“我们已经受够了老头子和守财奴了！”离得稍远的人也应和道：“神箭手上台，钱袋子下台！”不久湖边的喊声就连成了一片。

“我绝不是小看神箭手巴德，”镇长小心翼翼地说道（因为巴德现在就站在他背后），“他今晚的所作所为为他在我们镇的恩人册中赢得了显赫的地位，他值得人们为他写下许多永不衰朽的颂歌。但是，镇民们，为什么？”——讲到这里，镇长突然站了起来，用响亮而又清晰的声音说，“为什么你们要把所有的不满都对着我呢？我犯了什么错该当被罢免呢？

可否容我问一句，究竟是谁把恶龙从睡眠中唤醒？是谁从我们这里获得了丰厚的礼物和充足的帮助，让我们相信古代的歌谣将会成真？是谁利用了我们的善心和对未来的美好期盼？他们有没有顺着河流送来黄金作为对我们的报答？没有！他们送来了恶龙的火焰和毁灭！我们应该向谁要求对我们的损失作出赔偿，来安置我们的孤儿和寡母？向谁？”

大家看到了吧，镇长能得到这个位置并不是毫无理由的。他的这番话让人们暂时忘记了推举新王的主张，而是将怒气转到了梭林和他的伙伴们身上。人群中有许多地方开始冒出狂热狠毒的咒骂来，有些之前把古老的颂歌唱得最大声的人，现在又同样大声地指责他们故意吵醒了恶龙来祸害长湖镇！

“傻瓜！”巴德说，“为什么要把你们的言语和愤怒浪费在那些可怜家伙的身上？毫无疑问，在斯毛格飞来我们这里之前，他们肯定先就葬身火海了！”话还没说完，他就想到，大山里传说中的宝藏现正处于无人看守或是无主的状态中，于是他突然打住了话头。他想到了镇长说的话，想到要重建河谷城，铸造无数的金钟，而这一切只要他能找到人手就可以办到。

最后，他又开口说话了：“现在不是发牢骚的时候，镇长先生，也不是酝酿惊天动地的变化的时候。我们有工作要做。我依然服从您的领导，不过，或许过一阵子，我会考虑您的建议，带着愿意跟随我的人一起北上。”

然后，他就走开去，忙着安排搭建帐篷和照顾伤病的工作。但镇长却在他远去时对他的背影怒目而视，依然坐在地上一动不动。他脑子里想了很多，话却没说几句，除了叫人给他带来柴火和食物。

现在，巴德不管走到哪里，都发现关于那些无人看守的宝藏的话题在人们之中如星星之火般蔓延着。人们谈论说，得到财宝以后，就可以很快补偿他们所受到的损失，可以让他们拥有足够的钱从南方购买商品，这让他们在困境中大受鼓舞。这一点是很有好处的，因为夜晚对他们来说还是艰苦而又凄惨的。遮风避雨的地方很少（镇长有一个），食物也很少（连镇长也吃不饱）。许多在镇子的毁灭中毫发无伤地逃出来的人，却在那天晚上因为潮湿、寒冷和伤悲而染了病，后来竟死去了。在后来的日子里，人们经历了相当严重的疫病和一场大饥荒。

在此同时，巴德扛起了领导众人的责任，他按自己的想法对事情作出安排，尽管总是以镇长的名义，而他在管理镇民，指挥他们为防御作准备和解决住宿等方面真可谓是呕心沥血。秋天一过眼看着冬天就要来了，如果援助不能到手的话，他们之中的大部分人肯定熬不过这个冬天。但幸运的是，援助很快就来到了，因为巴德当机立断派出信使沿河进入森林，请求森林中的精灵国王给予援助。这些信使发现精灵国王率领着一支部队已经在行动了，而此时还只是斯毛格死后的第三天。

精灵国王是从他自己的信使和与他子民友好的鸟类口中

得到消息的，这些鸟儿早已经知道了大部分所发生的事情。在恶龙所造成的蛮荒地带周围，恶龙之死在所有长翅膀的生物中都引起了很大的骚动。空中满是各种盘旋的鸟类，它们之中那些飞行迅捷的信使在空中飞来飞去传递着消息，森林边缘的上空一时间充斥着鸟儿兴奋的啁啾。“斯毛格死了！”消息很快就传遍了黑森林。树叶簌簌地响着，一双双受惊的耳朵全都竖了起来。还不等精灵国王骑马出发，这些消息就已经一路向西，来到了迷雾山脉的松林之中。贝奥恩在自己的木屋中听到了这个消息，半兽人们则在洞穴中商讨起了对策。

“我想，这只怕是我们最后一次听到梭林·橡木盾的消息了。”国王说，“如果他留在这边继续当我的客人，或许下场还好些。不过，没有什么风会给谁都不带来好处。”他说这话是因为他也没有忘记传说中瑟罗尔王的财富。正因为如此，巴德的信差才会遇到他率领着弓箭手和长矛兵浩浩荡荡地行进着。乌鸦们密集地聚集在他的头上，因为它们认为战火又将重新燃起，而这一带已经很久没有打过仗了。

不过，当精灵国王收到巴德的求援信时，起了同情之心，他毕竟还是善良种族的国王。于是，他将原先直指孤山的大军调转方向，沿河而下，往长湖进发。他没有足够的船只或木筏来装载所有的部队，许多士兵被迫以较慢的方式沿陆路步行前进，不过，他预先将许多物资通过水路运了过去。精灵们的脚程再怎么说也是很快的，虽然这些年来，他们已经不像过去一样熟悉长湖和森林之间的沼泽和险恶平原了，但他们的行军速度依然很快。在恶龙死后刚刚五天，他们就来到了湖边，眺望着长湖镇的废墟。正如预期的一样，人们十分欢迎他们的到来，镇长和人们已经准备在将来付出任何代价，以换取精灵国王现在对他们的援助。

他们很快就制订好了重建的计划。镇长和老弱妇孺都留在了后方，工匠和许多有手艺的精灵也跟他一起留下。他们忙碌着砍伐树木，收集从森林里顺流漂下的木材，然后动手在湖边搭建许多小屋，抵御即将到来的寒冬。在镇长的指挥下，他们开始兴建一座比以前更大、更好的新镇子，只是位置不在原先的地方了。他们将城镇沿着湖岸又往北挪上去了一点，因为他们对恶龙葬身的水域从此心生畏惧。他再也回不到他那黄金睡榻上去了，只能如岩石般僵卧在冰冷的浅滩水底。此后的许多年里，每当天气晴朗，人们便能在旧镇的废墟间看见它那巨大的尸骨。很少有人胆敢越过这受诅咒的地方，更没有哪一个敢冒险潜入这令人浑身打战的水中，打捞从他那腐烂尸身上掉落下来的宝石。

其余所有还能拿起武器的成年男子，和精灵国王的大部分兵力，全都准备向北进入孤山。就这样，在长湖镇被毁之后的第十一天，其先头部队就已经越过了长湖另一端的石门，进入了恶龙盘踞多年的荒凉之地。

第十五章

黑云压城

The Gathering of the Clouds

现在，我们又该回到比尔博和矮人们这边来了。整个晚上他们都安排了一个人的哨，可一直到第二天天亮他们都没有听见或看见任何危险的迹象。不过，鸟群却聚拢得越来越密集，一群一群的鸟从南方飞来，而依然住在孤山周边的乌鸦则在天空中不停地盘旋、鸣叫。

“一定有什么奇怪的事情正在发生，”梭林说，“候鸟秋季迁徙的时间已经过了，这些鸟都是一直栖息在平原上的。那里有八哥和杂雀，再远些的地方有许多食腐尸的鸟，怎么好像大战在即的样子！”

突然，比尔博指着前方说道：“看哪！那只老画眉鸟又回来了！斯毛格把山壁打碎的时候，他看来是逃脱了，不过我想那些蜗牛肯定没有躲过此劫！”

没错，那里出现的就是那只老画眉鸟。就在比尔博指着他的时候，他朝他们飞了过来，停在了旁边的一块石头上，拍拍翅膀，鸣叫了片刻，然后侧过脑袋，仿佛在倾听着；然后他又鸣叫，接着又侧头倾听。

“我觉得他想要告诉我们什么，”巴林说，“但是我听不懂这种鸟的语言，他说得太快、太难懂了。你听得懂吗，比尔博？”

“不是很懂，”比尔博说（其实他根本连一个字也不懂），“不过这个老家伙似乎非常兴奋。”

“我真希望他是只渡鸦！”巴林说。

“我还以为你不喜欢渡鸦呢！我们以前过来的时候，你似乎很害怕它们。”

“那些是乌鸦！它们非常可恶，一副疑神疑鬼的样子，还很粗鲁。你一定听见它们在背后叫我们的那些难听名字了。但渡鸦不一样，它们和瑟罗尔的子民以前曾经非常友好，它们经常会带情报来给我们，我们则会赏赐给它们一些亮闪闪的东西，它们就喜欢把这种东西藏在自己的巢里面。

“它们的寿命很长，记忆也很长久，而且它们会把智慧传给后代。我还是个孩子的时候，认识许多住在岩石间的渡鸦。这片高地以前就叫做渡鸦岭，因为有一对相当睿智且有名的渡鸦夫妇，老卡克和他的妻子，住在这里，就在守卫室的屋顶上面。不过，我想那些古老的鸟类不会再逗留在这儿了吧。”

他的话还没说完，那只老画眉鸟就发出一声嘹亮的鸣叫，马上飞走了。

“我们也许听不懂它的话，但我敢肯定这只老鸟能听懂我们说些什么。”巴林说，“留点神，看看接下来会发生什么事情！”

没过多久，外面就传来一阵拍击翅膀的声音，画眉鸟又回来了，还带来了一只老得够可以的老鸟。他已经接近失明，飞起来十分勉强，头顶的毛也全秃了。这是一只身形巨大的老渡鸦，只见他笨拙地降落在他们面前的地上，缓缓地拍拍翅膀，迈着碎步走向梭林。

“喔，瑟莱因之子梭林，芬丁之子巴林，”它嘎嘎叫道（比尔博也可以明白他在说什么，因为他用的是人话而不是鸟语），“我是卡克之子罗阿克。卡克已经死了，但他以前和你们往来相当密切。我从蛋里面破壳而出已经有一百五十三年了，但我没有忘记我父亲告诉的事情。现在，我是山中的渡鸦首领。我们的数量很少，但我们仍然记得过去的老国王。我的同胞们大都到外面去了，因为南方有了重大的消息——有些对你们来说是好消息，有些在你们看了可能会觉得不妙。

“看哪！鸟儿们从南方、东方和西方又重新回到孤山，回到谷地来了，因为斯毛格死亡的消息已经传开了！”

“死了！死了？”矮人们一个个都喊了起来，“死了！那我们还怕个什么劲儿——财宝是我们的了！”他们全都跳了起来，手舞足蹈地开始庆祝。

"是的，死了。"罗阿克说，"这只画眉鸟，愿他的羽毛永不掉落，亲眼目睹了他的死亡，我们可以相信他说的话。在三天之前的晚上，月亮升起的时候，它看见恶龙在和埃斯加洛斯的人类作战的时候从空中被射落了。"

梭林过了好一会儿才让矮人们安静下来，继续听渡鸦带来的消息。最后，当描述了战斗的整个过程之后，他继续说道：

"梭林·橡木盾，欢庆就到此为止吧。你可以安全地回到大厅中去，所有的宝物都是你的——暂时是这样的。但是除了飞鸟之外还有许多东西也在往这边聚集，宝藏守卫者死亡的消息已经传得很远很广了，瑟罗尔王财富的传说并没有在多年的口口相传中失落，许多人都迫不及待地想要来分一杯羹。精灵大军已经在路上了，食腐肉的鸟儿们和他们一起来了，盼望着能有一场战斗与杀戮。长湖边的人们在抱怨，说他们的惨剧都应当归罪于矮人，他们现在无家可归，许多人都死了，斯毛格毁了他们的城镇。不管你们是活是死，他们也想要从你们的宝藏中获取补偿。

"你必须凭借自己的智慧来决定如何应对，不过，十三名矮人和当年都林在此生息的子孙相比，实在少得可怜，那些子孙现如今也都散落天涯了。如果你愿意听我的忠告，请不要相信长湖镇的镇长，请相信那个用弓箭射下恶龙的人。他的名字叫巴德，属河谷邦一族，是吉瑞安的子孙。他性情严厉，可待人真诚。在这片地区长期经受恶龙的荼毒之后，我们很想看见矮人、人类和精灵能再次和平相处，不过这会要花去你不少的黄金。我说完了！”

梭林愤怒地回答道：“卡克之子罗阿克，请接受我们的感谢，你和你的同胞我们永不会忘记，但是，只要我们还活着，就决不容任何人从我们这里巧取豪夺走一点。如果你还想再获得我们更多的感谢，就请把任何向这里靠近的人的消息告诉我们。我还想请求你，如果你的同族之中还有年轻力壮、羽翼丰满的，请派他们到北方山脉中去寻找我们的族人，无论是向西去还是向东去，把我们的困境告诉他们。不过，请你特别要去铁丘陵通知我的堂亲戴因，他手下有许多武装精良的士兵，而且也离这边最近。请他务必快点赶来！”

“我不会批评你的策略是好是坏，”罗阿克粗声回答道，“但我愿意做我力所能及的事情。”说完他就慢慢地飞走了。

“快回山里去！”梭林大喊道，“我们的时间不多了。”

“食物也没有多少！”比尔博喊道，他在这些地方一向很实际。他觉得不过分地说，这场冒险已经随着恶龙的死亡而结束了——在这一点上他可是大错特错了——他宁愿放弃自己大部分应得的报酬，换取一切有个和平的收场。

“回到山里面去！”矮人们喊道，仿佛根本没有听见他说话似的。于是，他只好跟着大家一起回去了。

由于有些事情你们已经听说了，所以你们知道，矮人们其实还有几天的时间作准备。他们仔细检查了大小洞穴，发现果然如同他们所预料的那样，只有正门还是开着的，所有别的门（当然，那个小密门除外）都早已被斯毛格要么破坏要么封锁了，连一点痕迹都没有剩下。因此，他们开始努力加强正门的防御工事，并重新修建一条从地下宫殿通往外面的道路。工具能找到很多，那是古代的矿工、采石工和建筑工们所使用过的，矮人们对于这些工作依旧十分在行。

在他们工作的同时，渡鸦也不停地给他们带来新消息。他们靠着这样的方式，知道了精灵国王把部队转向带到了湖边，这样他们就有了喘息之机。更利好的消息是，他们听说他们原先的小马中有三匹逃过了斯毛格的追捕，现在正在奔流河的河岸附近乱跑，距离他们剩余的补给品被留下的地方并没有多远。因此，当其他人忙着手上活儿的时候，菲力和奇力由一只渡鸦领着，被派去寻找小马，并尽可能地把补给品带回来。

时间又过去了四天，那时他们已经知道长湖镇人类和精灵的联军正快速向孤山行进着。但现在他们对未来的希望反而更加高涨，因为他们的食物只要分配得当，够撑好几星期的——当然，主要是克拉姆，他们都已经吃腻了，可是总比什么都没有要好很多——而且大门已经被一座由方正岩石砌起的高墙给封闭了起来，墙壁又厚又高，横亘在正门前方，上面有孔，他们可以观察（或发射弓箭），但外面的人却进不来。他们利用梯子进出高墙，用绳子吊运货物，在墙的下部开了个小小的拱形出口，供河水往外流。但在靠近进口的地方，他们改变了狭窄的河道，使得一个宽阔的水潭一直从山墙延伸到了河流倾泻入谷地的瀑布源头。现在，如果不游泳想要接近大门的话，只有沿着一道悬崖上凿出来的狭窄小径，位于从高墙上望出去的右侧。他们找回来的小马只能来到旧桥上方的台阶尽头，在那里卸下所有补给之后，他们就让小马回到主人那里去，然后再空着马背被送去南边。

有天晚上，他们眼前突然出现了许多光点，是南边远处河谷城那里的营火和火把。

"他们来了！"巴林大喊，"他们的营地规模非常大，这支部队一定是借着夜色的掩护，沿着河两岸过来的。"

那天晚上，矮人们都没怎么睡。天还蒙蒙亮的时候，他们发现有一群人逼近了。他们在墙后看着那些人进入山谷，慢慢地向上爬来。不久他们就看清了，来的人当中既有全副武装的湖区人类，也有混杂其间的精灵弓箭手。最后，队伍的前哨攀上了塌落的岩石，出现在了瀑布顶上。当他们看见眼前的大水池和新砌的岩石高墙时，不禁大吃一惊。

就在他们站在那里指指点点，交头接耳的时候，梭林先跟他们招呼上了。"来者何人？"他用中气十足的声音大喊道，"你们摆出一副开战的样子，来到瑟莱因之子梭林，山下之王的宫殿前，究竟想要干什么？"

对方并没有回答。有些人马上掉转身就走了，其他人则盯着大门及其防御看了一会儿，也跟着走了。部队的营地当天就移到了河的东侧，就在大山的两道支脉之间。岩壁间随即回响起了谈笑声和歌声，这是他们好久没有做过的事情了。其间还夹杂着精灵的竖琴和甜美的音乐，当这些美妙的音乐向他们飘来时，仿佛凛冽的寒气也跟着温暖起来，他们还依稀闻到了森林中的花朵在春日里绽放的香气。

比尔博这时很想从这个黑暗的堡垒里逃离，到下面的篝火边去加入他们的欢宴歌舞。一些比较年轻的矮人心里也动摇起来，他们嘀咕着希望事情不是这样，希望能用朋友的身份来接待这些人。但梭林却是一脸的怒容。

于是，矮人们也拿出了从宝山中找到的竖琴和乐器，用音乐来舒缓梭林的情绪。不过他们唱的并非是精灵的歌曲，更像是他们很久前在比尔博的霍比特人洞府中唱的那首歌。

在那又黑又高的孤山下
国王终于回到了家！
他的敌人已死，那可怕的恶龙，
谁与他为敌也将同样倒下。

宝剑锋利，长枪长，
箭矢飞快，城门强；
寻找黄金胆气壮；
矮人不再受欺枉。

往昔的矮人念下强大咒语，
伴着那铁锤砸出叮当乐曲，
幽深之处有黑暗生物沉睡，
山石下的空穴深不知几许。

在银项链上他们串起了一行
星辰，如鲜花那般美丽绽放，
在王冠上他们缀以龙的火焰，
扭曲的线条间竖琴奏出清响。

山中宝座摆脱了残暴的君王！
哦，流散的同胞，召唤的号角已吹响！
快来！快来！越过荒野！
国王需要朋友与族人相帮。

我们呼唤，越过冰冷山脉，
“快回到古老的洞穴中来！”
国王就在大门口等待，
手中满攥珠宝与钱财。

国王终于回到家，
在那黑暗高峻的孤山下。
可怕的恶龙已被杀死，

谁再与我们为敌也将同样倒下！

这首歌看来让梭林很是受用，他的脸上又露出了笑容，心情好了起来。他开始计算到铁丘陵的距离，戴因如果一接到消息立刻出发，不知要花多久能够抵达孤山。但比尔博的心情却越来越低落，人们唱的歌和说的话都让他感觉大战在即。

第二天一早，只见一队持长矛的士兵越过了河，沿着山谷朝上边走来。他们拿着精灵国王的绿色旗帜和长湖的蓝色旗帜，一路走到高墙前站定。

梭林再度用嘹亮的声音招呼他们："来者何人？为何全副武装，来到瑟莱因之子梭林，山下之王门前，意图开战？"这次他得到了回答。

一名个子高大，头发黑黑，脸色阴沉的男子走出队列，对他大喊道："梭林你好！你为什么要像落网的强盗一样把自己关起来？我们还不是敌人呢，我们没想到你竟然还活着，但我们很高兴。我们没料到这儿还会有人活着，但既然碰上了，那有些事就该好好谈谈，商量一下。"

"你是谁，有什么要商谈的？"

"我是巴德，恶龙是我亲手射死的，宝藏也等于是经我的手你们才得到的。这难道与你无关吗？而且，我还是河谷邦之王吉瑞安的嫡传子孙，你的宝藏中也有许多是斯毛格从他的宫殿与城镇中抢去的，这件事我们难道没有资格和你商谈吗？不只如此，在最后一战中，斯毛格还摧毁了埃斯加洛斯人的居所，我还算是服务于他们镇长的。我要代表他来问问你，是否有顾及到他的镇民们所遭遇的不幸。他们在你们饥寒交迫的时候曾给予你们帮助，而作为回报，到目前为止，你们只给他们带去了毁灭，虽然这肯定不是你们的有意之举。”

即使说得有点高傲和严厉，但话却是在理而且一点不假的。比尔博以为梭林会立刻承认对方说得有道理。当然，他根本不指望会有人记得是他单枪匹马凭借一己之力发现了恶龙的弱点。他这么想很对，因为的确没有人记得了。但他也忽略了被恶龙盘踞已久的黄金所具有的蛊惑力，也没考虑到矮人们的心灵。在过去的几天中，梭林长时间置身于宝藏中，因此宝藏在他心中撩起了浓厚的欲望。虽然他主要是在寻找阿肯宝钻，但他对放在那里的其他许多好东西还是看在眼里的，这些都勾起了他对族人所付出血汗的伤痛记忆。

“你把最糟糕的理由放在最后也是最主要的位置，”梭林回答道，“没有人有资格分享我的族人的宝藏，因为夺走这些宝藏的斯毛格也同样夺走了他们的生命和家园。这宝藏不属于他，因此他的恶行也不该以分享宝藏的方式来弥补。长湖镇的人们给予我们的物资与协助，我们在适当的时候会给予优厚的回报。但是，在武力的威胁下，我们**什么都不会给**，哪怕只是一条面包的钱！只要你们还陈兵于我们的门前，我们就将你们看作敌人和小偷。

“我心里倒也有个问题想问，如果你们来的时候发现我们已经被杀，宝藏无人看守，不知你们会分给我们的同胞多少他们应得的继承。”

“一个很合理的问题。”巴德说，“但你们并没有死，而我们也不是强盗。而且，富贵的人对于那些在他们匮乏之时善待他们，而如今又身处穷困的人不是应该多些怜悯，少谈些权利吗？此外，我刚才提出的其他要求也没有得到答复。”

“我刚才说了，拿着武器的人站在我的门前，我什么都不谈。尤其是那些精灵国王的人，我想起他们气就不打一处来。这场辩论根本没有他们的份儿。走吧，不然就得尝尝我们弓箭的滋味了！如果你想再和我商谈，先把精灵部队赶回他们该待的森林，然后回来，放下武器，再靠近我们的门槛。”

“精灵国王是我的朋友，在我的湖区同胞们陷于危难之时，他伸出了救助之手，虽然他与他们只有友谊而并不欠他们人情。”巴德回答道，“我们愿意给你时间对自己的话作出悔悟，在我们回来之前，请恢复理智吧！”说罢，他就转身回营地去了。

几个小时之后，掌旗者又回来了，号手向前站定，吹起一阵号角：

“以埃斯加洛斯和森林之名，”一人喊话道，“我们向瑟莱因之子，自称为山下之王的梭林·橡木盾宣告，我们希望他郑重考虑之前所提出的条件，否则就将被视作我们的敌人。作为下限，他应该将宝藏的十二分之一交予吉瑞安的继承人、屠龙者巴德。巴德将自行利用该份额来援助埃斯加洛斯。但如果梭林希望像其古代的先祖们一样获得周边居民的友善与尊重，他也应该将自己宝藏的部分给予长湖地区的人类，以弥补他们所受到的伤害。”

梭林听到这里，立刻夺过一把角弓，一箭向宣读者射去。羽箭夺的一声射入宣读者身前的盾牌，露在外面的半截兀自抖个不停。

“既然这就是你的答案，”他大喊着回应，“我宣布从现在起对孤山实施围困。你们不得离开此地，除非由你方提出停止争执，展开会谈。我们不会对你们使用武器，而是让你们好好守着这些黄金。你们要想把它们全都吃掉也可以，如果你们愿意的话！”

使者说罢便很快离开了，留下矮人们仔细思考自己的处境。梭林变得十分阴郁，其他人就算想批评他也没那个胆儿。但其实大多数人似乎和他有同样的想法——可能只有胖胖的老邦伯、菲力和奇力除外。比尔博对于事情演变到这一步当然是不赞同的，他现在已经受够了待在山里的滋味，被围困在山里根本不对他的口味。

“这整个地方还是有恶龙的臭味！”他自言自语地抱怨道，“真让我恶心。最近吃起克拉姆来，老是卡在喉咙里，下也下不去！”

第十六章

夜色中的小偷

A Thief in the Night

接下来的日子过得漫长而又疲惫。大部分的矮人都把时间花在堆放和整理宝藏上，梭林跟大家提起了瑟莱因的阿肯宝钻，要求他们务必翻遍每一个角落替他寻找。

“那是我父亲传下来的阿肯宝钻，它比一整条河的黄金还值钱。”他说，“对我来说它是无价之宝，所有宝藏中我只将其归入我的名下，谁如果找到宝石后自己收下了，我一定跟他势不两立。”

比尔博听了这些话之后开始感到害怕了，一直在想如果宝石被发现了不知该如何是好——那宝石就被他包在当枕头的破布包袱里。不过，他还是没有把此事说出口，因为随着日子过得越来越消沉，一个新的计划钻进了他的小脑袋里。

这样的情形又维持了一段时间，直到渡鸦们带来了消息，戴因和五百多名矮人已经从铁丘陵兼程赶来，现在位于东北方，距离河谷邦只有不到两天的路程。

“可是，他们不可能神不知鬼不觉就到达孤山，”罗阿克说，“我担心在山谷里要开战，这可不是什么聪明的做法。虽然他们骁勇善战，但也很难打败包围你们的军队。就算打败了，你又能得到什么呢？冬天和大雪紧跟着就要来了，如果周围地区都对你们抱着敌意，你们吃什么呢？虽说恶龙死了，可宝藏反倒可能要了你们的命！”

但梭林依旧不为所动。“冬天和大雪也同样会伤害人类和精灵，”他说，“他们会发现野地中的营盘难以忍受。有我的朋友从后面夹攻，又有老天的帮忙，或许他们在谈判桌上的态度会软下来。”

当夜，比尔博下定了决心。天空中一片黑暗，没有月亮。等天一黑透，他立刻走到紧靠大门的一个房间的角落，从包袱中掏出一根绳索，以及包在一块破布里的阿肯宝钻。接着他爬到城墙顶端，那里只有邦伯在，因为正好轮到他守夜，矮人们人手有限，每次只能派一个人放哨。

“好冷啊！”邦伯说，“我们要是也能和他们的营地里一样生堆火就好了！”

“里面还是挺暖和的。”比尔博说。

“我想也是，但我得在这儿守到半夜。”胖矮人嘟囔道，“真是没劲。不是我要背地里说梭林闲话，愿他的胡子能长得再长一点，可他实在是个固执的‘僵脖子’。”

“没我的两条腿僵。”比尔博说，“我已经厌倦了阶梯和石板过道了，我愿意付很多钱来换脚趾头踩在草地上的感觉。”

“我愿意付很多钱来换烈酒流过喉咙的感觉，还想要饱餐一顿后躺到软软的床上睡觉！”

“只要我们还被围困着，我就没法给你这些东西。不过离我上次值夜已经很久了，如果你愿意的话，我来替你一会儿吧，今儿晚上我正好睡不着。”

“你真是个好人，巴金斯先生，那我就恭敬不如从命喽！如果有什么事的话，请一定记着先把我叫起来！我就睡在左边的房间里，离这儿不远。”

“放心去吧！”比尔博说，“我半夜会把你叫醒的，让你去叫醒下一班哨。”

邦伯一走，比尔博戴上戒指，系好绳索，从墙上溜了下去，走了。他大概有五个小时的时间可以支配。邦伯肯定会睡着（他任何时候都能睡着，而且自从经历了森林中的奇遇之后，他一直想要重回当时的美好梦境），其他人都在和梭林一起忙。所有的人，即使是菲力和奇力，也不可能在轮到他们站哨之前跑到城墙上来。

天色十分昏暗，脚下的路在稍微走了一会儿之后，也就是当他离开新修的道路，朝着较低的河道爬下去之后，变得陌生起来。最后，他来到了河水转弯的地方，如果他要如他所愿地前往对方的营地，那么他必须要涉水而过。河床虽然很浅，但河面已经很宽了，在黑暗中渡河对于矮小的霍比特人来说绝非易事。就在快要走到对岸的时候，他踩在了一块圆石上，脚下一个不稳，扑通一声掉进了冰冷的水中。等他好不容易爬上对岸，浑身发抖，牙齿打战时，只见黑暗中几个精灵打着明亮的灯笼出来寻究那声“扑通”的原因。

“肯定不是鱼！”一个人说，“附近一定有间谍！把灯光藏起来！如果这是传说中矮人们那个古怪的小仆人的话，这点光亮只会对他更有利。”

“有没搞错啊，把我当做仆人！”比尔博鼻子里不禁哼了哼，而就在他哼到一半的时候，他打了个大喷嚏，精灵们立刻朝着声音的来源围拢过来。

“把灯点亮！”他说，“如果你们想抓我，我就在这里！”说着他脱掉戒指，从一块岩石后面跳了出来。

虽然精灵们很吃惊，但还是很快就把他抓了起来。“你是什么人？你就是矮人手下的霍比特人吗？你要干什么？你是怎么溜过我们的岗哨混进来的？”他们的问题像连珠炮般一个又一个。

“我是比尔博·巴金斯先生，”他回答道，“如果你们想知道的话，我就是梭林的伙伴！我见过你们的国王很多次，不过他见到我也许不认识。但是巴德一定还记得我，所以我特别想见的人是巴德。”

“这样啊！”他们说，“那你有什么目的呢？”

“我亲爱的精灵们，不管是什么事情，那都是我的事。不过，如果你们希望赶快离开这个冰冷的地方回到你们自己的森林里去，”他发着抖回答道，“你们最好赶紧带我到营火边，让我可以烘干，然后再让我尽快和你们的首领说上话。我只有一两个小时的时间了。”

就这样，比尔博在离开正门两小时后，就已坐在了一座大营帐前的温暖营火前烘手，而精灵国王和巴德就坐在他身旁，好奇地打量着他。一名穿着精灵盔甲、半裹着旧毯子的霍比特人对他们来说可是件新鲜事物。

“其实你们知道，”比尔博用最像谈正事的口吻说道，“这样僵下去是不会有结果的。就我个人而言，我对这一切已经厌倦了。我希望能回到西方我自己的家里去，那里的人们更讲道理。不过，我和这件事也有利益关系——准确说来，是有十四分之一的分成。这事是写在一封信上的，幸运的是我想我还留着那封信。”他从旧夹克（他还把这夹克套在盔甲外面）的口袋里掏出一封信，皱皱的、折了好几折，那就是梭林今年五月放在他壁炉上时钟下的那封信！

“请注意，是**净利**的分成，”他继续道，“我注意到这点了。对我来说，我很愿意认真考虑你们提出的要求，在总数中扣除该扣的数目后，再来考虑我应得的收益。不过，你们不像我这样了解梭林·橡木盾。我向你们保证，只要你们还留在这里，他真的愿意坐在金山上挨饿。”

“哼，让他饿去！”巴德说，“这种笨蛋活该挨饿！”

“说得没错，”比尔博说，“我同意你的看法。不过，冬天来得很快，你们马上就会遇到雪啊什么的了，补给会变得很困难，我相信连精灵也不例外。你们有没有听说过戴因和铁丘陵的矮人？”

“听说过，很久以前了，可他和我们有什么关系？”精灵国王问道。

“和我想的一样。看来，我也有一些是你们不知道的情报啊。让我告诉你们吧，戴因现在距离这儿已经只有不到两天的路程了，他手下至少有五百名骁勇善战的矮人，其中许多人经历过矮人和半兽人那场可怕的大战，这你们想必听说过。等他们一到，事情可能就很麻烦了。”

“你为什么要告诉我们这个？你这是在出卖朋友呢，还是在威胁我们？”巴德表情严肃地问道。

“亲爱的巴德！”比尔博的声音高了起来，“不要这么性急嘛！我还从来没遇见过像你这样多疑的家伙！我只是想要替所有相关的人都省下麻烦。现在我提出我的建议。”

“让我们听听吧！”他们催促道。

“你们还能看到呢！”他说，“就是这个！”说着他掏出了阿肯宝钻，扔掉了包在外面的破布。

精灵国王也算见识过各种神奇美丽的宝物，但一看之下却还是站在那里呆住了，即便是巴德也一声不吭、又惊又羡地死盯着——这仿佛是一颗注满了月光的圆球，被装在寒星的光芒织成的网中，悬挂在他们面前。

“这就是瑟莱因的阿肯宝钻。”比尔博说，“山之心，这也是梭林的心肝宝贝，他把它看得比满满一河的金子还贵重。我把它给你们，这会在谈判中助你们一臂之力的。”说着，比尔博将这颗美妙的宝石递给了巴德，他的身体忍不住微微颤抖着，眼睛也不由自主地投去向往的一瞥。巴德呆呆地用手接过宝石，一副失魂落魄的样子。

“可怎么会轮到你来给我们的呢？”他最后好不容易挤出这么一个问题。

“哦，这个吗，”霍比特人不安地说道，“它不能算是我的，不过，我愿意用它来抵销我应得的报酬。我或许算是个飞贼——至少他们是这么说的，但我自己一直觉得我不像飞贼——可我是个诚实的飞贼，我希望如此，多少算是吧。反正，我现在要回去了，随便矮人们怎么处置我，我希望你们能好好利用它。”

精灵国王现在对比尔博刮目相看了。“比尔博·巴金斯！”他说，“有许多人穿上精灵王子的盔甲比你更好看，但你比他们都更有资格穿。不过我不知道梭林是否同意我的看法。我对矮人的了解比你或许有的要多一点，我建议你还是留下吧，在这里你会得到尊敬与欢迎。”

“非常感谢您的好意，”比尔博深深一鞠躬道，“但我想，我不应该像这样离开我的朋友，毕竟我们曾经生死与共。而且，我还答应要在半夜把老邦伯叫醒呢！我真的得走了，马上。”

无论他们说什么都无法阻止他，因此他们只能派个卫兵护送他。他走的时候，精灵国王和巴德都向他敬礼。在他们穿越营区的时候，一名裹着暗色斗篷的老人从他坐着的一个营帐门口站起身，向着他们走来。

“干得好！巴金斯先生！”他拍着比尔博的背说道，“你果然是不可貌相啊！”来人竟然是甘道夫。

很多天以来，比尔博第一次真心感到了高兴，但他没有时间把所有心中急切想问的问题都提出来。

“到时候就全明白了！”甘道夫说，“除非我弄错了，否则，一切都已经快结束了。你面前还有一段艰苦的日子要熬，但一定要保持信心！你会顺利渡过难关的。有些消息是连渡鸦都还没有听到的。再见吧！”

比尔博虽然还有些困惑，但心里却十分高兴，脚步也变得分外轻盈。他被领到一个安全的渡口，没沾到水就走了过去。然后，他向精灵们道别，小心翼翼地朝着大门爬回去。这时，他才感到巨大的疲惫向他袭来。不过，当他沿着绳索（那绳子还原封不动地留在那里）往上爬的时候，离半夜还有好一段时间。他解开绳索，将它藏起，然后他在城墙上坐了下来，紧张地想着接下来会发生什么。

到了半夜，他叫醒了邦伯，然后就往邦伯睡觉的角落里一缩，连老邦伯的连声道谢也不听就开始睡了（因为他觉得这感谢他受之有愧）。他很快就睡熟了，把所有的担忧暂且抛到了明天早上。事实上，他在梦里梦到了香喷喷的火腿蛋。

第十七章

奇变骤生

The Clouds Burst

第二天，对面的营盘中早早地便响起了号角声。不多久，便见一位信使沿着狭窄的小路向他们奔来。在一段距离之外，信使站定向他们挥手示意，问他们梭林是否愿意再次接见来使，因为传来了新的消息，令事情发生了改变。

“准是戴因来了！”梭林一听完就如此说道，“他们一定风闻了他正赶来的消息。哼，我就知道这会让他们改变态度！叫他们少来几个人，不准带武器，我会见他们的。”梭林对着信使喊道。

大约中午时，森林与长湖联军的旗帜再度出阵，大约二十人的一支队伍朝他门走过来。在窄道的头上他们就放下了刀剑与长矛，然后继续朝着宫殿大门走来。矮人们正有点摸不着头脑，却看见巴德和精灵国王都在队伍中，走在他们前面的是一名浑身裹着斗篷与兜帽的老者，手里捧一只箍着铁环的木匣。

“你好，梭林！”巴德说，“你的心意依然不改吗？”

“我的心意不会在区区几次日升日落之间就更改！”梭林回答道，“你就是跑来问我这种无聊问题的吗？精灵部队还是没有按照我的要求撤退！不撤兵，你们就别白费力气跑来找我谈。”

“难道就没有任何东西可以让你割舍一点点黄金吗？”

“你或者你的朋友没有什么能让我动心的。”

“那么瑟莱因的阿肯宝钻呢？”他话音刚落，老者便打开木匣的盖子，把宝石高高举起，只见熠熠的光芒从他手中跃出，在晨光中显出一片亮白。

梭林一下子又惊又呆，哑口无言，大家也都沉默了许多。

最终还是梭林先打破了寂静，只听他怒气冲冲地质问道：“这颗宝石是我父亲的，因而也是我的，我为什么要以黄金来换取自己的东西呢？”不过好奇心战胜了他，让他忍不住追问了一句：“你们是怎么得到我家的传家之宝的——如果还需要问一下谁是小偷的话？”

“我们不是小偷，”巴德回答道，“只要我们得了我们应得的，便会把你应得的还给你。”

“你们到底是怎么弄到的？”梭林吼道，他的火气被撩拨得越来越大了。

“是我给他们的！”比尔博尖声叫道，正偷窥墙外的他至此已经害怕到了极点。

“你！你！”梭林转身来到他跟前，伸出双手揪住了他。“你这个该死的霍比特人！你这个小矬——飞贼！”他急切间想不出适当的词来骂，只能抓住可怜的比尔博把他像只兔子一样死命摇晃。

“以我祖先都林的胡子起誓！我真希望甘道夫就在这里！我要为他选择了你而诅咒他！愿他的胡子全掉光！至于你，我要把你扔到下面的石头上去！”他大喊着振臂将比尔博高高举起。

“住手！你的愿望可以实现了！”一个声音传来。拿着木匣的老者一把扯下了兜帽和斗篷。“甘道夫在此！而且看来来得正是时候。如果你不喜欢我挑选的飞贼，请你也不要伤害他。把他放下，听听他想说些什么！”

“看来你们都串通好了！”梭林说着把比尔博扔在了墙头上，“我以后再也不跟巫师或是巫师的朋友打交道了。你这个鼠辈，还有什么话好说？”

“哎哟妈呀！哎哟妈呀！”比尔博说，“我就知道会很不舒服的。你还记得自己曾经说过，我可以自己挑选我那份十四分之一的财宝吧？也许我把这话太当真了——有人告诉过我，矮人们的客气只是口头上的，行动上却未必！看来这话只是你在认为我还有利用价值时才说的。鼠辈？说得好啊！这难道就是你许下的你和你家人世世代代要还我的人情吗，梭林？就把这当做是我按自己的意愿处置了我应得的那份，这事儿就这样算了吧！”

“可以，”梭林用阴沉的声音说道，“我也可以放过你，希望我们以后再也不要再见了！”接着他转身对墙外说：“我被出卖了！你们的估计没错，我不可能不赎回我的阿肯宝钻。为了换回这颗宝石，我愿意付出宝藏中金银的十四分之一，宝石除外。不过这应该算成是我承诺给这个叛徒的分成，拿了这份报酬后他必须离开，你们想怎么分就怎么分。他不会分到多少的，我对此毫不怀疑。把他带走吧，如果你们想要让他活着的话，我从此跟他义断情绝！

“滚到你的朋友那儿去吧！”他对比尔博说，“不然我会把你扔下去。”

“那你答应的黄金和白银呢？”比尔博问。

“等安排好了随后就送到。”他说，“滚吧！”

“在那之前，阿肯宝钻由我们保管。”巴德大喊道。

“对于拥有山下之王称号的人来说，你的所作所为可真是有损形象啊，”甘道夫说，“不过，事情还没到无法改变的地步。”

“的确还有可能会改变。”梭林说。由于对财宝的执念已经迷乱了他的本性，所以他心中想的其实是，依靠着戴因的帮助，他或许能重新夺回阿肯宝钻，而且还能扣下他已经应承给比尔博的酬劳。

于是，比尔博从高墙上被吊了下来。在经历了这么多的磨难之后，他除了梭林已经给了他的那身盔甲之外，两手空空地离开了。有好几个矮人对他的离去在心中感到羞愧和惋惜。

“再见啦！”他对矮人们喊道，“我们还会以朋友的身份再见的！”

“快滚！”梭林喝道，“你身上穿着我同胞打造的盔甲，这盔甲你实在是不配用。虽然弓箭射不穿它，可要是你不赶快消失，我就要射你该死的脚了。快滚！”

“别这么着急！”巴德说，“我们给你的最后期限是明天。我们明天中午会回来，确认你是否从宝藏中拿出了与宝石价值相等的金银。如果你没有玩花样，我们就会离开，精灵部队也会回到森林。现在，我们先告退了！”

说完，他们就回营地去了，但梭林通过罗阿克派遣信使，将发生的一切告诉戴因，并请他火速赶来。

那一天连同晚上很快就过去了。第二天吹起了西风，天空变得晦暗而又阴沉。天还蒙蒙亮的时候，营地里便响起一声叫喊，传信的士兵跑来报告，说有一群矮人出现在了孤山的东角，正往山谷突进。戴因已经到了！他经过了一夜的急行军，在对手预料的时间之前赶到了山谷。每名矮人都披挂着长及膝盖的纯钢锁子甲，腿部则用精致而有弹性的金属网格软甲覆盖，这种软甲只有戴因一族矮人才打造得出来。矮人相对他们的身高来说已经是不同寻常的健硕了，可这些矮人的强壮程度在矮人中都是佼佼者。他们在战场上作战时双手持沉重的鹤嘴锄，但每人腰间还别了一柄短剑，背上挂一面小圆盾。他们的胡子都分成几股，编成辫子，然后塞进腰带中。所有人都头戴铁盔、脚蹬铁靴，一脸肃杀之气。

号角声响起，精灵和人类纷纷拿起武器，没过多久，他们就可以看见矮人急行以极快的速度向山谷走来。部队在河边和孤山的东坡之间停了下来，但有一小部分继续前进，渡过河流向营地走近。到了营地面前时，他们放下武器，高举双手以示和平。巴德出来接见他们，比尔博也一起跟了出来。

“纳因之子戴因派我们前来，”在被问到身份的时候，他们这样答道，“我们急着赶去和山中的同胞会合，因为我们听说昔日的国度已经被收复了。可是，你们这些在平原以敌人的姿态摆出攻城阵势的人又是谁呢？”当然，这只是这种情形下双方老掉牙的客套话，说白了就是：“这儿没你们什么事儿，我们要过路，你们最好乖乖让路，不然我们就不客气了！”他们想要在山脉与河曲之间继续推进，因为那片狭窄土地的防守似乎并不坚固。

巴德理所当然地拒绝让这些矮人直接进山，他决定要固守到山中的矮人送出交换宝钻的金银之后才让步，因为他不相信一旦堡垒中驻进了这么一大帮好斗的战士后，这笔交易还能达成。这群矮人随身携带了大量的给养。矮人们能背很重的东西，戴因的这批手下虽然刚经过急行军，但几乎个个都除了武器之外还背着巨大的背包。光这些就足够他们支撑好几星期的围困了，而在此期间又会有更多的矮人会赶来，此后

又会有更多，因为梭林有许多的亲族。人多了之后就可以重新打开其他的山门并派兵防守，届时围困方就必须要将整座大山团团围住才行，而这样一来他们的兵力就捉襟见肘了。

这其实正是矮人们的计划（因为渡鸦信使一直在梭林和戴因之间频繁传信），但眼下去路被挡了，于是矮人信使们在扔下一些气话后，也只好在胡子里嘀咕着退回去了。巴德接下来马上派使者到大门口去看，结果什么黄金财宝都没发现。他们一踏进射程，箭矢就飞了过来，逼得他们只好失望地逃回来。此时营地里也全都骚动起来，似乎开战在即，因为戴因的矮人部队正沿河东岸推进。

"愚蠢的家伙！"巴德笑道，"竟然在山坡下行军！不管他们对于矿井里的战斗懂得多少，但他们对地面上的战斗可真是一无所知。我们有许多弓箭手和长长矛兵都埋伏在他们右侧的岩石后面。矮人的盔甲也许很棒，可一会还是有得他们够受的。现在让我们趁他们立足未稳，给他们来个两面夹攻！"

但精灵国王却说："在开始这场为黄金而打的战争之前，我宁愿一等再等。除非我们愿意，否则矮人们没有办法从我们这儿过去，或是做出任何我们注意不到的事情来。我们还是寄希望于出现妥协的契机，即便最后无法避免兵刃相见，我们在人数上的优势也还是足够大的。"

可是他只考虑了自己这一边，却没把矮人们的想法给考虑进去。阿肯宝钻落在围困者手上的消息让他们怒火中烧，而且他们也推断出巴德和他的朋友们犹豫不决的理由，决定趁他们意见不统一的时候发起进攻。

于是突然间，没有任何信号，矮人部队悄无声息地发起了冲锋。弓弦哐哐，箭雨嗖嗖，看来不消片刻，双方就要接上火了。

然而更为突然的是，一阵黑暗以可怕的速度掩了过来，黑云瞬间便布满了天空，冬雷挟着狂风在大山里隆隆翻滚，闪电照亮了山峰。在雷声隆隆之中，另一团黑影旋转着急奔而至，但它不是被风卷来的，而是来自北方，如一团鸟类构成的巨大的云，稠密得没有光线能够穿透它们的翅翼。

“停！”随着一声大喝，甘道夫骤然出现，独自一人站着，双臂高举，拦在了正在推进的矮人和严阵以待的联军中间。“停！”他发出一声炸雷般的大吼，手中魔杖迸出闪电般一道耀目的白光。“可怕的东西已然降临到你们头上！啊！它来得比我估计的还要快。半兽人正在向你们袭来！北方的半兽人王，阿佐格之子波尔格正向此而来！戴因，他的父亲正是被你在墨瑞亚杀死。看哪！蝙蝠正聚集在他们队伍的上空，如同漫天的蝗虫。他们的坐骑是经他们训练过的普通狼和座狼！”

一时之间，所有人都感到无比惊愕与茫然。就在甘道夫说话间，黑暗变得更浓了。矮人们停下脚步，仰望着天空，精灵们则发出一片惊呼。

“来吧！”甘道夫说，“我们还有时间商量对策，请纳因之子戴因快快随我们同来！”

于是，一场意料之外的战斗开始了，这场战斗被后世称为“五军之战”，整个过程异常惨烈。一边是半兽人和野狼所组成的部队，另一边则是精灵、人类和矮人们所组成的联军。事情的缘由是这样的：在迷雾山脉的半兽人头领被杀死之后，他们对矮人的仇恨重又熊熊燃起，信使们不停地往来于他们所占据的城市、殖民地和要塞，最终他们决定这次要征服整个北方大陆。半兽人们以极其秘密的方式搜集情报，在所有的大山里锻造兵器，武装人员，然后在丘陵与山谷间行军、聚集，或走地底隧道，或以夜色为掩护，直到最后在北方的贡达巴德大山之下（那里也是他们的都城所在）集结了一支大军，准备趁着暴风雨季出其不意地横扫南方。这时，他们得知了恶龙斯毛格的死讯，心中不由得大喜，接着便在群山间夜复一夜地急行军，几乎是踩着戴因的脚后跟突然间便从北方杀到了此地。就连渡鸦也是直到他们踏上孤山与其他丘陵之间的平地后，才发觉他们的行迹。甘道夫对此知道多少不好说，但显然这场突然袭击也出乎他的意料。

因此，他便与精灵国王和巴德一起商讨作战计划，当然也有戴因，因为这位矮人的首领现在已经与他们为伍了。由于半兽人是大家的公敌，因此他们在大兵压境之时，把所有的争执都抛到九霄云外去了。联军惟一的希望是引诱半兽人深入孤山两个支脉之间的谷地，而他们自己则把兵力布置在山脉的东坡和南坡上。然而这样的策略也是很危险的，如果半兽人人数众多，冲出包围圈杀进了山里，便可以从背后和上方同时向守军发起进攻，令守军腹背受敌。然而，已经没有时间再去拟订其他的作战计划，或去召集任何援兵了。

很快，雷声隆隆滚向东南方去了，而蝙蝠云则飞得更低，朝着山岭逼近，在他们的头顶盘旋，遮蔽了所有的光线，让他们心中充满了恐惧。

“到山上去！”巴德大声喊道，“到山上去！趁着还有时间，赶快进入我们的防御阵地！”

在南坡，精灵们在山脚的岩石间与稍微上面一点的斜坡上布置好了兵力；在东坡设伏的是人类和矮人。但巴德和一些最灵活敏捷的人类及精灵，则爬到东边的山岭上去侦察北面的情况。很快他们就看见山脚下的平原上黑压压的全是快速行进的半兽人。不久之后，敌方的前锋就涌过了谷口，向着山谷内冲来。这些前锋都是速度最快的狼骑兵，他们的呼喝声与野狼的狂嗥已经撕裂了远处的空气。一小部分勇敢的人类散开在他们的正面，佯作抵抗。许多人倒下了，其余的人则后撤，逃向了两边的山坡。正如同甘道夫所希望的那样，半兽人大军集结在遭遇抵抗的前锋后面，狂怒地冲进了山谷，在东坡和南坡之间狼奔豕突，寻找着敌人。他们红黑色的旗帜多到难以计数，部队像一股怒潮般杂乱无章地奔涌着。

这是一场惨烈无比的战斗。它是比尔博有生以来经历过的最可怕的一场战斗，也是当时让他最痛恨的一场——也就是说这是最令他感到骄傲、最喜欢在日后回忆起的一场战斗，尽管他在其中所起的作用很不重要。事实上，我可以说他在战斗刚一打响就戴上了他的戒指，躲过了所有人的视线，不过却不见得躲过了所有的危险。在半兽人部队的冲锋中，这样的魔戒并不能够提供完全的保护，也无法阻挡住飞来的箭矢和胡乱戳来的长矛，不过，魔戒还是可以让他不挡着对战双方的路，以防他的脑袋成为半兽人剑手有心挑选的劈刺目标。

精灵们是守军中首先发起进攻的。他们和半兽人之间的宿怨十分深重。他们的长矛和刀剑在一片昏暗中闪动着寒光，而紧握着这些武器的手又是如此充满杀气。在敌人的部队密集地涌进谷地之后，他们立刻射出了如雨的箭矢，每一支箭仿佛都带着刺人的火焰，闪烁着微光。箭雨过后，一千名精灵长矛兵一跃而下，发起了冲锋。他们喊声震天，岩石立时便被半兽人的血给染黑了。

就在精灵部队停止了冲锋，半兽人从受到的猛攻中稍稍稳住阵脚时，山谷间响起了一片低沉的吼声。随着一声声“墨瑞亚！”和“戴因！戴因！”的呼喊，铁丘陵的矮人们又挥舞着鹤嘴锄从另外一边跃入了战团，在他们身边与他们并肩作战的则是手拿长剑来自长湖镇的人类。

半兽人陷入了恐慌，而就在他们掉转身来迎接新的攻击时，精灵们在补充兵力后再次发起了冲锋。许多半兽人已经开始朝河边拼命逃窜，想要逃出陷阱，许多他们自己的野狼也兽性爆发，撕扯起半兽人的死尸和伤兵来。胜利眼看便唾手可得，孰料这时，从山顶上传来了一阵令人心寒的呼喊。

原来半兽人已经从另外一边爬上了山顶，许多半兽人已经出现在了矮人宫殿大门上方的斜坡，其他的半兽人则不顾生死地直冲下来，居高临下地对两面山坡上的守军发起攻击，哪怕有同伴从悬崖失足落下也不管不顾。其实，从位于正中的孤山主峰各有小道可以抵达两面山坡，而守军没有足够的兵力，无法长时间固守这两条通道。这样一来，胜利的希望瞬间化作了泡影，守军只能勉强抵挡住黑色潮水的第一波猛攻。

时间慢慢地流逝，半兽人们再度在谷地中集结，一大队座狼冲进山谷啃咬起尸体，跟着进来的则是半兽人王波尔格的一队贴身卫兵，他们全都是身材异常高大，手持圆月弯刀的半兽人。不久以后，真正的夜色开始渐渐覆满乌云密布的天空。巨大的蝙蝠依旧在精灵与人类的头上和耳边飞舞，或者像吸血鬼那样牢牢地叮住受伤流血的人。巴德拼死守卫着东坡阵地，但还是被迫慢慢后退；精灵们在南坡也陷入了困境，退却到了靠近渡鸦岭瞭望台的地方，精灵国王被保护他的精灵贵族们簇拥在中心。

突然，人们听见了一声大叫，接着从矮人宫殿的大门里传来了号角的声音——大家都把梭林给忘记了！只见高墙的一段在杠杆的推动下轰然塌落进护城池中。山下之王一马当先冲了出来，他的伙伴们紧跟在后。斗篷与兜帽都不见了，换成了闪耀的盔甲，每个人眼中都喷出红红的怒火。在黑暗中，这群矮人看起来像火焰余烬中的黄金一般耀眼。

位于山上高处的半兽人丢下大量的石块攻击他们，但他们奋不顾身地朝着瀑布脚下冲去，杀向战场。在他们的冲杀下，狼骑兵们不是被砍倒就是四散奔逃。梭林挥舞着战斧奋力砍杀，似乎没有任何兵器能伤得了他。

“跟我来！跟我来！精灵和人类！跟我来！同胞们，冲啊！”他的喊声在山谷中如同号角一般震荡着。

戴因旗下所有的矮人全都抛却了队列顺序，冲下来援助梭林。许多长湖镇的人类也狂奔而来，连巴德都拦阻不住他们，而另一边的精灵长矛兵也冲了过来。半兽人们又被压回到山谷里，谷地中因为堆满了半兽人的尸体而变得黑暗可怕。座狼群完全被冲散，梭林直向着波尔格的贴身卫兵们冲去，但他无法突破这些卫兵组成的防线。

此时在他身后，在半兽人的尸体中间，已经倒下了许多人类和矮人，许多本可以在森林中颐享长生的精灵也献出了他们的生命。随着山谷的地形渐渐开阔，他的攻击速度变得越来越慢了。他的兵力太少，侧翼又没有保护，于是很快，发起攻击的一方遭到了反攻，他们被迫缩成了一个大圈，承受来自四面八方的打击，被回过头来的半兽人和恶狼紧紧包围。波尔格的卫兵们狂嚎着杀了进来，像潮水推倒沙崖一般冲破了他们的阵线。包围圈外他们的朋友也无法施以援手，因为从山上往下攻的半兽人们又成倍添加了兵力，东坡和南坡上的人类与精灵正被慢慢打下山来。

面对眼前这一切，比尔博只能哀伤地看着。他是和精灵们一起守渡鸦岭阵地的，之所以选择那里，部分是因为从那里逃脱的几率比较大，部分是因为（当然，这是他血管内的图克家族血统在起作用）如果难逃一死的话，他相对更愿意为保护精灵国王而战死。甘道夫也在那里，坐在地上仿佛陷入了沉思，也许是准备在结局到来前施出最后的魔法。

而这一时刻看来已经不远了。“不会再有多久了。”比尔博想道，“半兽人很快就会攻下宫殿大门，我们要么惨遭屠杀，要么就是被赶下山去束手就擒。在经历了这么多事情之后，这景况还是会让我想哭。我宁愿老斯毛格还活着在守护那些该死的宝藏，也不愿意看到宝藏落入那些卑鄙家伙之手，而可怜的老邦伯、巴林、菲力、奇力和所有的人都落得个悲惨的结局。还有巴德、湖区的人类和快乐的精灵们也是一样。我真是可怜！我听过了这么多关于战争的歌曲，一直都明白虽败犹荣的道理。然而战败看来是很不舒服的，简直就是令人痛苦至极。要是我没掺和进来就好了！”

乌云被风吹散了，一抹红红的落日狠狠地砍破了西方的黑暗。借着这骤然出现的光亮，比尔博打量了一下四周的情形，随即发出一声大喊，他看到的景象令他的心脏加速了跳动：在远方光亮的映衬下，出现了一群黑色的身影，虽然暂时还是小小的，却显出了一种磅礴的气势。

“大鹰！大鹰！”他大叫道，“大鹰们来了！”

比尔博看东西很少出错。大鹰们乘着风势，一行接着一行，数量之多，似乎把整个北方鹰巢中的鹰都集结到了一起。

“大鹰来了！大鹰来了！”比尔博大喊大叫，一边雀跃着，挥舞着手臂。精灵们虽然看不见他，却能听得见他的喊声。很快，他们也跟着喊了起来，喊声响遍了山谷。许多好奇的目光朝空中望去，但什么也望不见，因为此时还只有从孤山的南坡顶上才能望见鹰群的踪影。

“大鹰来了！”比尔博又喊了一声，但就在这时，一块石头呼啸着从上面落下，重重地砸在他的头盔上。他轰然倒地，失去了知觉。

第十八章

返乡之路

The Return Journey

当比尔博醒过来之后，他真的只有孤身一人。此刻，他正躺在渡鸦岭的平坦石头上，附近什么人也没有。头顶的天空万里无云，但天气却有点冷。他浑身发着抖，身子跟石头一样冷，但脑袋却火烫火烫的。

“到底发生什么事了呢？”他自言自语道，“至少我还没成为牺牲的英雄，不过估计还有时间能赶上！”

他痛苦地坐起身来朝山谷里望去，结果连一个活的半兽人也没看到。又过了一会儿，他的脑袋稍稍清醒了一点，觉得自己似乎可以看见精灵在下面的岩石间走动。他揉了揉眼睛，发现营盘依然还在一段距离之外的平原上。咦？宫殿的大门口怎么有人在出出进进？矮人们似乎正在忙碌着拆除城墙，但到处都一片死寂，没有呼喊，也没有歌声的回响，空气中似乎弥漫着忧伤。

“我想应该还是胜利了吧！”他摸着疼痛的脑袋说，“不过看来胜得也不怎么高兴啊。”

突然，他发现有个人正朝山坡上爬来，向他靠近。

“喂！”他用颤抖的声音喊道，“喂！有什么消息吗？”

“石头堆里怎么会有人的声音？”那人停下脚步，在离他不远的地方向他看来。

比尔博这才想起自己还戴着戒指呢！“天哪！我可真糊涂！”他说，“原来隐形也有不好的地方啊。不然我昨晚就能在床上暖暖和和、舒舒服服地睡觉了！”

“是我，比尔博·巴金斯，梭林的伙伴！”他一边喊着，一边飞快地脱下了戒指。

“能让我找到你可真好！”那人大步走上前来，“我们找了你好久，要不是巫师甘道夫说最后听到你的声音是在这附近，我们早把你列进长长的死者名单了。我是被派来最后察看一遍的。你伤得重吗？”

“我想是头上被狠狠敲了一下，”比尔博说，“好在我有头盔，脑壳也够硬。不过，我还是觉得晕乎乎的，两腿发软。”

“我来抱你到山谷里的营地中去吧。”那人轻松地一把将他抱了起来。

那人脚程很快，步子很踏实。没多久，比尔博就被送到了河谷中的一个营帐前。甘道夫站在那里，手臂上吊着绷带。就连巫师都不能毫发无伤地逃脱，整个部队中几乎人人都挂了彩。

甘道夫看见比尔博很是高兴。“巴金斯！”他大喊道，“真没想到！总算还活着——我真是高兴！我还以为你的好运都已经用尽了呢！这真是惨烈的一仗，简直是一场灾难。不过，先不忙说这些。来吧！”他的语气变得凝重了，“有人在等你。”说着把霍比特人领进了营帐。

“嘿，梭林！”他边进门边说，“我把他带来了。”

浑身是伤的梭林·橡木盾就躺在他眼前，他那开裂了的盔甲和砍卷了刃的斧头都撂在地上。比尔博来到他身边，梭林抬眼望着他。

“永别了，身怀绝技的小偷，”他说，“我现在即将要到先祖们的厅堂中和他们坐到一起了，一直到世界再次轮回。既然我现在要离开所有的金银，前往金银毫无价值的地方，我希望能在分别时还拥有你的友谊。对于我在大门那里对你说过的话和做过的事，我统统收回。”

比尔博满心伤悲地单膝跪下。“别了，山下之王！”他说，“如果结局必须是这样的话，那这真是一场令人心碎的冒险，即便是满山的黄金也无法弥补。但是，我很高兴能与你共赴患难——我们巴金斯家可不是人人都有这种荣耀的。”

“不！”梭林说，“来自民风厚朴的西部的好孩子啊，你身上的优点比你自己知道的还多。你智勇兼备，融合得恰到好处。如果我们都能把食物和笑语欢歌看得比黄金宝藏还重，世界将会比现在快乐许多。可不管这个世界未来是喜是悲，我现在都得离开了。永别了！”

比尔博黯然转身离开，裹着毯子独自坐下来。不管你相不相信，比尔博就这么哭啊哭，一直哭到眼睛红肿，嗓子沙哑。他是个心地非常善良的小家伙，事实上，他从悲痛中恢复，再次和人开起玩笑来已经是许久以后的事情了。“我能够在那时醒来，”他对自己说，“也算得是老天的一种慈悲。我固然希望梭林还活着，但我们能像这样捐弃前嫌，让他了无遗憾地离开，是件很值得高兴的事情。比尔博·巴金斯，你可真是个笨蛋，在宝石那件事上惹出这么大的麻烦，还弄出一场大战来，虽然你努力想要买到和平与安宁，不过我想这也不能怪在你头上。”

在他被打昏之后发生了什么事情，比尔博是后来才知道的。但这给他带来的更多是伤悲，而不是欢愉，弄得他对冒险产生了厌倦，变得归心似箭起来。不过，那还得要再过一阵子，所以我还来得及把详情跟你们讲一讲。大鹰们早就怀疑半兽人可能在暗中集结，因为山里面的那些秘密活动并不能完全躲过大鹰的监视。因此，它们也在迷雾山脉的鹰王号召下集合了大军，在终于嗅到开战的气氛后，就立刻于千钧一发之际顺风飞了过来。它们在山坡上驱赶半兽人，让他们摔下悬崖，或是追得他们嗷嗷直叫，还纳闷为什么大鹰只追他们而不追他们的敌人。不久之后，他们就收复了整个孤山，令两边山坡上的精灵和人类终于可以合力来支援下面山谷中的战斗。

不过，即使在加上了大鹰之后，他们在数量上仍处于劣势。在最后一刻，贝奥恩出现了——没有人知道他是从何而来，又是如何而来的。他孤身一人以熊的外形出现。在冲天的怒气中，他的身形俨然变得如巨人般高大魁伟。

他的怒吼如同战鼓和火铳一般惊天动地，他把所经道路上的半兽人和恶狼随手抓起丢弃，仿佛他们都只是稻草和羽毛。他从敌阵后方突然出现，像一记奔雷般炸进战团中央。矮人们依旧将他们的国王团团护住在一座小圆山丘上。这时贝奥恩冲进来，弯下腰扛起了已经被好几支长矛刺穿了的梭林，将他带离了战场。

他很快就重新杀了回来，满腔怒火更胜之前，这时的他已经无人可挡，也似乎没有什么武器能伤到他了。他将半兽人王的贴身卫队冲散，将波尔格一把抓过扯成两半，接着摔成了一团肉泥。半兽人眼见主帅被杀，吓得魂飞魄散，顿作鸟兽散去。而他们的敌人则随着希望的到来，身上平添一股力量，对他们紧追不舍，没有让他们跑掉。他们将许多半兽人赶进了奔流河，而对于那些逃往南面或西面的半兽人，他们一路将他们赶进了密林河周边的沼泽地里。这批最后的穷寇大部分都死在了沼泽里，极少数命大的好不容易跑进了森林精灵们的地盘，结果不是被精灵们杀死，就是被引入幽暗而又没有路径的黑森林，全都死在了里面。据日后流传的歌谣称，来自北方三个不同地区的半兽人战士都在那一天死绝了，这一带山区由此享有了许多年的和平。

天黑之前胜负便已分明了，不过，当比尔博回到营区的时候，追剿仍在进行，留在山谷中的人并不多，大都是些受了重伤的战士。

“大鹰们到哪儿去了？”那天晚上，他盖着许多层温暖的毯子躺在床上时问甘道夫。

“有些还在狩猎，”巫师说，“不过大多数都已经回鹰巢了。它们不愿意留在这儿，天一亮就离开了。戴因献给鹰王一顶金冠，发誓世世代代与它们结为盟友。”

“真可惜！我是说，我很想再见他们一面。”比尔博倦意沉沉地说道，“说不定我在回家的路上能见到他们。我想我应该可以很快回家了吧？”

“你想什么时候走都行。”巫师说。

事实上，比尔博又过了好几天才真正出发。他和伙伴们将梭林深埋在了大山中，巴德把阿肯宝钻放在他的胸口。

“愿它留在这里直到高山化为平地！”他说，“愿它为所有以后住在这里的他的同胞带来好运。”

精灵国王则将他当初抓住梭林时所没收的奥克锐斯特剑置于他的墓上，据日后的歌谣说，只要有敌人靠近，它就会在黑暗中发出耀眼光芒，矮人们的堡垒再也不会遭到偷袭了。纳因之子戴因继承了他的王位，成为山下之王，许多来自各地的矮人陆续赶来，聚集到了那古老的宫殿厅堂中，成为他的臣民。在梭林的十二个伙伴中，有十个活了下来。菲力和奇力用自己的身体和盾牌掩护梭林，为此而付出了生命，因为梭林是他们的舅舅。其他人则留了下来辅佐戴因，因为戴因对祖先宝藏的处理十分得体，令人心服。

对财宝的分配不再有什么问题了，给巴林、杜瓦林、多瑞、诺瑞、欧瑞、欧因、格罗因、比弗、波弗和邦伯的都是原来说定的份额，给比尔博的也是一样。不过，戴因还把所有黄金和白银（加工过和没加工过的）的十四分之一给了巴德。戴因说："我们必须尊重死者答应过的事，而阿肯宝钻现在也的确由他保管了。"

即便是总数的十四分之一也是一笔超级巨大的财富，比许多人类国王的财富都巨大。巴德从这笔财富中拨出许多黄金给了长湖镇的镇长，他对自己的追随者和朋友们也慷慨封赏。戴因将吉瑞安的翡翠项链还给了巴德，巴德将其转送给了精灵国王，他最喜欢这样的珠宝了。

巴德对比尔博说："这份财宝既可以算是你的，也可以算是我的。以前的契约没法再维持了，因为有这么多人为了赢得它、保卫它而付出了代价。不过，即使你愿意放弃所有的权利，我也不希望让梭林说过的那句'你不会分到多少的'在客观上成为事实，他自己也已经对这些话表示了悔恨。在所有人之中，我应该给予你最丰厚的奖赏。"

"真是太感谢你了。"比尔博说，"不过，什么都不拿对我来说反而轻松，我实在想不出来，要怎样才能把所有这些财宝运回家中，而不在路上遭遇战争或是谋杀。我也不知道回家之后能拿它干什么。我肯定它们还是留在你手中比较好。”

几经推辞，他最后只收下了两个小箱子，一个装满了白银，一个装满了黄金，正好是一匹健壮的小马可以承载的重量。“我能应付的也就这么多了！”他说。

最后，到了他跟朋友们道别的时间了。“再会了，巴林！”他说，“再会了，杜瓦林，还有多瑞、诺瑞、欧瑞、欧因、格罗因、比弗、波弗和邦伯！愿你们的胡子永远茂盛！”然后，他转过身面对孤山又加了一句：“永别了，梭林·橡木盾！还有奇力和菲力！愿人们永远记住你们！”

然后，矮人们在宫殿的大门前一起深深鞠躬，但道别的话却卡在了喉间。“再见了！无论你去到哪里，都祝你好运！”巴林最后终于开了口，“在我们修复了宫殿之后，如果哪天你再来拜访，我们一定要办一场豪华大宴席！”

“如果你们有机会到我家来，”比尔博说，“别客气，只管敲门！下午茶是四点，但你们随时来都会受到欢迎！”

说罢，他转身上路。

精灵的部队正在行军，虽然人数减少许多令人心痛，但队伍中的许多人依旧欢欣鼓舞，因为，北方世界将有很长一段日子要比以前祥和许多了。恶龙死了，半兽人的割据被推翻，他们的心期盼着寒冬之后会有一个充满欢愉的春天。

甘道夫和比尔博骑在精灵国王后面，在他们身边大步走着的是恢复人形的贝奥恩，一路上他都在朗声大笑，引吭高歌。他们就这样一路走到了黑森林的北部边境，也就是密林河流出的地方。他们在那边停了下来，因为甘道夫和比尔博不愿意进入森林，尽管精灵国王邀请他们到自己的宫殿中去做客。他们准备沿着森林的边缘走，绕过它的北端，横跨灰色山脉和黑森林之间的荒原。这条路比较遥远，走起来也乏味，但既然现在半兽人已经被铲除，它似乎比树林中那些可怕的小径要更安全些。而且，贝奥恩也准备走这条路。

“再见啦！精灵国王！”甘道夫告别道，“世界还如此年轻，愿森林充满欢乐！愿你的同胞无忧无虑！”

“再会了！甘道夫！”精灵国王说，“愿你永远都可以出其不意地出现在最需要你的地方！希望你能够常常到我的宫殿来拜访！”

“我请求您，”比尔博结结巴巴，踌躇地说道，“接受这个礼物！”他拿出了一条戴因临别前送给他的白银珍珠项链。

“霍比特人啊，我究竟何德何能，可以获得这件礼物呢？”国王不解地问道。

“呃，我想，你知道吧，”比尔博颇有些语无伦次地说道，“我，这个，应该对你有些小小的回报，呃，回报你的款待。我是说，纵然是飞贼也是有感情的。我喝过你很多酒，吃了你很多面包。”

“伟大的比尔博，我收下你的礼物！”国王表情严肃地说道，“我宣布你成为精灵之友，永远受到我们的祝福。愿你的阴影永不褪色（不然偷窃对你来说简直太容易了）！再见！”

说完，精灵们就返身回森林去了，比尔博则开始了他漫长的归乡路。

在他回到家之前，还有许多困难和冒险要经历。大荒野毕竟是大荒野，在那个年代，带来危险的除了半兽人之外还有许多其他东西，不过好在他既有个好向导，又有个好保镖——巫师一直和他在一起，贝奥恩也陪了他大半路——因此，他再也没有遇到大的危险。反正到了冬天过去一半的时候，甘道夫和比尔博就已经沿着森林的边缘，再度来到了贝奥恩的居所。两人都在那儿又住了些日子。尤尔季节过得温馨而又快乐，四面八方的人都被贝奥恩从大老远喊来参加欢宴。迷雾山区的半兽人如今已寥寥无几，且都已成了惊弓之鸟，都躲在他们所能找到的最幽深的洞穴中。座狼也从森林里消失了，因此人们可以放开胆子自由来往。贝奥恩在稍后成为了这片地区的首领，山脉与森林之间的广阔地区都成了他的管辖范围。据说，他的许多代子孙都具有变化为熊的能力，虽然也出了几个坏人，但大多数都像贝奥恩一样心地善良、嫉恶如仇，只是力量和体形都缩减了不少。他们将迷雾山脉的半兽人全都追逐殆尽，大荒野又重新获得了和平。

第二年的春天气候温和，阳光灿烂，比尔博和甘道夫终于告别贝奥恩启程了。虽然比尔博也很想家，但他走时还是

很依依不舍，因为贝奥恩花园中的鲜花开得丝毫不比夏天略逊灿烂。

最后，他们又踏上了漫漫长路，来到了以前被半兽人抓住过的那个山口。不过他们是在早晨登上那个高点的，回眸望去，只见一片耀眼的阳光照在一望无际的大地上。远方青蓝色的一片是黑森林，靠近他们的边缘即使在春天也是深绿色的。再往远处望去，在目力快要不及的地方矗立着孤山，在它的最高峰，尚未融化的积雪闪耀着淡淡的光芒。

“烈火过后是冰雪，连恶龙也会有末日的！”发出了这样一声感慨后，比尔博在心里告别了昔日的冒险。他体内属于图克家族血统的那部分已经很疲倦了，属于巴金斯家血统的那部分则渐渐占了上风。“我此刻只想坐在自家的安乐椅上！”他说。

第十九章

最后一幕

The Last Stage

五月一号的时候，两人终于来到了幽谷谷口，最后家园（或毋宁说是最初的）就矗立在那里。时间和他们当初来时同样是晚上，小马已经跑累了，尤其是驮行李的那匹，他们也都觉得需要休息一下。两人沿着陡峭的斜坡往下骑行，比尔博听见精灵们依旧在森林里面唱着歌，仿佛从他离开之后就没有停过似的。当他们骑到林间低处的草地上时，精灵们唱起了与之前相似的歌曲，歌曲内容大致如下：

恶龙已经完蛋，
尸骨已成碎渣；
盔甲碎成破片，
显赫沦为卑下！
刀剑终将生满锈，
皇冠宝座难长久，
愚夫依旧信强力，
金银财宝迷不够。
惟有青草依然绿，
惟有树叶颤悠悠，

惟有清溪日日流，
惟有精灵歌不休，
　　来吧！哗啦啦啦哩！
　　来吧，且回山谷里！

星辰更加耀眼，
远胜珠宝美钻，
月色益发皎洁，
比那白银灿烂：
黄昏灶中炉火，
释放阵阵暖意，
地底黄金难比，
何须追逐不息？
　　来吧！哗啦啦啦哩！
　　来吧，且回山谷里！

哦！你去了哪里，
回来得如此晚？

小河还在流啊，
星辰依旧灿烂！
哦！游子，你要去向何方？
背着沉重行囊，
神情疲倦而忧伤？
这里的精灵和精灵姑娘，
欢迎你暂把这里当故乡。
　　让我们唱起哗啦啦啦哩，
　　来吧，且回山谷里，
　　　　淅沥沥沥哗，
　　　　哗啦啦啦哩，
　　　　　　哗啦！

唱到这里，山谷中的精灵们纷纷走出来招呼他们，领着他们越过小河，来到埃尔隆德的住所。大家十分热烈地欢迎他们，到了晚上有许多人迫切地想要聆听他们的冒险故事。后来给大家讲的人是甘道夫，因为比尔博不出声地坐着，已经颇有些昏昏欲睡了。这些故事他大多数都知道，因为那是他自己亲身经历了的事情，而且在回来的路上他把大多数故事都跟巫师讲过，后来到了贝奥恩的家中又讲过一遍。不过，每当甘道夫讲到整个冒险经历中他不知道的部分时，他会时不时地睁开一只眼来，听上一会儿。

就这样一会儿睡一会儿醒的，他了解到了甘道夫和他们分手后的去向，因为他听到了巫师和埃尔隆德的对话。看来，甘道夫似乎去参加了一场白巫师的大会。所谓白巫师，就是专门研究口头传说和善良魔法的巫师。通过这次大会，他们终于将死灵法师赶走，结束了其对黑森林南部的黑暗控制。

“过不了多久，”甘道夫正在说，“森林就会恢复之前的正常状况了。我希望北方能有许多年可以摆脱那种恐惧。不过我真希望能够彻底将死灵法师从这世界上驱逐出去！”

“肯定会好起来的，”埃尔隆德说，“但恐怕不会是在我们这个时代，此后很多年里也暂时还不会太平。”

在讲完了他们的冒险旅程之后，大家又讲了其他的故事，接着还是故事，有许多年前发生的故事，有最近发生的新故事，有不知何年何月的故事，一直讲得比尔博的脑袋耷拉到了胸口，缩在角落里舒舒服服地打起鼾来。

等他醒来时，发现自己躺在一张白色的床上，月光从开着的窗户照进来，在月下的河岸边许多精灵正在高声欢唱。

欢乐的人们唱起来吧，大家一起来唱！
风儿吹过树梢，拂过石南丛生的蛮荒；
星光绽放，月光落在花上，
夜之高塔窗户多么明亮。

欢乐的人们跳起来吧，大家一起来跳！
草地柔软，让双足如羽毛般轻盈舞蹈！

河水银闪闪，影子在飞逝；
五月好时光，我们的聚会多逍遥！

我们柔声轻唱，为他编织好梦！
将沉睡的他轻轻摇动，然后留他一人在梦中！
游子熟睡，枕头柔软蓬松！
睡吧！睡吧！赤杨和柳树款款摆动！
松树不要叹息，直到早晨的风吹起！
　　月亮落下！黑暗笼罩大地！
　　嘘！嘘！橡树、梣树与荆棘！
所有的水流请安静，直到黎明带来晨曦！

“好啊，快乐的人们！”比尔博探出头去说，“看这月亮，现在都什么时候了？你们的催眠曲连喝醉的半兽人都能吵醒啦！不过，还是谢谢你们！”

“你的鼾声都可以把石头雕的龙给吵醒了——不过，我们还是谢谢你，”他们哈哈大笑地回答，“天已经快亮了，你从昨晚天刚黑就开始睡了。或许，明天你就不会这么累了。”

“在埃尔隆德的居所只要睡上一小会儿，就对治好疲倦很管用。”他说，“不过我想把身体好好养一下。再次祝大家晚安，我可爱的朋友们！”说完他又回到床上，一觉睡到第二天大中午。

在那间屋子里，他的疲倦很快就消失了，从早到晚，他都和山谷精灵们说笑唱歌。不过，即使这里充满欢乐，也不能长久拖住他回家的脚步，他整天都想着自己的家。因此，一周之后，他和埃尔隆德告别，送了一些他愿意接受的小礼物，然后比尔博就和甘道夫一起骑马离开了。

就在他们离开山谷的时候，西方的天空黑了下来，风雨跑来与他们话别了。

“可真是五月好时光啊！”雨点打在比尔博脸上时，他调侃道，“但我们已经告别了传奇，踏上回家路了。我想，老天这是要让我们尝尝乡愁的滋味吧！”

“还有一长段路要走呢。”甘道夫说。

“可毕竟是最后一段了。”比尔博回答。

他们来到了标示着大荒野边界的那条河，越过了陡峭河岸下面的渡口，或许大家还记得。由于夏天将近，雪水融化，加上下了一天的大雨，河水涨了起来，但他们还是有惊无险地走了过去。随着夜晚的降临，他们踏上了旅程的最后一段。

旅程和来的时候差不多，除了伙伴少了，一路更安静了些，当然，也碰不到食人妖了。路上每走到一处，比尔博都会回想起一年前——对他来说似乎更像是十年前——发生的事和大家说过的话，因此，他当然很快便注意到了小马落进河里的地方，当时他们朝边上一拐，结果就遭遇了三个食人妖——汤姆、伯特和威尔。

在距离道路不远的地方，他们找到了食人妖的黄金，那是他们之前所埋下的，依旧藏得好好的，没被人发现。“我这辈子花销的钱已经够了，”比尔博在他们挖出黄金的时候说，“甘道夫，你最好还是拿上吧，我敢说你会派到用场的。”

“这话倒不假！”巫师说，“不过，这话搁你身上也一样！钱等用起来会发现不够的！”

于是他们把黄金放进袋子，挂到小马背上，小马对此可一点儿都不觉得高兴。在那之后，他们前进得更慢了，因为大多数时候他们都在走路。但是大地一片翠绿，霍比特人在大片的草地上走得心旷神怡。他用一块红色的丝手帕抹了抹脸——手帕当然不是他自己的！他自己的连一条都不剩了，这条是从埃尔隆德那边借来的。这时已是六月初夏，天气重又变得晴朗炎热。

万事万物都会有结尾，这个故事也不例外。终于有一天，比尔博出生与成长的故乡出现在了他们眼前，这里的风土地貌、一草一木对他来说，熟悉得就像是自己的手指和脚趾。当他走到一个山坡上，看见了远处他自己的小丘，禁不住停下脚步，吟诵起来：

道路不停向前走，
　　越过岩石上，经过树下头，
绕过阳光从未照到过的山洞，
　　经过从未入过大海的溪流：
越过冬日撒下的白雪，
　　穿过六月欢快的花海，

越过青草，越过石头，

　　沿着月光笼罩下的山脉。

道路不停延伸，

　　顶着一天的云朵和星辰，

漫游的双脚踏过四海红尘，

　　而今终于朝着故乡奔。

游子的眼曾见过烈火与刀剑，

　　也曾把地底石厅中的恐怖发现，

而今终于见到绿色草地，

　　还有那熟悉的树木与小山。

甘道夫略带诧异地望着他。“亲爱的比尔博！”他说，“我怎么觉得你有点儿不对劲儿啊！你不再是以前的那个霍比特人了。”

他们越过了小桥，经过了河边的磨坊，终于站在了比尔博自家的门前。

“老天爷呀！这是怎么回事？”他惊呼道。只见乱哄哄一大群各色各样的人，不管地位高低，在门前围了一大堆，许多人还进进出出——比尔博恼怒地发现，他们进出时甚至都不在门垫上擦一擦脚。

如果说他见到大家吃了一惊的话，那么大家见到他就更是吃惊了。他竟然正赶上了一场拍卖会！门上挂着黑底红字的大招牌，上面写着：六月二十二日，挖伯兄弟和掘洞先生将会主持拍卖霍比特屯山下袋底洞已故的比尔博·巴金斯先生所有的财产。拍卖将于十点准时开始。此时已经几乎是午餐时间，大多数东西都卖掉了，价格从几乎白送到惊人天价都有（这种事儿在拍卖会中经常有）。事实上，比尔博的表亲萨克维尔－巴金斯一家正在忙碌地丈量他的房间，看看他们的家具是否摆得下。简而言之，比尔博已经被“宣告死亡”了，而且也不是所有被如此宣告的人在发现宣告错误时都会感到难过。

比尔博·巴金斯先生的归来在小丘下边、小丘那边和小河对面都造成了相当大的骚动。这可不光是一场为期九天的轰动，法律上的争议甚至持续了好几年。事实上，巴金斯先生又过了好久才重新被承认还活着。对于那些在拍卖中买到了便宜货的人们，比尔博花了不少口舌让他们把东西退回来，到后来为了节省时间，比尔博只能掏钱买回了许多他自己的家具。好多银汤匙都神秘失踪，也没人对此作出解释。比尔博个人怀疑这是萨克维尔－巴金斯一家干的。他们一直也没有承认归来的比尔博是货真价实的，从那之后也一直和比尔博处得不太融洽，这都是因为他们太想要住进比尔博的洞府的缘故。

可比尔博失落的还不只是汤匙呢，他连好名声都弄丢了。在那之后，他的确一直是精灵之友，而且凡是从那里经过的矮人与巫师之类都对他敬仰有加，但他在当地的确不再那么受人尊敬了。住在附近的霍比特人都认为他“古怪”——除了他图克家那边的外甥和外甥女们，不过，就连他们，家中的长辈也都劝他们要对这位舅舅敬而远之。

不过他对此并不在乎。他对自己的生活相当满意，他家炉子上水壶发出的烧水声，甚至比当年那群不速之客来造访前他过着平静生活时的更加悦耳动听。他的宝剑挂在壁炉上，盔甲则挂在厅里的一个架子上（后来借给了一家博物馆）。他通过冒险得来的金银大都花在购买礼物上，这些礼物既有很实用的，也有很奢侈的——这在一定程度上也能解释他的外甥和外甥女们为什么这么喜欢他。他的魔戒他对谁都瞒着，他主要用它来躲开那些不愿意见的客人。

他开始写起了诗歌，还不时拜访精灵。虽然许多人提到他的时候，都会摇着头，拍拍脑门儿，叹一声“可怜的老巴金斯”，而且也没有多少人相信他的故事，可他还是一辈子都活得快快乐乐，而且还是特别长的一辈子。

几年后，一个秋天的晚上，比尔博正坐在书房里写回忆录（他想将其命名为《去而复返—— 一个霍比特人的假期》），突然门口传来了门铃声。来访者是甘道夫和一位矮人，实际上那位矮人正是巴林。

“快进来！快进来！”比尔博热情招呼道，没多久他们就在壁炉边落座。如果说巴林注意到了巴金斯先生的背心显得更宽大了（还有真金扣子），那么比尔博也注意到巴林的胡子又长了好几寸，而他那镶着珠宝的腰带也无比耀眼。

谈着谈着，话题便自然落到了过去共度的时光，比尔博

又问起孤山周边的地区近况如何，从巴林的回答听来一切似乎都发展得很顺利：巴德已经重建了河谷城，人们从长湖镇，以及南方和西方来跟随他，整座山谷又得到了耕作，重新变得兴旺起来，原先的荒地现在到了春天便充满鸟语花香，到了秋天便瓜果飘香。长湖镇也完成了重建，繁华更胜往昔，奔流河上往来着大量的财货，那些地方的精灵、矮人和人类都建立起了真诚的友谊。

老镇长的下场很不好，巴德给了他很多的黄金，请他用来帮助长湖镇的人民，但是，由于他是很容易疑神疑鬼的人，住在那里他总是害怕恶龙会作祟，于是便卷了大部分金子潜逃了，最后被与他同行的人抛弃，活活饿死在了荒野中。

"新的镇长比他要聪明得多，"巴林说，"也更受欢迎，因为长湖镇现在的繁荣大部分是他的功劳。人们编出了歌谣，歌颂在他的治理下，河中黄金奔流。"

"这么说来，古代歌谣中的预言，算是以某种形式成真了！"比尔博说。

"当然！"甘道夫说，"为什么它们不会成真呢？难道因为你亲身参与，为促成它们出了力你就不相信它吗？你该不会以为你所有的冒险和逃脱，都只是因为你运气好，只是事关你个人的安危吧？你是个好人，巴金斯先生，我也很喜欢你，但你毕竟只是广阔天地中的一个小人物而已啊！"

"真是谢天谢地！"比尔博听了这话大笑起来，一边将烟草罐递给了甘道夫。

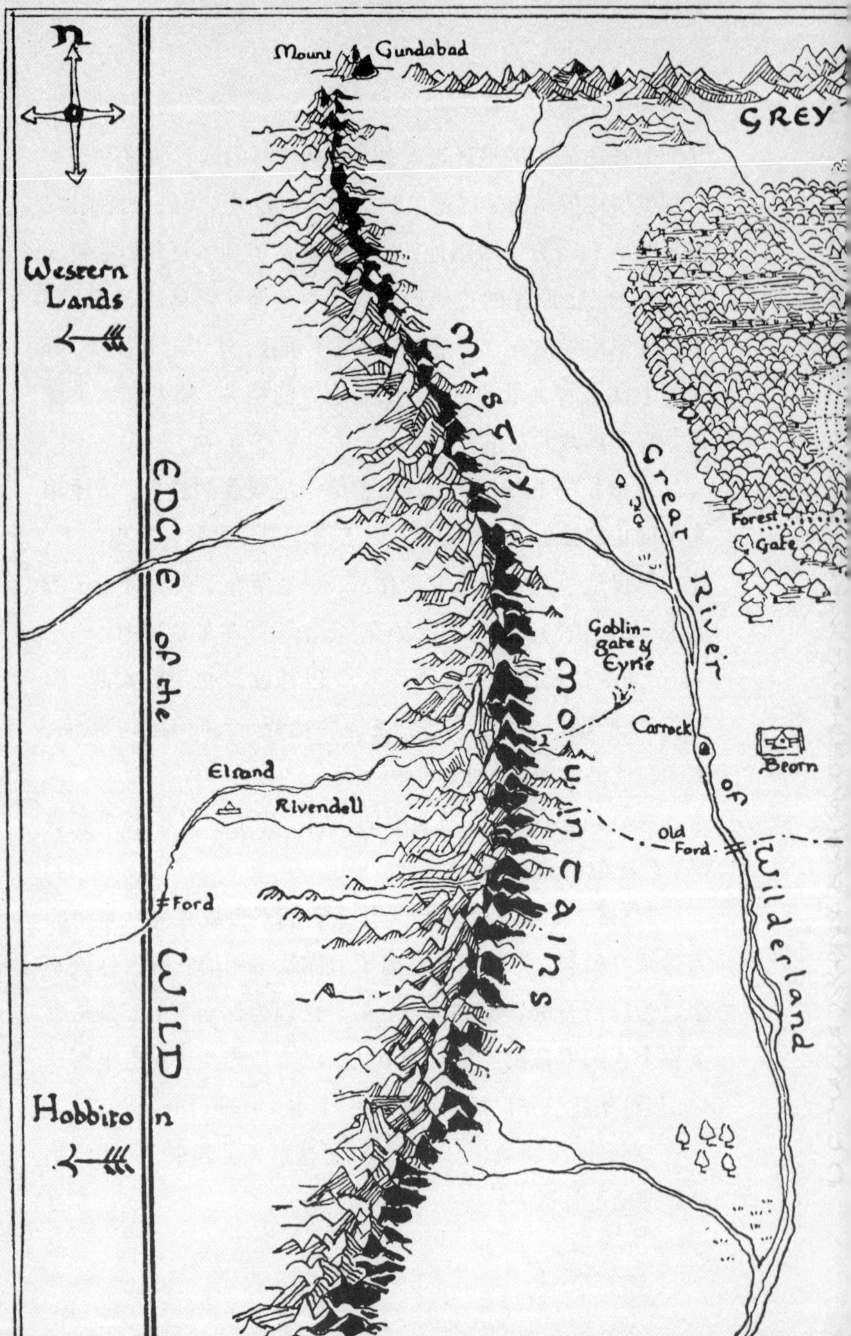

Mount Gundabad
GREY
Western Lands
EDGE of the WILD
Misty Mountains
Great River of Wilderland
Forest Gate
Goblin-gate & Eyrie
Carrock
Beorn
Elvand
Rivendell
Old Ford
Ford
Hobbiton

ountains
Withered Heath
Desolation of Smaug
Iron Hills
Forest River
Lonely Mountain
Elvenking's Halls
Long Lake
Esgaroth
Elf-path
Enchanted R.
River Running
Mountains of Mirkwood
Old Forest Road
MIRKWOOD
Woodmen
Woodmen
WILDERLAND